Janina Lorenz
Der kleine Chor der großen Herzen

PIPER

Janina Lorenz

Der kleine Chor der großen Herzen

Roman

PIPER

Mehr über unsere Autoren und Bücher:
www.piper.de

Wenn Ihnen dieser Roman gefallen hat, schreiben Sie uns unter Nennung des Titels »Der kleine Chor der großen Herzen« an *empfehlungen@piper.de,* und wir empfehlen Ihnen gerne vergleichbare Bücher.

Von Janina Lorenz liegen im Piper Verlag vor:
Willkommen in Herzbach:
Band 1: Der kleine Ort zum Glücklichsein
Band 2: Der kleine Chor der großen Herzen

Originalausgabe
ISBN 978-3-492-31552-4
Juli 2020
© Piper Verlag GmbH, München 2020
Satz: Satz für Satz, Wangen im Allgäu
Gesetzt aus der Plantin
Druck und Bindung: CPI books GmbH, Leck
Printed in the EU

Für Leo

1

Sophie »Sophie, warte mal!«

Erschrocken fuhr ich zusammen. Einen Moment lang dachte ich darüber nach, die Stimme meiner Chefredakteurin zu ignorieren. Es war Freitagabend, durch die Fenster unseres Büros schien warm die Augustsonne, und im Biergarten am Aasee wartete meine Freundin Sara, die immer zu früh dran war, sicher schon mit einem Glas prickelnder Weißweinschorle auf mich. Bestimmt hatte sie dazu einen Korb von dem knusprigen Weißbrot bestellt, das mit hausgemachtem Aioli und Oliven serviert wurde. Bei dem Gedanken lief mir das Wasser im Mund zusammen. Mit einem melodischen *Pling* öffnete der Fahrstuhl vor mir seine Türen. Mein Kollege Henry, der bei uns für die Sportthemen zuständig war, nickte mir freundlich zu und rückte ein Stück zur Seite, damit ich eintreten konnte.

»Sophie!«, rief meine Chefin erneut, diesmal so laut, dass ich schon hätte taub sein müssen, um sie zu überhören.

»Zu spät«, seufzte ich und schenkte Henry ein bedauerndes Lächeln, das er voller Mitgefühl erwiderte.

Dann schlossen sich die Türen, und der Fahrstuhl fuhr ohne mich nach unten. Als ich mich umdrehte, stand meine Chefredakteurin bereits direkt vor mir. Sie lächelte mich an, und ihre grünen Augen blitzten. Mit ihren neunundvierzig Jahren war Charlotte Sommer beinahe auf den Tag genau zwanzig Jahre älter als ich, doch sie besaß die schier unerschöpfliche Energie eines Kindes.

Der *Münsterlandspiegel,* das vierzehntägig erscheinende Lokalmagazin, für das ich als Journalistin schrieb, hatte kurz vor der Einstellung gestanden, bis Charlotte vor zwei Jahren das verstaubte Ruder übernommen und noch einmal herumgerissen hatte. Mit ihrem untrüglichen Gespür für spannende und bewegende Storys hatte die gebürtige Münchenerin das Unmögliche geschafft und den Sinkflug der Absatzzahlen nicht nur aufgehalten, sondern ins Gegenteil verkehrt. Monat für Monat gewannen wir neue Leser dazu. Doch wie das mit Genies so war, hatte Charlotte auch ihre Schattenseiten. Ihr Temperament war legendär. Ging es mit ihr durch, tat man gut daran, den Kopf einzuziehen und in Deckung zu gehen. Zum Glück waren ihre Wutausbrüche nie von Dauer, und abgesehen von dieser Eigenschaft, die für mich als Westfälin doch eher gewöhnungsbedürftig war, mochte ich sie gern. Zumindest wurde es mit ihr nie langweilig. Was sie wohl diesmal von mir wollte? Ich stützte die Hände in die Hüften, legte den Kopf schief und musterte sie prüfend.

Das Lächeln um Charlottes kirschrot geschminkte Lippen vertiefte sich. »Du schaust mich an, als hätte ich einen Anschlag auf dich vor. Dabei möchte ich dich nur um einen *winzigen* Gefallen bitten.« Um ihre Worte zu unterstreichen, hielt sie Daumen und Zeigefinger ihrer rechten Hand gerade so weit auseinander, dass sie sich nicht berührten.

Gegen meinen Willen musste ich grinsen. »Als du mich das letzte Mal um einen *winzigen* Gefallen gebeten hast, ging es mir noch drei Tage später hundeelend.«

Meine Chefin lachte ihr heiseres Lachen, das so gar nicht zu ihrer glamourösen Erscheinung passen wollte. Mit dem funkelnden Schmuck hätte ich unweigerlich ausgesehen wie ein kleines Mädchen, das Verkleiden spielte. Charlotte dagegen verkörperte die pure Eleganz. Sie duftete nach teurem Parfum, und zu ihren üppigen Colliers trug sie Seidenkleider in Edelsteinfarben, die leise raschelten, wenn sie sich bewegte. Das heute traf den Ton ihrer Augen, und ihr dickes, kupferrotes Haar war wie immer zu einem aufwendigen Knoten frisiert.

»Du bist so undankbar, Sophie«, erwiderte sie scherzend und begann aufzuzählen: »Eine bildschöne Braut, ein romantisches Wasserschloss und dazu lauter Promis auf der Gästeliste ... Andere Journalisten hätten ihre Seele dafür verkauft, über die Hochzeit von Alexander Hovens kleiner Schwester berichten zu dürfen. Und was machst du? Anstatt dich mit den Gästen zu unterhalten und Anekdoten für unsere nächste Ausgabe zu sammeln, veranstaltest du ein Wetttrinken mit dem Mann.«

In gespielter Missbilligung schnalzte sie mit der Zunge. Ich machte mir nichts daraus, denn ich wusste genau: Solange ich am Ende einen guten Artikel ablieferte, konnte ich auf dem Münsteraner Prinzipalmarkt Purzelbäume schlagen, ohne dass Charlotte daran Anstoß nehmen würde. Und mein Bericht über die Hochzeit von Leonie Hoven mit dem oscarprämierten Regisseur Ferdinand von Tassel letzten Monat hatte ihr gut gefallen. Dennoch zog ich es vor zu schweigen. Denn nach der Feier hatte die Geschichte über mein »spektakuläres Trinkgelage mit dem Bruder der Braut« in unserer Redaktion die Runde gemacht, und die gutmütigen Neckereien waren erst abgeflaut, nachdem ich aufgehört hatte, darauf einzugehen. Voller Unbehagen dachte ich an den Münsterländer Lagerkorn, dem ich in jener Nacht auf so unvernünftige Weise zugesprochen hatte, und ein verschwommenes Bild blitzte in meinem Kopf auf. Ich sah mich selbst, wie ich am nächsten Tag in meinem Schlafzimmer aufgewacht war – quer über dem Boxspringbett liegend, im dunkelblauen Paillettenkleid und mit solch fürchterlichen Kopfschmerzen, dass ich überzeugt war, mein letztes Stündlein hätte geschlagen. Bei der Erinnerung begann mein Magen zu rumoren. Beruhigend legte ich eine Hand auf meinen Bauch.

»Zugegeben«, räumte ich schließlich doch ein, »das war nicht die allerbeste Idee. Aber ich bin eben Wirtschaftsredakteurin. Solche Schickimicki-Veranstaltungen sind nichts für mich. Außerdem ist Alexander Hoven der älteste Freund meines Bruders. Da ist es doch selbstverständlich, dass man ein Gläschen zusammen trinkt. Oder auch ganz viele«, fügte ich hinzu und verzog schmerzhaft das Gesicht.

Charlotte lachte erneut und legte mir ihre perfekt manikürte Hand auf den Arm. »Jetzt komm schon«, meinte sie beschwichtigend. »Es ist wirklich ein schöner Auftrag. Wir gehen in mein Büro, da erzähle ich dir die Details.«

Ich blickte auf meine Armbanduhr und unterdrückte ein Stöhnen. »Eigentlich habe ich jetzt eine Verabredung, Charlotte.«

»Es geht ganz schnell. Versprochen.«

Jedes Mal, wenn ich Charlottes Büro betrat, hatte ich das Gefühl, mich in einem Wohnzimmer zu befinden. Die Wände waren in einem zarten Grau gehalten. Für Farbakzente sorgten die Werke von Moona!, einer Künstlerin aus meinem Heimatort Herzbach, die sich mit knallbunten Porträts bekannter Persönlichkeiten einen Namen gemacht hatte. Weiche Vorhänge, ein flauschiger weißer Teppich auf dem Parkettboden und eine Sitzlandschaft mit unzähligen Kissen vervollständigten den wohnlichen Eindruck. Das einzige Zugeständnis an Charlottes Job als Chefredakteurin war ein gläserner Schreibtisch, auf dem ein aufgeklappter Laptop stand.

Während sie zum Kühlschrank ging, der hinter einer weißen Blende versteckt war, stellte ich mich ans Fenster und genoss den Blick auf den Aasee, der sich direkt hinter der anderen Straßenseite auf einer Fläche von vierzig Hektar erstreckte. Umgeben von gepflegten Grünanlagen und malerischen Spazierwegen zählte der Stausee zu Münsters beliebtesten Ausflugszielen. Auch heute waren unzählige Tretboote und Segelschiffe auf dem Wasser unterwegs. Im Licht der Abendsonne hatte es den Anschein, als würden sie durch ein Meer aus Gold pflügen. Weiter hinten konnte ich die hohen Bäume des Biergartens erkennen, in dem ich verabredet war. Sara fragt sich sicher schon, wo ich bleibe, dachte ich mit schlechtem Gewissen. Ich hatte ihr noch nicht einmal eine Nachricht geschrieben.

Als ich gerade mein Handy hervorholen wollte, um das Versäumte nachzuholen, trat Charlotte neben mich und reichte mir ein Mineralwasser in einem der sündhaft teuren französischen Kristallgläser, die wir ihr mit dem gesamten Redaktionsteam zum Einstand geschenkt hatten.

Sie selbst trank nichts. Stattdessen hob sie die Arme und intonierte mit bedeutungsschwerer Stimme: »Hast du Töne?«

Ich nahm einen Schluck von meinem Wasser und wartete darauf, dass sie fortfuhr. Als sie keine Anstalten machte, runzelte ich verwirrt die Stirn. »Wie meinst du das: ›Hast du Töne?‹?«

Ein schelmischer Ausdruck trat in ihre Augen. Den Blick kannte ich! Meine Chefin liebte es, einen Wissensvorsprung zu haben und diesen genüsslich in die Länge zu ziehen, um die Spannung zu erhöhen.

Erneut sah ich auf meine Armbanduhr. »Bitte, Charlotte. Ich habe es wirklich eilig. Drüben im Biergarten wartet eine Freundin auf mich.« Eine Sekunde lang wirkte meine Chefin enttäuscht, dass ich nicht auf ihr Spiel einging, doch schließlich überwog die Freude, ihre Informationen mit mir zu teilen.

»Also schön«, lenkte sie ein und räusperte sich. »Es geht um Alexander Hoven.« Ich konnte ihr ansehen, dass ihr eine weitere Bemerkung über unser Wetttrinken auf der Zunge lag, doch sie schluckte sie in letzter Sekunde herunter. »Wie du bestimmt weißt«, fuhr Charlotte stattdessen fort, »ist er nicht nur der älteste Freund deines Bruders, sondern auch einer der erfolgreichsten deutschen Unternehmer. Nicht schlecht für einen Jungen vom Dorf.«

Meine Chefin wirkte beeindruckt, was selten der Fall war. Ich spürte heißen Stolz auf Alex in mir hochsteigen. Daher beschloss ich, über die großstädtische Herablassung hinwegzusehen, die beim Wort »Dorf« in ihrer Stimme mitgeschwungen war. Als ich klein war, hatte es Alex und meinen Bruder Jascha, der zehn Jahre älter war als ich, nur im Doppelpack gegeben. Eine Zeit lang hatte es sich für mich so angefühlt, als hätte ich zwei große Brüder.

Versonnen legte Charlotte eine Hand auf ihr Collier. »Auch wenn Alexander Hoven seit Jahren in London wohnt, ist er seiner Heimat, dem Münsterland, noch immer tief verbunden. Deshalb hat er exklusiv für die Region den Chorwettbewerb *Hast du Töne?* ins Leben gerufen. Das Event findet Anfang Oktober in der Halle Münsterland statt und geht über ein ganzes Wochenende. Ein richtiges Großereignis also.«

Sie hielt inne und wartete gespannt auf meine Reaktion. Mir wurde bewusst, dass sie Begeisterung von mir erwartete, doch ich konnte nicht vorgeben, was ich nicht empfand. Im Gegenteil. Das Wort *Chor* hatte genügt, um alle meine Sinne in Alarmbereitschaft zu versetzen. Was mochte Alex dazu bewogen haben, von allen Dingen, die er für seine Heimat tun konnte, ausgerechnet einen Chorwettbewerb zu veranstalten? Er war so musikalisch wie ein Stein. Das ergab doch überhaupt keinen Sinn!

Charlottes Miene verdüsterte sich. »Sag nicht, du weißt es längst und hast mir nichts davon erzählt?« Offenbar deutete sie meinen versteinerten Gesichtsausdruck als schlechtes Gewissen. Sie musterte mich voller Misstrauen. »Habt ihr etwa auf der Hochzeit seiner Schwester darüber gesprochen?«

Ich riss mich, so gut es ging, zusammen und winkte ab. »Wenn es so war, kann ich mich jedenfalls nicht daran erinnern«, scherzte ich matt. Zwar wies mein Gedächtnis tatsächlich Lücken auf, was jenen Abend betraf, doch ich war mir sicher, dass Alex keinen Chorwettbewerb erwähnt hatte. *Daran* hätte ich mich erinnert.

Meine Worte schienen Charlotte zu besänftigen, denn sie lächelte bereits wieder. »Nun«, meinte sie aufgeräumt. »Mitmachen darf jeder Erwachsenenchor, solange er aus dem Münsterland stammt. Dem Gewinnerensemble winken dreißigtausend Euro. Ist das nicht großzügig? Die Preisgelder sind sonst viel kleiner. Beim Deutschen Chorwettbewerb in Freiburg wurden sie in diesem Jahr sogar ganz gestrichen. Andererseits sprechen wir hier von Alexander Hoven. Wenn es sich einer leisten kann, dann er.«

Ich atmete tief durch. Die Richtung, in die sich unser Gespräch entwickelte, gefiel mir ganz und gar nicht.

»Und was habe ich damit zu tun?«, erkundigte ich mich vorsichtig.

»Sophie.« Charlotte gelang das Kunststück, gleichzeitig mild und streng auszusehen. Wie eine Grundschullehrerin, die sich gezwungen sah, ihrer Lieblingsschülerin etwas Offensichtliches zu erklären. »Ich *weiß,* dass du für Wirtschaftsthemen brennst. Doch du kennst Alexander Hoven persönlich. Du stehst ihm nahe. Ich möchte, dass du ein Interview mit ihm führst. Gemeinsam singen liegt im Trend – unsere Leser wollen mehr darüber erfahren.«

»Nein«, platzte ich heraus und setzte dazu die finsterste Miene auf, zu der ich imstande war. Zu meinem Leidwesen erzielte dies nicht den gewünschten Effekt, denn Charlotte hatte Mühe, ihr Lächeln zu verbergen.

»Wenn du noch mit dem Fuß auf dem Boden aufstampfen möchtest, bitte sehr, tu dir keinen Zwang an. Ich warte solange.«

Sie schlenderte zum Sofa und nahm demonstrativ darauf Platz. Mir war klar, wie kindisch ich mich verhielt, doch nachgeben wollte ich auch nicht. Also blieb ich weiter am Fenster stehen, biss die Zähne zusammen und schwieg. Charlotte wartete ein paar Sekunden, dann klopfte sie mit einer Hand auf das Polster neben sich. Erst ganz sanft, dann mit zunehmender Beharrlichkeit, bis sich meine Mundwinkel wie von selber hoben und ich ihrer Einladung folgte.

»Du würdest mir einen großen Gefallen tun«, versicherte sie mir, nachdem ich mein Glas auf dem Beistelltisch abgestellt und mich neben sie gesetzt hatte. »Nicht nur, weil du Alexander Hoven kennst, sondern weil du gut bist. Du hast einen unverwechselbaren Stil.« Sie brach ab, als wäre ihr gerade ein neuer Gedanke gekommen, und sprach dann mit gesenkter Stimme weiter. »Oder gibt es einen Grund, warum du ihm nach der Hochzeit nicht mehr begegnen möchtest?«

Entgeistert starrte ich sie an. »Ich hatte nichts mit Alexander Hoven, falls du das andeuten willst«, entgegnete ich, nachdem ich mich von meiner Überraschung erholt hatte. »Allein der Gedanke ist absurd. Alex ist wie ein Bruder für mich.« Ich richtete mich kerzengerade auf. »Es geht mir ausschließlich um das Thema, Charlotte. Um einen guten Artikel zu schreiben, braucht es Empathie und Leidenschaft. Wenn ich an Chormusik denke, empfinde ich weder das eine noch das andere.«

Charlotte schwieg einen Moment und betrachtete mich nachdenklich. »Ich hätte dich nicht für arrogant gehalten, Sophie«, sagte sie schließlich.

Ich machte große Augen. »Arrogant? Wieso denn arrogant?«, fragte ich, weil ich nicht die geringste Ahnung hatte, worauf sie anspielte.

Charlotte kreuzte damenhaft die Fußknöchel übereinander. »Du warst früher eine sehr bekannte Violinistin.

Vielleicht zu bekannt, um über westfälische Laienchöre zu berichten?«

Ich schluckte betroffen. »Das ist nicht wahr. Es ist nur …« Ich verstummte und wandte den Blick ab.

»Es ist nur …?«, wiederholte Charlotte sanft.

Mein Mund wurde trocken. »Ich mag eben diese Art von Gesang nicht«, antwortete ich rau. »Und was ist überhaupt mit Lilly?«, schob ich schnell hinterher, um ihr die Gelegenheit zu nehmen, meine Aussage zu hinterfragen. »*Sie* ist bei uns für die Kulturthemen verantwortlich. Das ist nach Leonie Hovens Hochzeit die zweite Story, die ich an ihrer Stelle übernehmen soll. Meinst du nicht, dass sie das kränken wird?« Ich legte meine Stirn in Falten. Ganz so, als könnte ich das Unwetter schon sehen, das sich am Horizont zusammenbraute, um unsere Redaktion in Schutt und Asche zu legen.

Charlotte drohte mir belustigt mit dem Zeigefinger. »Gib dir keine Mühe, meine Liebe. Ich durchschaue dich.« Sie fixierte mein Gesicht, und ihre Miene wurde schlagartig ernst. »Ich verstehe, dass du deinen Schwerpunkt woanders siehst«, sagte sie nach einer kurzen Pause. »Das tue ich wirklich. Dennoch: Wir sind Journalisten. Wir müssen in der Lage sein, über den Tellerrand hinauszuschauen, wenn es die Situation erfordert. Bei der Hochzeit von Leonie Hoven bist du eingesprungen, weil sich Lilly an dem Tag nicht wohlgefühlt hat. Und was das Interview mit Alexander Hoven angeht, bist du nun einmal am besten geeignet für den Job. So einfach ist das.« Charlotte klatschte in die Hände und sandte mir damit die unmissverständliche Botschaft, dass sie nicht bereit war, von ihrer Entscheidung abzurücken.

Ich begriff, dass ich verloren hatte. Charlotte war meine

Chefredakteurin und hatte in dieser Angelegenheit bereits mehr Geduld bewiesen, als sie normalerweise an den Tag legte. Es ist nur ein Interview, versuchte ich mich zu trösten. Mit Alex, den ich seit meiner Geburt kenne. Charlotte hatte mit keinem Wort verlangt, dass ich den Wettbewerb vor Ort begleitete. Ein kalter Schauer lief mir über den Rücken. Allein die Vorstellung, ein Wochenende lang eingesperrt zu sein, mit Dutzenden Chören um mich herum, mit Gängen und Fluren voller Klänge und Gesang, mit Musik, die aus jedem Raum schallte und vor der es kein Entrinnen gab, genügte, damit sich mein Herz verkrampfte. Ich verscheuchte den Gedanken und holte tief Luft.

»Ich rufe Alex am Montag an und vereinbare einen Termin mit ihm.«

Charlotte nickte zufrieden. »Das wollte ich hören«, antwortete sie. »Ich danke dir, Sophie. Und jetzt will ich dich nicht länger aufhalten, du bist schließlich verabredet. Ich wünsche dir ein schönes Wochenende.«

2

Sophie Ich war außer Atem, als ich zehn Minuten später den Biergarten erreichte. Mein Jeanskleid klebte mir am Körper, und mein kurzes, dunkelblondes Haar kringelte sich im Nacken vor Feuchtigkeit, so schnell war ich die fünfhundert Meter von der Redaktion hierhin gelaufen. Suchend blickte ich mich um, bis ich Sara an einem der Tische im hinteren Bereich entdeckte. Sie war aufgestanden und winkte mir fröhlich zu. Augenblicklich hob sich meine Laune, und mit neuer Energie bahnte ich mir einen Weg durch die Menge. Da Münster eine beliebte Studentenstadt war, bestand das Publikum überwiegend aus jungen Leuten, aber es gab auch Familien mit Kindern und Gruppen von Geschäftsleuten, die bei einem kühlen Pils das Wochenende einläuteten. Die Kellner wuselten geschäftig umher und brachten Getränke und Platten mit herrlich duftenden Tapas zu den Tischen.

Sara und ich umarmten uns zur Begrüßung.

»Es tut mir leid, dass ich so spät bin«, sagte ich schuldbewusst. »Meine Chefredakteurin hat mich aufgehalten. Ich wollte dir eine Nachricht schreiben, habe es aber nicht mehr hinbekommen. Wie auch immer: Die erste Runde geht auf mich.«

Sara schenkte mir ihr Grübchenlächeln, das so bezaubernd war, dass ich unwillkürlich mitlächeln musste. »Alles gut. Du musst dich nicht entschuldigen. Ich habe mir die Wartezeit versüßt.« Sie wies auf ihr Weinglas, das so gut wie leer war. »Dir habe ich auch eine Weißweinschorle bestellt, nur wird sie inzwischen warm sein.«

»Das macht überhaupt nichts.« Ich ließ mich ihr gegenüber auf den Stuhl sinken und nahm einen tiefen Schluck. »Sie schmeckt trotzdem.«

Sara betrachtete mich aufmerksam. »Ist etwas passiert? Du siehst gestresst aus.«

Ich nahm mir eine Scheibe von dem knusprigen Weißbrot, von dem ich schon in der Redaktion geträumt hatte, und bestrich sie großzügig mit Aioli. Während ich aß, gab ich wieder, was sich im Büro ereignet hatte. »Und nun führe ich also ein Interview mit Alexander Hoven«, schloss ich, »über einen Chorwettbewerb namens *Hast du Töne?*« Ich griff erneut nach meinem Weinglas und setzte es an die Lippen.

»Du sagst das so, als sei das etwas Schlimmes«, erwiderte Sara amüsiert.

»Ich bin *Wirtschafts*redakteurin«, wiederholte ich meine Worte, die ich auch schon Charlotte gegenüber geäußert hatte, wobei ich die erste Silbe meiner Jobbezeichnung vielsagend betonte. Ein Kellner eilte vorbei, und Sara hob die Hand, um ihn auf uns aufmerksam zu machen.

»Na und?«, bemerkte sie, ohne mich anzusehen. »Ich bin Steuerberaterin. Trotzdem mag ich Musik. Und du entstammst einer Familie von Geigenbauern. Dein Vater verkauft seine Instrumente in die ganze Welt. Du bist mit

19

der Musik aufgewachsen und hast Geige gespielt, bevor du ganze Sätze bilden konntest. Diesen Artikel schreibst du doch mit links.« Jetzt fuchtelte sie mit beiden Armen, bis der Kellner in ihre Richtung blickte und durch ein Nicken zu verstehen gab, dass er gleich zu uns kommen würde.

Nachdenklich betrachtete ich Saras ebenmäßiges Profil. Wir wohnten beide in Herzbach, einem bezaubernden kleinen Ort, der dreißig Kilometer von Münster entfernt am Ufer der Stever lag. Dort waren wir Tür an Tür aufgewachsen, doch angefreundet hatten wir uns erst vor Kurzem. Sara war vier Jahre älter als ich, eine Zeitspanne, die in Kinderaugen ein halbes Leben bedeutete. Zudem hatte ich in der Zeit, in der sie draußen mit ihren Freunden spielte, Geige geübt. Deshalb kannte Sara auch nur die Fakten, die jeder Fremde nachlesen konnte, der meinen Namen in eine Suchmaschine im Internet eingab.

Sophie Löwenstein, ehemaliges Musikwunderkind, gab ihre vielversprechende Karriere als Violinistin im Alter von siebzehn Jahren auf, um das Abitur zu machen und danach Betriebswirtschaftslehre in der Landeshauptstadt zu studieren. Nach ihrem Volontariat bei der *Berliner Zeitung* kehrte sie zurück ins münsterländische Herzbach, wo auch die traditionsreiche Geigenbau-Meisterwerkstatt ihrer Familie liegt ...

Mein Vater betrieb das Geschäft am Marktplatz in fünfter Generation. Genau genommen waren schon sechs Generationen am Werk, denn mein Bruder Jascha arbeitete ebenfalls dort. Zu meiner Geburt hatte mein Vater keinen Baum gepflanzt, er hatte eine Geige gebaut. Ein wunderschönes Exemplar aus feinjährigem Fichtenholz, geschlagen im italienischen Fleimstal, das meine Mutter mir in die pummeligen Kinderhände drückte, sobald es der Anstand zuließ. Sie hatte stets behauptet, ich habe selbst danach gegriffen, doch das hatte ich ihr nie abgenommen. Wie das Schicksal es wollte, schlummerte großes Talent in mir, und so machte es sich meine Mutter, die damals Professorin für Violine an der Münsteraner Musikhochschule war, zur Aufgabe, mich mit allem, was in ihrer Macht stand, zu fördern. Leider schoss sie dabei gehörig über das Ziel hinaus. Das Ergebnis war eine Kindheit, die dieses Prädikat nicht verdiente, und führte letztendlich dazu, dass ich am Tag nach meinem siebzehnten Geburtstag in aller Frühe aufstand, das Fenster meines Schlafzimmers im ersten Stock öffnete und meine Geige hinauswarf. Nie würde ich das Geräusch vergessen, mit dem sie auf den Steinen der Terrasse aufschlug und zerbarst. Es war der Klang der Freiheit.

Seitdem hatte ich nie wieder ein Instrument gespielt. Ich ging weder ins Konzert noch in die Oper, und wenn sie im Fernsehen einen Beitrag über klassische Musik brachten, schaltete ich aus. Einmal waren mir aus einem vorbeifahrenden Wagen die Klänge von Tschaikowskys *Violinkonzert in D-Dur* entgegengeweht. Da hatte ich mich so erschrocken, dass ich bei Rot auf die Straße gelaufen war. Nur meinem Schutzengel war es zu verdanken, dass ich heil aus der Situation herausgekommen war. Ihm und einem beherzten Spaziergänger, der mich im letzten Moment zurück auf den Bürgersteig gezogen hatte. Mit anderen Worten: Ich war denkbar ungeeignet, um einen Artikel über einen Chorwettbewerb zu schreiben.

Ich trank den letzten Schluck aus meinem Weinglas. »Es reicht, dass meine Familie musikbesessen ist. Da möchte ich wenigstens bei der Arbeit meine Ruhe haben.«

Sara wollte etwas erwidern, doch in diesem Moment kam der Kellner an unseren Tisch und erkundigte sich nach unseren Wünschen. Ich war dankbar für die Ablenkung. Der junge Mann, dessen Unterarme mit kunstvollen Tätowierungen verziert waren, schaute Sara voller Bewunderung an. Das hatte ich schon häufiger erlebt. Meine Freundin war mit ihrem ausdrucksstarken Blick, den sanft geschwungenen Lippen und dem langen, rotblonden Haar außergewöhnlich hübsch. Doch wenn sich Sara ihrer Schönheit bewusst war, dann bildete sie sich nichts darauf ein. Sie war freundlich und liebenswert und hatte ein ansteckendes Lachen, das an das Glucksen eines Kindes erinnerte. Letztes Jahr im Frühling hatten sie und ihr Ehemann sich getrennt. Seitdem wohnte Sara wieder in Herzbach, und ich hegte den starken Verdacht, dass es niemanden auf dieser Welt gab, der sie nicht mochte.

Wir bestellten gemischte Tapas und dazu eine Flasche Lugana. Während wir aßen, erkundigte ich mich nach Saras Yogalehrerinnenausbildung, die sie neben ihrer Arbeit absolvierte.

Sofort ging ein Strahlen über ihr Gesicht. Sara praktizierte seit Jahren Yoga und hatte mir anvertraut, dass es ihr großer Traum war, selber Stunden zu geben.

»Ich komme gut voran«, rief sie. »Im Oktober absolviere ich noch zwei Intensivwochen, für die ich mir Urlaub genommen habe, danach bin ich fertig.« Versonnen fuhr sie fort: »Ich kann es kaum erwarten, meinen ersten eigenen Kurs anzubieten. Meinst du, die Herzbacher sind offen für Yoga?«

Ich lächelte optimistisch. »Es kommt auf einen Versuch an. Hast du denn schon geeignete Räumlichkeiten?«

Sara angelte sich mit den Fingern eine Olive aus dem Schälchen und nickte. »Pfarrer Bertelsbeck hat mir das ehemalige Gemeindehaus angeboten. Die Kirche hat keine Verwendung mehr für das Gebäude, seit es den Neubau am Kindergarten gibt. Morgen Nachmittag schaue ich es mir an. Den Schlüssel habe ich schon abgeholt.«

Überrascht hielt ich inne. »Wirklich? Das Haus steht seit Jahren leer! Bestimmt wimmelt es da nur so vor Spinnen und Mäusen.«

Sara schüttelte zuversichtlich den Kopf. »Mein Kommunionsunterricht fand dort statt. Ich habe die Räumlichkeiten als sehr hell und freundlich in Erinnerung.«

»Das war vor fünfundzwanzig Jahren«, lachte ich. »Warst du seitdem noch mal dort?«

»Nein. Aber es wird schon nicht so schlimm sein. Nichts, was nicht mit ein wenig Wasser und Seife wieder in Ordnung zu bringen wäre.«

»Dein Wort in Gottes Ohr. Möchtest du, dass ich dich zu deiner Besichtigung begleite?«, fragte ich aus einem spontanen Impuls heraus. »Ich habe morgen Nachmittag nichts vor, und vier Augen sehen bekanntlich mehr als zwei.«

Saras Mund verzog sich zu einem breiten Lächeln. »Unbedingt! Ich freue mich riesig, wenn du mitkommst.«

Statt einer Antwort hob ich mein Glas und prostete ihr zu. Damit war es abgemacht.

Gegen halb elf abends machten wir uns zu Fuß auf den Weg zum Münsteraner Bahnhof. Es war noch immer angenehm warm. Über uns funkelten die Sterne, dazu wehte eine milde Brise, die den süßen Duft von Blumen und frisch gemähtem Gras mit sich führte. Auf den Straßen kamen uns eng umschlungene Pärchen und immer wieder Grüppchen von Studenten entgegen, die laut und unbeschwert miteinander lachten.

»Die haben noch etwas vom Leben«, witzelte Sara und hielt an, um ein Steinchen aus ihrer Sandale zu entfernen. Dabei geriet sie aus dem Gleichgewicht, und ich fasste ihren Arm, um sie zu stützen.

»Du hast recht«, stimmte ich zu, »während wir brav nach Hause ins Bett gehen, fängt der Abend für die jungen Leute erst an.«

»Die jungen Leute …«, kicherte Sara. »Du bist auch nur fünf Jahre älter als die.«

Die Bahn fuhr in dem Moment ein, als wir das Gleis betraten. Wir stiegen ein und setzten uns einander gegenüber ans Fenster. Außer uns waren nur zwei ältere, gut gekleidete Damen im Abteil. Sie unterhielten sich über eine Theateraufführung, die sie zusammen besucht hatten. Ihr Parfum hing schwer in der Luft und machte mich ein wenig benommen.

Die Zugfahrt dauerte zwanzig Minuten. Es ging vorbei an endlosen Weizen- und Maisfeldern, an Wiesen und Wäldern, die um diese Uhrzeit im Dunkeln dalagen, dazwischen Bauernhöfe und winzige Dörfer, die aus kaum mehr als ein paar Häusern bestanden. Herzbach hatte keinen eigenen Bahnhof, sodass wir im Nachbarort Mondstein ausstiegen. Von hier aus waren es noch fünf Kilometer.

Das Gleis war menschenleer, eine einsame Laterne tauchte den Bahnsteig in gelbes Licht. Auf einer Bank stand ein Kaffeebecher aus Pappe, den ein Reisender dort achtlos hatte stehen lassen. Sara nahm ihn auf und warf ihn in den Mülleimer. Nach dem fröhlichen Treiben, das wir in Münster erlebt hatten, schlug uns hier eine allumfassende Stille entgegen, die nur vom Ruf eines Nachtvogels unterbrochen wurde. Dazu war es ein paar Grad kühler als in der Stadt.

An Saras Armen zeigte sich Gänsehaut. »Alleine würde ich hier nicht entlanggehen wollen«, bekannte sie, als wir die Treppe hoch zu den Fahrradständern liefen.

Ich warf ihr einen erstaunten Seitenblick zu. Dieser Gedanke war mir noch nie gekommen, dabei hatte ich schon oft den letzten Zug nach Mondstein genommen, wenn es in der Redaktion wieder einmal spät geworden war.

»Fährst du denn sonst nie mit dem Zug zur Arbeit?«, erkundigte ich mich. Schließlich lag ihre Steuerberatungsgesellschaft ebenfalls in Münster.

Sara schüttelte den Kopf. »Normalerweise nehme ich das Auto. Das geht viel schneller. Aber heute habe ich eine Ausnahme gemacht, weil ich ein Glas Wein mit dir trinken wollte.« Sie lächelte mich an. Im nächsten Moment verdüsterten sich ihre Züge. »O nein«, murmelte sie und bückte sich, um den Hinterreifen ihres Fahrrads zu befühlen.

»Du hast einen Platten«, sprach ich das Offensichtliche aus. »Bestimmt bist du auf dem Weg über eine Scherbe gefahren.«

Sara richtete sich auf und betrachtete ihre rechte Handfläche, auf der sich ein Schmutzfleck zeigte.

»Halb so wild«, tröstete ich sie und reichte ihr ein Taschentuch. »Ich nehme dich auf meinem Gepäckträger mit.«

Eine Minute später waren wir unterwegs. Dafür, dass Sara so schlank war und nicht besonders groß, musste ich ganz schön in die Pedale treten, um an Fahrt zu gewinnen. Sie hatte sich seitlich auf den Gepäckträger gesetzt und ihre Hände locker um meine Hüften gelegt.

»Das erinnert mich an früher«, jauchzte sie. »Als Kinder haben wir das ständig gemacht.«

Wie sehr sich Saras Kindheit von meiner unterschieden hat, dachte ich erneut. Ich selbst war Studentin gewesen, als ich zum ersten Mal bei einer Freundin auf dem Gepäckträger mitgefahren war.

Wir kamen an Maisfeldern vorbei, die zum Westkamp-Hof gehörten, dem größten Bauernhof in der Umgebung, und nach einer Kurve wurde der Fahrradweg abschüssig. Ich hörte auf zu treten und genoss den Nachtwind, der mir ins Gesicht wehte. Grillen zirpten, und von irgendwoher war das Bellen eines Hundes zu hören. Plötzlich blendeten Scheinwerfer vor uns auf. An der blau-weißen Färbung erkannte ich, dass es sich um einen Polizeiwagen handelte.

»Och nö«, hörte ich Sara hinter mir sagen. Als wir auf einer Höhe waren, bremste das Auto ab und blieb mitten auf der Straße stehen. Ich hielt ebenfalls an. Sara glitt vom Gepäckträger und warf mir einen so verschwörerischen Blick zu, dass ich grinsen musste.

Die Fensterscheibe des Polizeiwagens glitt herunter.

»Führerschein und Fahrzeugpapiere bitte«, dröhnte eine tiefe Stimme.

Im ersten Moment wirkte Sara verwirrt, dann fing sie

an zu lachen. »Mensch, Paul«, meinte sie. »hast du mich erschreckt!«

Im Fenster erschien ein bärtiges Gesicht, das ich nun ebenfalls erkannte. Paul Averbeck war Mitte fünfzig. Als Polizist in der nächstgrößeren Stadt Sternbeck besuchte er seit Jahrzehnten die Grundschulen der Dörfer und Ortschaften, um den Kindern, und manchmal auch deren Eltern, Unterricht in Verkehrserziehung zu geben. Das tat er auf so freundliche und unaufgeregte Weise, dass ihn einfach jeder gernhatte.

»Soll ich euch mitnehmen?«, fragte er gutmütig.

Die Strecke war nicht mehr lang, und am liebsten wäre ich weiter mit dem Fahrrad durch die milde Sommernacht gefahren, doch damit hätte ich Paul in eine unangenehme Situation gebracht. So nett er war – als Polizist, der Generationen von Herzbachern die Verkehrsregeln beigebracht hatte, konnte er schlecht ein Auge zudrücken, wenn er Sara auf meinem Gepäckträger erwischte. Während Paul mein Fahrrad im Kofferraum seines Kombis verstaute, fragte ich mich im Stillen, ob er damit nicht auch gegen eine polizeiinterne Regel verstieß, doch ich behielt den Gedanken für mich. Sara und ich nahmen auf dem Rücksitz Platz.

Sie stieß mich mit dem Ellenbogen in die Seite. »Fühlst du dich auch wie ein Schwerverbrecher?«, raunte sie mir zu.

»Absolut«, flüsterte ich, und wir sahen uns an.

Saras Mundwinkel zuckten. Dann brachen wir gleichzeitig in Gelächter aus und konnten gar nicht mehr aufhören. Wir lachten und lachten, bis uns die Tränen über die Wangen liefen und mein Bauch vor Anstrengung schmerzte. Immer, wenn ich dachte, es gehe wieder, blickte ich Sara an, und schon kicherten wir erneut los.

Wir lachten noch, als Paul den Wagen auf dem großen Parkplatz vor Herzbachs Ortseingang zum Stehen brachte. Amüsiert drehte er sich zu uns um: »Endstation, ihr verrückten Hühner.«

Dank seiner malerischen Fachwerkhäuser, dem wunderschönen Marktplatz und der alten Mühle am Ufer der Stever war Herzbach ein beliebtes Ausflugsziel für Touristen. Dazu hatte unser Dorf eine weitere Besonderheit aufzuweisen, denn Herzbach war faktisch autofrei. Waren früher die Blechkolonnen über das Kopfsteinpflaster geholpert, so waren es heute Spaziergänger und Fahrradfahrer, die das Ortsbild prägten. Diese geradezu himmlische Ruhe hatten wir Ava zu verdanken. Mit ihren vierundsiebzig Jahren, ihrem Einfallsreichtum und ihrer Durchsetzungskraft war Ava so etwas wie die gute Seele des Dorfes. Die Frau, an die man sich wandte, wenn man ein Problem zu lösen hatte, mit dem man selbst nicht weiterkam. Nachdem der Motorenlärm und der Abgasgestank zunehmend unerträglich geworden waren, hatte sie die Herzbacher im Hotel am Dorfplatz zusammengetrommelt und den Widerstand organisiert. Seit nun schon zwei Jahren bat ein großes Schild am Ortseingang darum, den Wagen auf dem kostenfreien Parkplatz abzustellen, für den Bauer Westkamp eine seiner Wiesen gespendet hatte. Und die Touristen hielten sich nicht nur an diese freiwillige Autofreiheit, sie waren begeistert. Ebenso wie die Einheimischen. Wo sonst konnten Kinder unbesorgt auf der Straße spielen?

Nachdem ich Sara zu dem Fachwerkhaus mit den

grünen Fensterläden begleitet hatte, in dem sie zur Miete wohnte, fuhr ich die letzten Meter mit dem Fahrrad nach Hause. Ich war zu aufgekratzt zum Schlafen, also kochte ich mir in der Küche eine Tasse Pfefferminztee und setzte mich damit auf die Terrasse.

Vor drei Jahren war ich von Berlin zurück nach Herzbach gezogen, und noch immer erfüllte mich tiefe Zufriedenheit, wenn ich in meinem Garten saß und auf die Stever blickte, die hier gemächlich vorbeifloss. Das Haus hatte früher meiner Großmutter, der Mutter meiner Mutter, gehört. Wir hatten nie ein enges Verhältnis gehabt, und während meiner Jahre in Berlin hatten wir uns gar nicht gesehen. Umso überraschter war ich, dass sie mir ihr Haus hinterließ. Als ich nach ihrer Beerdigung von Zimmer zu Zimmer wanderte, um mir zu überlegen, was ich damit tun sollte, fand ich auf Großmutters Schminkkommode einen Brief vor. Er war an mich adressiert und bestand nur aus wenigen Zeilen.

Liebe Sophie,
ich habe gesehen, was meine Tochter mit dir
macht, und nichts dagegen unternommen.
Wenn ich eine Sache in meinem Leben bereue,
dann das. Nimm das Haus, verkauf es, wenn
du magst. Oder lass es dein Zuhause sein. Es ist
ein gutes Zuhause.
Es grüßt dich in Liebe
Deine Großmutter

Und während ich dastand, in ihrem Schlafzimmer, den Brief in meinen Händen, spürte ich ein nie gekanntes Heimweh, das mich auch in den darauffolgenden Tagen und Wochen nicht losließ. So hatte ich meine Zelte in Berlin abgebrochen und war nach Herzbach zurückgekehrt. Es wäre etwas anderes gewesen, wenn meine Mutter noch hier gewohnt hätte. Doch sie war schon lange fort, und es bestand keine Gefahr, dass wir uns über den Weg liefen.

Ich trank meinen Tee in kleinen Schlucken und spürte, wie mich nun doch die Müdigkeit überkam. Also stand ich auf und ging ins Haus, um mich fürs Bett fertig zu machen.

3

Sophie »Mit ein wenig Wasser und Seife also ... Ich befürchte, der Schmutz ist das Einzige, was dieses Haus zusammenhält.«

Stirnrunzelnd blickte ich mich um. Es war der nächste Nachmittag, und Sara und ich befanden uns im ehemaligen Gemeindehaus, in dem großen Raum im Erdgeschoss, in dem meine Freundin ihre Yogakurse anbieten wollte. Leider hatte sich meine düstere Vorahnung mehr als bestätigt. So reizend das kleine Fachwerkhaus von außen wirkte mit seinem grünen Tor, den hölzernen Fenstern und den leuchtenden Stockrosen im Garten, im Inneren war es in einem denkbar schlechten Zustand. Der Putz bröckelte von den Wänden, und dahinter schimmerte nacktes Mauerwerk hindurch. Der Dielenboden war mit einer dicken Staubschicht bedeckt, doch auch sie konnte nicht verbergen, dass das Holz an vielen Stellen gesplittert war. Die Fensterrahmen wiesen ebenfalls Risse auf. Wenigstens waren die Scheiben intakt, bemühte ich mich das Positive zu sehen. Versuchsweise klopfte ich gegen einen der hölzernen Stützbalken im Raum und horchte. War der Klang nicht irgendwie ... hohl? Womöglich waren hier Würmer am Werk. Kein Wunder, dass sich die Kirche schon vor Jahren zum Neubau entschieden hatte. Der schicke Bungalow neben dem Kindergarten verfügte nicht nur über mehr Platz, sondern auch über Fußbodenheizung, Klimaanlage und elektronische Fensterläden. Alles Errungenschaften der Moderne, von denen dieses Gebäude nur träumen konnte.

Ich blickte zu Sara, die auf der anderen Seite des Raumes gerade das Mauerwerk erkundete. Sicher war sie enttäuscht. Sie hatte sich so viel von der Besichtigung versprochen.

»Bestimmt gibt es andere Räumlichkeiten in Herzbach, die du nutzen kannst«, versuchte ich sie zu trösten. »Was hältst du davon, wenn wir einen Spaziergang zum See machen? Auf dem Weg können wir in Ruhe überlegen – ohne Angst haben zu müssen, dass die Decke über uns einstürzt«, fügte ich scherzend hinzu, um sie aufzumuntern.

Doch meine Sorge erwies sich als unbegründet. Als sich Sara zu mir umdrehte, lag ein helles Leuchten auf ihrem Gesicht. »Der Raum ist fantastisch«, schwärmte sie. Sie schien gar nicht gehört zu haben, was ich gesagt hatte. »Schau dir nur diese Balken an und den wundervollen Eichenholzboden. Welches Yogastudio verfügt schon über eine solche Atmosphäre? Hier werde ich meine Kurse geben.« Sie legte ihre Hände unter dem Kinn zusammen, zog die Schultern hoch und seufzte glücklich.

Ich kniff die Augen zusammen. Meinte sie das ernst? War am Ende ich diejenige, die in ihrem Urteil zu kritisch war? Erneut ließ ich meinen Blick umherwandern. Über die Löcher in den Wänden, die abgenutzten Fensterrahmen bis zum gesplitterten Holzfußboden. Ich hatte keine

Erfahrung mit Renovierungsarbeiten, aber ich war mir sicher, dass es ein Vermögen kosten würde, diesen Raum auf Vordermann zu bringen.

Draußen schlug uns sommerliche Hitze entgegen. Nachdem wir den Schlüssel bei Pfarrer Bertelsbeck in den Briefkasten geworfen hatten, wie Sara es mit ihm vereinbart hatte, schlugen wir den Weg in Richtung Wald ein. Auf dem kurzen Spaziergang durchs Dorf redete Sara so begeistert auf mich ein, dass ich es nicht über mich brachte, ihr meine Bedenken mitzuteilen.

Wie jeden Samstag waren viele Touristen unterwegs. Sie wiesen sich gegenseitig auf die liebevollen Holzarbeiten der Fachwerkhäuser ringsherum hin und blieben alle paar Meter stehen, um die Blumenmeere in den Vorgärten zu bewundern. An der alten Mühle, in der gleich eine Trauung stattfinden würde, wie die davor wartende Gästeschar vermuten ließ, überquerten Sara und ich die Holzbrücke über die Stever. Dahinter begann der Wald. Hier war die Luft angenehm frisch, und es duftete nach Erde und Moos. Insekten summten, über unseren Köpfen zwitscherten die Vögel, und ein paar Meter vor uns hoppelte ein Hasenjunges über den Weg und verschwand im Unterholz. Unwillkürlich hoben sich meine Mundwinkel.

Sara erwiderte mein Lächeln und hakte sich bei mir unter. »Vertrau mir, Sophie, der Raum wird großartig.«

Ich sah sie von der Seite an. »Vielleicht hast du recht«, tastete ich mich behutsam vor. »Aber vorher muss er gründlich renoviert werden. Vielleicht braucht sogar das komplette Gebäude eine Sanierung. Wer übernimmt die Kosten dafür?«

Sara zuckte mit den Schultern. »Das werden wir sehen. Erst mal rufe ich heute Abend Helmut an. Er ist der beste Freund meines Vaters und als Immobiliensachverständiger auf Fachwerkhäuser spezialisiert. Er soll sich das Gebäude anschauen und ein erstes Gutachten erstellen. Damit gehe ich dann zu Pfarrer Bertelsbeck. Es war schließlich seine Idee, dass ich das ehemalige Gemeindehaus für meine Yogakurse nutze. Also muss es auch in seinem Interesse sein, dass das Gebäude in einem guten Zustand ist.«

Was diesen Punkt anging, hatte ich so meine Zweifel. Pfarrer Bertelsbeck war ein Schlitzohr. Bestimmt hatte sein großzügiges Angebot einen Haken. Doch ich wollte nicht schon wieder als Spielverderberin dastehen. Also murmelte ich etwas Unbestimmtes und wechselte das Thema.

»Kennst du Alex Hoven eigentlich von früher?«, erkundigte ich mich.

Sara blickte mich verwundert an. »Wie kommst du denn jetzt auf den?« Unvermittelt huschte ein verklärter Ausdruck über ihre Züge, und sie fuhr fort, ohne meine Antwort abzuwarten. »Kennen ist übertrieben, aber wir sind uns häufig begegnet. Alexander wohnte mit seiner Familie ja nur eine Straße weiter. Als er fortging, um in London zu studieren, hat er mir das Herz gebrochen. Ich war zwölf und so rettungslos in ihn verliebt, dass ich mich noch Wochen später in den Schlaf weinte.« Im Gehen hob sie einen Stock auf und streifte damit die Büsche am Wegrand.

Ich nickte. Auch wenn ich nicht in Alex verliebt gewesen war, hatte ich den Tag noch gut im Gedächtnis, an dem er sich von mir verabschiedet hatte, um in sein neues

Leben aufzubrechen. Bis dahin war er bei uns zu Hause ein und aus gegangen – ein Lichtblick in meinem strengen, perfekt durchorganisierten Tagesablauf –, und plötzlich sah ich ihn nur noch in den Semesterferien. Eine Zeit lang vermisste ich ihn schrecklich.

»Verliebt …«, wiederholte ich gedankenverloren. Als ich zwölf war, hatte ich mich auf mein Debüt mit den Berliner Philharmonikern vorbereitet. Selbst wenn es einen netten Jungen in meiner Umgebung gegeben hätte, ich wäre viel zu beschäftigt gewesen, um ihn zu bemerken.

»So, wie du das Wort aussprichst, könnte man meinen, du seist noch nie verliebt gewesen«, meinte Sara.

»Das war ich auch nicht.«

Meine Freundin blieb so abrupt stehen, dass sie beinahe ins Straucheln geriet. Sie ließ den Stock fallen und starrte mich an. »Du bist neunundzwanzig und hast noch nie dein Herz an jemanden verloren?«, fragte sie ungläubig.

Ich schüttelte den Kopf. Vor meinem inneren Auge ließ ich meine Ex-Freunde Revue passieren. Thorsten, den ich im ersten Semester an der Humboldt-Universität zu Berlin kennengelernt hatte und mit dem ich ein knappes Jahr zusammenblieb. Danach kam Manuel. Unsere Beziehung hielt bis zum Ende des Studiums. Während meines Volontariats bei der *Berliner Zeitung* war ich schließlich mit einem Kollegen zusammen. Bis der als Auslandskorrespondent nach Brüssel ging. Sie alle waren tolle, interessante Männer. Wir hatten eine schöne Zeit miteinander verbracht, doch Herzklopfen hatte ich bei keinem von ihnen verspürt.

»Du Glückspilz«, stieß Sara seufzend hervor und setzte

sich wieder in Bewegung. »Wenn ich das von mir doch auch behaupten könnte. Das hätte mir in Bezug auf Noah einiges erspart.«

Die Sonne fiel in grün-goldenen Streifen durch die Baumkronen und tauchte den Weg vor uns in ein geheimnisvolles Licht. Ein Schleier hatte sich über Saras schönes Gesicht gelegt, und ich drückte mitfühlend ihre Schulter. Bei einem unserer letzten Treffen hatte sie mir nach zwei Gläsern Wein gestanden, dass sie kurz nach ihrer Ankunft in Herzbach letztes Jahr im Frühling eine Affäre mit ihrem verheirateten Chef Noah eingegangen war, die ein Jahr angedauert hatte. Vor einigen Wochen hatte sie sich von ihm getrennt. Nicht, weil sie ihn nicht mehr liebte, sondern weil sie die Einsamkeit nicht länger ertrug, die er ihr auferlegte. Sie wolle mit ihm zusammen sein, hatte sie ihm zum Abschied zu verstehen gegeben, doch vorher müsse er für klare Verhältnisse sorgen. Seitdem hatte sich Noah nicht mehr bei Sara gemeldet. Auch wenn er seine Ehefrau nicht mehr liebte, fühlte er sich an sie gebunden. Sie war neun Jahre älter als er, weswegen sie sich lange geweigert hatte, ihn zu heiraten. Erst nachdem er ihr hoch und heilig versprochen hatte, sie niemals wegen einer Jüngeren, mit der er Kinder haben konnte, zu verlassen, hatte sie eingewilligt.

»Es ist gut, dass es vorbei ist«, bemerkte ich im Brustton der Überzeugung. »Noah hat dich so unglücklich gemacht.«

»Ich weiß.« Sara schluckte. »Egal. Lass uns von etwas anderem sprechen.« Sie holte tief Luft und sah mir in die Augen. »Du hast mich nach Alexander Hoven gefragt. Letzten Monat habe ich ihn nach all den Jahren wiedergesehen. Auf dem Sommerfest des Seniorenstifts in

Mondstein, das er damals für seine Großmutter gegründet hat. Er hat die Eröffnungsrede gehalten, und ich muss sagen, er sieht immer noch umwerfend aus mit seinen schwarzen Haaren und den dunklen, dichten Augenbrauen. Wie Mr Big aus *Sex and the City* – nur in ein wenig jünger.« Sie schenkte mir ihr Grübchenlächeln, das ich erleichtert erwiderte.

So erklommen wir die Anhöhe, hinter der sich der See mit seinem kristallklaren Wasser auftat.

Auch wenn ich schon oft hier gestanden hatte, war ich noch immer tief berührt von dem Anblick, der sich mir bot. Umschlossen von hohen Bäumen und dichtem Schilfgras lag eine friedliche Stille über dem Gewässer, die nur vom Gesang der Vögel durchbrochen wurde. Als wir den Strand erreicht hatten, zogen wir unsere Sandalen aus und liefen barfuß zum Wasser. Kleine Wellen rollten ans Ufer. Wir vergruben unsere Zehen im nassen Sand und freuten uns darüber, wie das Wasser unsere Knöchel umspielte. Nach einer Weile nahmen wir in dem einzelnen Strandkorb Platz, der hier stand. Er gehörte Hermann, einem ehemaligen Kapitän, der seinen Lebensabend in Herzbach verbrachte und nichts dagegen hatte, wenn andere Leute ihn benutzten. Sara, die mit Hermann befreundet war, hatte mir erzählt, dass er beinahe jeden Morgen hier saß, um den Sonnenaufgang zu genießen.

Ich kuschelte mich tiefer in die grauen Polster. »Der See ist mein absoluter Lieblingsort«, vertraute ich ihr an. »Hierher bin ich schon als Kind gekommen, wenn ich für mich sein wollte.«

Die Momente waren selten und kostbar gewesen. Ich hatte sie mir stehlen müssen, denn in den Augen meiner

Mutter war jede Minute, in der ich nicht Geige übte, vergeudete Zeit. Ich sog die Luft tief in meine Lungen und ließ sie geräuschvoll durch den Mund wieder entweichen.

»Jetzt klingst du wie Hermann«, meinte Sara amüsiert. »Er atmet genauso, wenn er hier sitzt. Als alter Seebär ist ihm die Luft an Land zu dünn. Nur hier nicht. Hier erscheint sie ihm so frisch und klar wie auf dem offenen Meer.« Sie sah mich von der Seite an. »Wusstest du übrigens, dass es Alexander Hoven war, der Hermann diesen Strandkorb geschenkt hat? Damit der einen Platz hat, an dem er frei atmen kann?«

»Welcher Herzbacher kennt die Geschichte nicht?«, entgegnete ich und verschränkte die Hände hinterm Kopf. »Aber genau genommen hat Alex den Strandkorb nur bezahlt. Die Idee hatte jemand anders, wenn ich mich recht entsinne.«

Ich wollte gerade darauf eingehen, was sich in diesem Jahr in Herzbach Wundersames ereignet hatte, als meine Aufmerksamkeit von einer Bewegung am gegenüberliegenden Ufer in Beschlag genommen wurde. Wie es aussah, waren Sara und ich nicht länger alleine.

»Ist das nicht Marvin Westkamp?«, fragte ich Sara, ohne meinen Blick von der großen, schlanken Gestalt abzuwenden, die gerade im Begriff war, ihr T-Shirt über den Kopf zu ziehen. Im nächsten Moment folgte die Jeans. Ich kniff die Augen zusammen, um besser sehen zu können. Kein Zweifel, es war tatsächlich Marvin. Zusammen mit seinen Eltern und Geschwistern betrieb er den Westkampf-Hof, der am Rande von Herzbach lag. Wir hatten zusammen den Kindergarten besucht und waren später in eine Klasse gegangen. Zumindest bis mich meine Mutter von der Schulpflicht befreien ließ und einen Privatlehrer für mich engagierte.

»Was macht er denn jetzt?«, sagte ich mehr zu mir selbst. Verwundert beobachtete ich, wie Marvin aus seiner Shorts stieg. Hatte er uns denn nicht bemerkt? Oder war es ihm egal, dass wir ihn nackt sahen? Verstecken brauchte er sich jedenfalls nicht. Das konnte ich selbst aus der Entfernung beurteilen. Im nächsten Moment lief Marvin los und tauchte kopfüber in den See. Wenige Sekunden später durchbrach sein dunkler Schopf die Wasseroberfläche, und er kraulte in kräftigen Zügen durch das Wasser, direkt auf uns zu. Als sich unsere Blicke trafen, hielt er mitten in der Bewegung inne. Damit hatte sich meine Frage geklärt … Er hatte sich tatsächlich alleine geglaubt. Marvin zögerte kurz, dann schwamm er weiter und richtete sich schließlich auf. Das Wasser ging ihm bis zum Bauchnabel. Ich kam nicht umhin, seinen glatten, braun gebrannten Oberkörper zu bewundern, und spürte, wie sich eine unbestimmte Sehnsucht in meinem Herzen regte.

»Hey, ihr beiden«, riss mich Marvin aus meinen Gedanken. Ein Lächeln glitt über seine Züge. »Habt ihr nichts Besseres zu tun, als einen nackten Mann zu beobachten?«

»Und du«, witzelte ich, »hast du nichts Besseres zu tun, als unschuldige Strandbesucherinnen zu erschrecken?«

»Was heißt denn hier erschrecken?«, lachte Marvin und schaufelte mit beiden Händen Wasser in unsere Richtung. »Und was ist überhaupt mit euch? Warum sitzt ihr bei dem schönen Wetter im Strandkorb? Kommt rein, es ist herrlich. Ich ziehe auch meine Shorts wieder an.« Und schon drehte er sich so schwungvoll um, dass sein wohlgeformter Po aufblitzte, und schwamm in die Richtung davon, aus der er gekommen war.

Sara und ich wechselten einen Blick. Warum eigentlich nicht?, dachte ich übermütig. Zwar hatten wir weder Handtücher noch Schwimmsachen dabei, doch Marvin hatte bewiesen, dass es auch ohne ging. Außerdem war es ein heißer Tag, die Sonne würde uns im Nu wieder trocknen. Das abenteuerlustige Funkeln in Saras grünen Augen verriet mir, dass sie dasselbe dachte. Grinsend nickten wir einander zu, dann sprangen wir wie auf Kommando auf und streiften unsere Sommerkleider ab. In Unterwäsche und mit wild rudernden Armen rannten wir los.

Das Wasser war seidenweich und wunderbar erfrischend. Ich tauchte und genoss das Gefühl, schwerelos unter der glitzernden Oberfläche dahinzugleiten. Als ich prustend wieder hochkam, bemerkte ich Sara, die ein paar Meter von mir entfernt Wasser trat und sich dabei ihr langes, rotblondes Haar aus dem Gesicht strich. Ich gesellte mich zu ihr, und wir alberten eine Weile im Wasser herum, bis Marvin, sittsam mit seiner Shorts bekleidet, zu uns zurückkehrte.

Er lächelte uns an, und mir wurde bewusst, wie sehr ich mich darüber freute, ihn zu sehen. Als Kinder hatten wir oft zusammen gespielt, doch nachdem ich die Schule verlassen hatte, war unsere Freundschaft eingeschlafen. Ich erwiderte sein Lächeln. Marvin hatte etwas Offenes, Vertrauensvolles an sich, dem man sich schwer entziehen konnte. Komisch, dass ich das vergessen hatte, schoss es mir durch den Kopf.

»Ich schwimm mal ein paar Bahnen«, informierte uns Sara. Im nächsten Moment sahen wir nur noch ihren

Hinterkopf. Marvin und ich blieben zurück und ließen uns im Wasser treiben. Es dauerte nicht lang, da tauschten wir alte Schulgeschichten aus, die alle mit »Weißt du noch?« begannen. Die Jahre, in denen wir kaum mehr als ein paar Worte gewechselt hatten, schrumpften dahin. Bald konnten wir gar nicht mehr aufhören zu lachen. Als es zu mühsam wurde, gleichzeitig zu lachen und den Kopf über der Oberfläche zu halten, schwammen wir zum Strand und ließen uns in den warmen Sand fallen. Marvin drehte sich auf die Seite und stützte sich mit einem Ellenbogen auf. Ich tat es ihm gleich, sodass wir einander anschauen konnten. Aus dem hoch aufgeschossenen Jungen von damals war ein gut aussehender Mann geworden. In seinen Augenwinkeln bildeten sich sympathische Fältchen, wenn er lachte, und seine Zähne waren noch genauso weiß wie früher. Die Muskeln an seinen Oberarmen dagegen waren neu. Auf einmal wurde mir sehr bewusst, dass ich nur Unterwäsche trug. Sportliche in Dunkelblau zwar, die an einen Bikini erinnerte, aber am Ende waren es eben doch ein Slip und ein BH.

»Seit wann bist du eigentlich mit Sara befreundet?«, holte mich Marvin in die Realität zurück. »Ich habe euch vorher noch nie zusammen gesehen. In der Schule war sie ein paar Klassen über uns, oder?«

Dankbar für die Ablenkung erzählte ich ihm, wie ich Sara vor ein paar Wochen zufällig am Marktplatz in der Schlange vor der Bäckerei getroffen und die Gelegenheit genutzt hatte, sie wegen meiner Steuererklärung um Rat zu fragen. »Da wir uns auf Anhieb gut verstanden, schlug Sara vor, unser Gespräch bei einem Cappuccino fortzusetzen. Wir sind nebenan ins Eiscafé gegangen. Dort hat sie all meine Fragen beantwortet, und wir haben festgestellt, dass wir uns sehr sympathisch sind. Seitdem treffen wir uns regelmäßig.« Versonnen ließ ich den warmen Sand durch meine Finger rieseln. »Irgendwie ist es anders, wenn man aus demselben Ort stammt und sich schon von Kindheit an kennt. Wie eine gemeinsame Basis, die einen verbindet, die einfach da ist, ohne dass man etwas dafür tun muss. Vermutlich ist das der Grund, warum Sara und ich so vertraut miteinander umgehen, obwohl wir auf dem Papier noch gar nicht lange befreundet sind.«

Marvin betrachtete mich mit einem Schmunzeln. Er hatte noch immer das kleine Muttermal über dem rechten Mundwinkel, das sein Gesicht unverwechselbar machte. »Da könntest du recht haben«, erwiderte er mit weicher Stimme, und ich bekam den Eindruck, dass in seinen Worten noch etwas anderes mitschwang, das nichts mit Sara und mir zu tun hatte.

Bevor ich dem Gedanken Raum geben konnte, räusperte sich Marvin, und sein Gesichtsausdruck wurde ernst. »Ich wusste natürlich, dass Sara Steuerberaterin ist, aber bin noch nie auf die Idee gekommen, sie um Hilfe zu bitten.« Er schwieg kurz und sog dabei nachdenklich an seiner Unterlippe. Die Geste war mir so vertraut, dass sich ein warmes Gefühl in meiner Brust ausbreitete. Marvin hob den Blick und sah mir in die Augen. »Tut mir leid, Sophie, dass ich an einem so schönen Nachmittag davon anfange, aber mir ist gerade ein Gedanke gekommen. Der Steuerberater unserer Familie ist gefühlte achtzig, musst du wissen. Er hat schon für meinen Großvater gearbeitet. Ich gehe jede Wette ein, dass er die letzten zwanzig Jahre keine Fortbildung mehr besucht hat. Vielleicht hat Sara ja Interesse, unser Mandat zu übernehmen. Ich werde sie fragen. Es ist höchste Zeit für einen Generationenwechsel, egal, was mein Vater dazu sagt.«

In meinem Kopf erschien das Bild von Marvins Vater. Bauer Westkamp, wie die Herzbacher ihn nannten, war ein großer, kräftiger Mann mit stahlgrauen Augen und unerschütterlichen Ansichten. Im Dorf erzählte man sich, dass er noch nie von einer einmal gefassten Meinung abgewichen sei, und wenn man ihn so sah, mit seinem aufrechten Gang und dem festen Blick, dann zweifelte ich keine Sekunde an dem Wahrheitsgehalt dieser Geschichte. »Mach das«, erwiderte ich trocken, »und toi, toi, toi!«

Marvin grinste. »Sei nicht so frech. Ich kann es wenigstens versuchen. Die Hoffnung stirbt bekanntlich zuletzt.« Damit stupste er mich gegen die Schulter, sodass ich beinahe hintenüberkippte.

»Hey!«, beschwerte ich mich lachend. Nachdem ich mein Gleichgewicht wiedergefunden hatte, erwiderte ich: »Sara hätte vermutlich sowieso keine Zeit, um eure Familie zu beraten.«

Fragend hob Marvin eine Augenbraue, und so umriss ich ihren Plan, Yogakurse im ehemaligen Gemeindehaus anzubieten. »Wir waren gerade dort, um uns den Raum im Erdgeschoss anzusehen. Ich befürchte, es wird ein Vermögen verschlingen, ihn wieder instand zu setzen. Aber Sara ist Feuer und Flamme. Du hättest ihr Gesicht sehen sollen! Sie hat gestrahlt wie ein kleines Mädchen, das zu seinem Geburtstag ein Pony geschenkt bekommt.« Bei der Erinnerung musste ich trotz meiner Befürchtungen lächeln. »Sie will ein Gutachten erstellen lassen. Das gibt bestimmt ein böses Erwachen, wenn der Sachverständige das alte Gemäuer zu Gesicht bekommt.«

Marvin grinste in sich hinein.

»Was ist so komisch?«, wollte ich wissen.

»Das gibt ein böses Erwachen«, imitierte er mich mit Grabesstimme. »Wenn du so redest, klingst du wie Irene.«

Einen Moment war ich sprachlos, dann kicherte ich los. »Gar nicht wahr«, behauptete ich, obwohl ich insgeheim zugeben musste, dass ein Körnchen Wahrheit in seinen Worten steckte. Irene war Ende sechzig und ein Herzbacher Original. Mit ihren winzigen ein Meter fünfzig, ihrer rundlichen Figur und den blonden Löckchen erinnerte sie an einen in die Jahre gekommenen Weihnachtsengel. Jeder im Dorf kannte ihre Geschichte. Vor vierzig Jahren hatte sie heiraten wollen, doch dann war ihr Verlobter Hans in der Nacht vor der Hochzeit ohne ein Wort verschwunden. Bis heute wusste niemand im Ort, was damals passiert war. Aber Irene glaubte seitdem felsenfest daran, dass sie das Pech magisch anzog. Sie befürchtete nicht nur in jeder Situation das Schlimmste, sie war auch davon überzeugt, ursächlich für das Unglück zu sein, wenn es denn tatsächlich eintrat. Wenn sich plötzlich dunkle Wolken vor die Sonne schoben und wie aus dem Nichts ein Platzregen auf die Erde niederging und Irene bis auf die Haut durchnässte, dann nur deshalb, weil sie ihren Schirm zu Hause hatten liegen lassen. Und dann war da noch die Sache mit ihrem Bruder. Johannes war früher Pfarrer in Herzbach gewesen. Bis er sich beim Heckenschneiden an einem Dorn verletzte, eine Blutvergiftung bekam und starb. Die Geschichte war tragisch genug, doch die Tatsache, dass sie ausgerechnet in Irenes Garten ihren Anfang genommen hatte, war in ihren Augen nur ein weiterer Beweis für die Prüfung, die das Schicksal ihr auferlegt hatte.

Plötzlich fiel ein Schatten auf uns. Sara. Tropfnass stand sie da und zwirbelte ihr Haar mit beiden Händen zu einem Zopf, um die Feuchtigkeit herauszuwringen. Marvin und ich setzten uns auf und blickten zu ihr hoch. In ihrer weißen Unterwäsche sah sie hinreißend aus. Aus den Augenwinkeln bemerkte ich, wie Marvin sie anstarrte und dann verlegen zur Seite schaute. Aus irgendeinem Grund störte mich das. Bevor ich jedoch weiter darüber nachsinnen konnte, setzte sich Sara neben mich in den weißen Sand.

»Das müssen wir viel häufiger machen«, schwärmte sie und schlang die Arme um ihre Knie. »Ich verstehe gar nicht, warum kaum jemand auf die Idee kommt, hier zu schwimmen. Nur weil es keine Pommes gibt?«

»Sei doch froh, dass die anderen lieber zu den großen Seen fahren«, entgegnete Marvin. »Sonst wäre die Idylle dahin.«

Ich registrierte, dass an seinem breiten Rücken überall Sand haftete. Das kam davon, wenn man sich pitschnass auf den Boden warf. Meiner sah bestimmt genauso aus.

Marvin legte den Kopf schief. »Sophie hat mir erzählt, dass ihr euch vorhin das ehemalige Gemeindehaus angesehen habt.«

Sara nickte. »Es ist absolut perfekt.« Mit dem mittlerweile vertrauten Leuchten in den Augen erzählte sie ihm von ihrem Vorhaben. Marvin hörte aufmerksam zu. Nichts an seinem Gesicht verriet, dass er den Großteil bereits von mir gehört hatte. Während ich mich zurücklehnte und die Augen schloss, beschlich mich erneut ein unbehagliches Gefühl. Sosehr ich Sara ihren Traum gönnte … meine Zweifel blieben.

Als unsere Unterwäsche getrocknet war, zogen Sara und ich unsere Kleider über. Dann suchten wir uns zu dritt ein Plätzchen im Schatten einer Erle, damit wir nicht in der Sonne verbrannten.

Sara fischte eine Wasserflasche aus ihrer Handtasche und ließ sie herumgehen. »Was macht euer Hof?«, erkundigte sie sich bei Marvin. »Ich wette, ich könnte von hier aus querfeldein bis nach Münster laufen, ohne euren Grund jemals verlassen zu müssen.«

Marvin grinste. »Nicht ganz, aber die Vorstellung gefällt mir.« Er trank einen Schluck aus der Flasche und gab sie an mich weiter. Wassertropfen glitzerten auf seinem Kinn. »Die Geschäfte laufen gut. Letztes Jahr haben wir den Hof in zwei Betriebe aufgeteilt. Neben der klassischen Landwirtschaft experimentieren wir mit verschiedenen Gemüsesorten, die wir über den Biofachhandel vermarkten. Darum kümmere ich mich.«

»Dann gehört das neue Gewächshaus an der Straße nach Mondstein euch?«, fragte Sara. »Ich sehe es immer vom Auto aus, wenn ich von Arbeit nach Hause fahre.«

Marvin nickte. »Ja, aber die Nachfrage nach unserem Gemüse ist so groß, dass ich bereits ein zweites plane.«

»Wie schön«, meinte sie erfreut. »Dein Vater ist bestimmt sehr stolz auf dich.«

Ich zuckte unwillkürlich zusammen. Das Verhältnis zwischen Marvin und seinem Vater war zu Schulzeiten nicht einfach gewesen, und wenn ich seinen düsteren Gesichtsausdruck richtig deutete, hatte sich daran nicht viel geändert.

»Sagen wir mal so: Er ist froh, dass ich ihm nicht mehr

in die Landwirtschaft reinrede, und lässt mich deshalb gewähren.«

Ein mitfühlender Ausdruck trat in Saras Augen. »Es ist bestimmt nicht leicht mit ihm. Als Kind hatte ich immer ein wenig Angst vor deinem Vater.« Sie stutzte und senkte die Stimme. »Wenn ich ehrlich bin, habe ich die immer noch.«

Das brachte Marvin zum Lachen. Es kam tief aus seinem Bauch und klang so laut und unbeschwert, dass ich meinen Blick nicht von ihm abwenden konnte. Plötzlich spürte ich ein leichtes Flattern in der Magengegend. Was war das denn?, fragte ich mich überrascht.

»Lach nicht«, meinte Sara, »das ist eine ernste Angelegenheit. Ich bin dreiunddreißig Jahre alt und Senior Managerin in einer der größten Steuerberatungsgesellschaften Deutschlands, doch wenn ich deinen Vater durchs Dorf laufen sehe, rutscht mir jedes Mal das Herz in die Hose. Dieser Röntgenblick … Er geht ungefähr so.« Sie verengte die Augen zu Schlitzen und starrte abwechselnd Marvin und mich an.

Jetzt musste auch ich lachen. »Wie genau guckt Marvins Vater, Sara? Zeig noch mal.«

Erneut kniff sie die Augen zusammen, doch diesmal zuckten ihre Mundwinkel so stark, dass sie nach ein paar Sekunden aufgeben musste.

»Verblüffend, diese Ähnlichkeit zwischen euch beiden«, schmunzelte Marvin. Sara feixte. »Gibt es eigentlich etwas, vor dem dein Vater Angst hat?«, fragte sie neugierig.

»Nicht etwas. Aber jemanden.«

Gespannt richtete ich mich auf. »Ach ja? Vor wem denn?«

»Vor Ava natürlich«, entgegnete Marvin, ohne mit der Wimper zu zucken.

»Vor Ava?«, fragten Sara und ich gleichzeitig. Wir tauschten einen ungläubigen Blick.

»Na klar. Was glaubt ihr denn, wieso mein Vater so mir nichts, dir nichts eine Wiese für Herzbachs großen Parkplatz am Ortseingang zur Verfügung gestellt hat? Und das auch noch umsonst? Bestimmt nicht aus Menschenfreundlichkeit oder weil ihn der Motorenlärm im Dorf gestört hätte.«

»Ach«, erwiderte ich, weil mir nichts Schlaueres einfiel. Jeder wusste, dass Bauer Westkamp die Wiese gestiftet hatte, doch über die Hintergründe hatte ich mir nie Gedanken gemacht. Sara auch nicht, wie ihre erstaunte Miene verriet.

»Wieso hat er es dann getan?«

Marvin fuhr sich durch sein kurzes, braunes Haar. »Wie gesagt: Mein Vater hat Angst vor Ava. Sie ist der einzige Mensch, der noch beharrlicher ist als er. Nachdem sie sich die Sache mit dem autofreien Dorf in den Kopf gesetzt hatte, war sie bei uns, um Vater um die Wiese zu bitten. Er hat Nein gesagt. Danach ist sie jeden Tag wiedergekommen und hat ihre Bitte wiederholt. Sie ist ihm überallhin gefolgt. In den Stall, aufs Feld, überall, wo er war, tauchte sie plötzlich auf. Immer freundlich, immer ruhig. Auch dann noch, als Vater ihr mit der Polizei drohte, begegnete sie ihm mit ausgesuchter Höflichkeit. Typisch Ava eben. Irgendwann gab Vater entnervt auf. Und so bekam Herzbach seinen kostenfreien Parkplatz.«

»Warum weiß ich nichts davon?«, wunderte sich Sara. »In Herzbach bleibt doch nichts geheim. Schon gar nicht so eine Geschichte.«

»Außer, wenn Marvins Vater und Ava die Akteure sind«, kommentierte ich trocken.

Marvin sah mich an, und wieder regte sich dieses Kribbeln in meinem Bauch. »Ganz genau«, meinte er.

Sara seufzte. »Mir geht gerade durch den Kopf, wie sehr ich Ava vermisse. So langsam könnte sie von ihrer Reise zurückkommen. Sie ist schon über drei Monate fort.« Damit spielte sie auf ein weiteres Geheimnis um Ava an. Anfang Mai war die Vierundsiebzigjährige von einem Tag auf den nächsten aus Herzbach verschwunden. Das war umso mysteriöser, da sie zuvor ihre Großnichte Ellie eingeladen hatte, eine Zeit lang bei ihr zu wohnen. Doch als Ellie eintraf, fand sie statt ihrer Großtante nur eine Postkarte auf dem Küchentisch vor. Darauf informierte Ava sie, dass sie kurzfristig verreisen müsse und noch nicht wisse, wann sie wiederkomme. Ellie solle sich keine Sorgen machen und sich wie zu Hause fühlen.

Ich legte Sara eine Hand auf die Schulter. »Ava wird zurückkommen, sobald sie es für richtig hält.« In diesem Moment fing mein Magen lautstark an zu knurren. »Apropos für richtig halten. Was haltet ihr davon, wenn wir uns langsam auf den Weg ins Dorf machen? Ich brauche dringend etwas zu essen.«

Marvin sah an sich hinunter. »Ich muss auch nach Hause, aber so kann ich euch nicht begleiten«, stellte er fest. »Meine Klamotten liegen noch drüben.« Er wies mit einer Hand auf das gegenüberliegende Ufer. »Ich schlage vor, ich schwimme schnell zurück, und wir treffen uns auf der kleinen Lichtung?«

Lächelnd stimmten Sara und ich zu.

Was für ein schöner Tag, dachte ich, als ich später an

diesem Abend in meinem Bett lag. Vor meinem inneren Auge blitzte Marvins Gesicht auf. Ich dachte an sein Lachen, und wieder spürte ich dieses seltsame, aber durchaus angenehme Gefühl in meinem Bauch. Aus meinem Schulfreund von damals war ein Mann geworden.

4

Sara Am Montagmorgen weckte mich der Gesang einer Amsel, der durch das geöffnete Fenster meines Schlafzimmers drang. Draußen war es noch dunkel. Mein Körper fühlte sich angenehm träge an, und meine Gedanken drifteten umher, mal hierhin und mal dorthin, ohne länger als ein paar Sekunden an einem Ort zu verweilen. Ich überlegte, welches Kleid ich heute tragen würde, das schwarze mit den rosafarbenen Blumen oder das blaue mit den Knöpfen, und dass ich die Tage auf dem Heimweg Äpfel und Zimt besorgen wollte, um zum Abendessen Pfannkuchen zu backen. Dabei war mein Atem ruhig und mein Herz leicht und friedvoll. Mit einem wohligen Lächeln kuschelte ich mich tiefer in meine Decke und schlief noch einmal ein. Als der Wecker um sieben Uhr schellte, war ich noch immer erfüllt von diesem Gefühl – von diesem stillen, einfachen Glück, das ich verspürt hatte. Als kein Gedanke schwerer wog als der, was ich anziehen sollte oder was es zum Abendessen geben würde. Ich versuchte, die Empfindung in meinem Herzen zu bewahren, doch dann schob sich Noahs Bild in meinen Kopf, und das schöne Gefühl zerplatzte. Mein

Herz zog sich zusammen, vor Schmerz und Sehnsucht und Einsamkeit, und als ich unter der Dusche stand, kamen die Tränen. *Du hast gesagt, du liebst mich. Wo ist sie jetzt, deine Liebe?*

Während ich mich abtrocknete, anzog und Make-up auftrug, versuchte ich, Noah mit Gewalt aus meinen Gedanken zu verdrängen. Das Wochenende war so schön gewesen. *Daran* wollte ich mich erinnern. An den Abend mit Sophie im Biergarten. Daran, wie Paul uns in seinem Polizeiwagen nach Hause gebracht hatte und wir uns auf der Rückbank vor Lachen ausgeschüttet hatten. An unsere Besichtigung des ehemaligen Gemeindehauses und wie ich mich sofort in den großen Raum im Erdgeschoss verliebt hatte. Die Atmosphäre war überwältigend! Dort und nirgendwo anders wollte ich meinen ersten Yogakurs geben. Nach unserem Ausflug zum See hatte ich Papas Freund Helmut angerufen. Schon heute Abend würde er vorbeikommen, um ein erstes Gutachten zu erstellen. Dann wusste ich endlich mehr. Meine Gedanken wanderten weiter zum gestrigen Sonntag. Ich hatte mit meinen Eltern, die ebenfalls in Herzbach wohnten, eine Radtour unternommen. Danach hatten wir in ihrem Garten gegrillt, Rosé getrunken und viel gelacht. Ja, das Wochenende war traumhaft gewesen, und ich hatte jede Minute genossen. Warum nur schaffte ich es nicht, dieses Gefühl zu erhalten? Warum musste jedes schöne Erlebnis im Nachhinein an Farbe verlieren und schal werden, sobald ich an Noah dachte? Ich betrachtete mein blasses Gesicht im Badezimmerspiegel. Wieso darfst du darüber bestimmen, wie ich mich fühle, Noah?, schrie ich stumm. Was nimmst du dir heraus? Ich konzentrierte mich auf meine Atmung, wie ich es beim Yoga gelernt hatte, atmete tief in meinen Bauch hinein und langsam wieder aus. Dann tupfte ich Concealer unter meine Augen, um zu verbergen, dass ich geweint hatte, und machte mich auf den Weg nach Münster.

Bei der Arbeit gab es wie immer viel zu tun. Den Vormittag über hetzte ich von einer Besprechung in die nächste. Mittags ging ich nur schnell hinunter in die Kantine, um einen Salat zu essen, danach war eine mehrstündige Videokonferenz mit den Londoner Kollegen anberaumt. Die Ablenkung half, doch sie hielt nicht an. Das tat sie nie. Als ich nach einem langen Tag aus dem Büro in den warmen Sommerabend trat, war das Erste, was ich sah, Noahs Motorrad, das er direkt vor dem Haupteingang auf dem Fußweg abgestellt hatte. Der Anblick machte mich wütend. Es war nicht so, dass unsere Firma keine Parkplätze für ihre Mitarbeiter bereithielt. Das tat sie – und zwar reichlich. Aber Noah schien der Ansicht zu sein, dass für ihn besondere Regeln galten. Und während wir anderen auf den dafür vorgesehenen Flächen hinter dem Gebäude parkten, stellte sich Noah mit seinem Motorrad direkt davor. Er war eben morgens spät dran, da zählte jede Sekunde. Und vom Mitarbeiterparkplatz brauchte er bestimmt zwei Minuten länger bis in sein Büro. Verstohlen blickte ich nach links und rechts. Würde mich jemand bemerken, wenn ich dem Motorrad einen kräftigen Schubs verpasste? Das Verlangen danach war beinahe übermächtig. Wie in Trance trat ich einen Schritt näher. Jetzt brauchte ich nur noch auszuholen und ... In diesem Moment kamen zwei Kolleginnen aus unserem Bürogebäude, die ich vom Sehen kannte. Ertappt wie ein Schulkind hielt ich mitten in der Bewegung inne.

»Schau mal«, meinte die eine zu ihrer Begleitung und wies auf Noahs Motorrad. »Die Maschine gehört Herrn Marten.«

Die andere Kollegin nickte. »Herr Marten ist so lässig«, schwärmte sie. »Nicht wie unser Chef mit seinem spießigen Firmenwagen. Dabei wohnt der direkt um die Ecke und könnte genauso gut zu Fuß gehen. Wenn ich mir seinen dicken Bauch so anschaue, sollte er das auch dringend in Erwägung ziehen.«

Lachend liefen sie weiter, wobei sie mir einen Gruß zuriefen. Noah ist kein bisschen lässig, hätte ich ihnen am liebsten hinterhergebrüllt. Das Blut in meinen Ohren rauschte, und ich musste mich zwingen, gleichmäßig zu atmen. Ich hatte die Affäre mit Noah beendet, weil ich die flüchtige Rolle, die er mir in seinem Leben zugestand, nicht länger ertragen hatte. Seitdem hoffte ich jeden Tag darauf, dass er sich meldete. Dass er um mich kämpfte und alles daransetzte, mich zurückzugewinnen. Tausendfach hatte ich mir ausgemalt, was er sagen würde. Du bist die Liebe meines Lebens, und ich will keinen Tag mehr ohne dich sein. So waren die Tage verstrichen und schließlich in Wochen übergegangen. Ohne ein Wort von Noah. Manchmal war mir, als hätte es unser gemeinsames Jahr nie gegeben, als hätte ich alles nur geträumt: die zärtlichen Küsse, die Umarmungen, unser Lachen. Doch die Realität holte mich jedes Mal wieder ein. Ich war gegangen, und er hatte nichts dagegen unternommen. Er hatte es zugelassen. Schweigend. Kampflos. *Dann eben nicht.* Diese Zurückweisung war es, die am meisten schmerzte. Sie machte mich schwach und unsicher. War es ihm am Ende vielleicht doch nur um Sex gegangen? Tief in meinem Herzen wehrte ich mich gegen diesen Verdacht, doch die Tatsachen wogen schwer. Solange ich mich in dem Rahmen bewegt hatte, den Noah mir vorgab, war er voller Liebe und Zärtlichkeit. Das änderte sich, als ich Verbindlichkeit wollte. *Dann eben nicht.* Man sagte, dass die Zeit alle Wunden heilte. Dass sie die scharfen Kanten im Inneren glättete, die eine verlorene Liebe hinterließ. Doch niemand verriet einem, wie lange dieser Prozess dauerte. Zwei Monate waren offensichtlich nicht genug. Dafür sprach der Anblick von Noahs Motorrad, der mich so aus der Fassung gebracht hatte. Meine Wut rührte nicht daher, dass Noah vor dem Eingang parkte und damit gegen Regeln verstieß. Das war mir auch klar. Sie saß viel tiefer. Das Motorrad war für mich zu einem Symbol geworden. Für Noahs Tatenlosigkeit, für seine Passivität. Denn mit dem Motorrad fuhr er jeden Morgen von zu Hause fort und kehrte jeden Abend dorthin zurück. In ein Zuhause, das mich ausschloss. Das er mit seiner Ehefrau teilte. Ich spürte, wie mir erneut die Tränen kamen. Sollte das jetzt immer so weitergehen?

Wie durch eine Nebelwand betrachtete ich den Sattel. In meiner Handtasche befand sich ein roter Lippenstift. Es würde nur Sekunden dauern, um eine Botschaft zu hinterlassen. Feigling. Lügner. Herzensdieb. Mein Magen rebellierte jetzt so heftig, dass mir übel wurde. Da begann mein Handy zu klingeln. Aufgewühlt, wie ich war, brauchte ich einen Moment, um das Geräusch zuzuordnen, und ein paar weitere Sekunden, um das iPhone in meiner Handtasche ausfindig zu machen. Mir stand nicht der Sinn danach, zu telefonieren, doch weil die Anruferin Sophie war, nahm ich das Gespräch entgegen.

»Bist du erkältet?«, kam es aus der Leitung, nachdem ich mich gemeldet hatte. »Du klingst so merkwürdig.«

Ich sah über meine Schulter und senkte meine Stimme zu einem Flüstern. »Ich stehe vor Noahs Motorrad und überlege, ob ich den Sattel mit rotem Lippenstift bemalen soll.«

»Oha. So schlimm?«, erkundigte sich Sophie mitfühlend.

Ich blickte auf meine Fußspitzen. »Nur ein kleiner Moment der Schwäche«, log ich. Ich hatte Sophie von Noah erzählt, doch dass er nach wie vor mein Denken beherrschte, dass es Nächte gab, in denen ich vor Weinen keine Luft mehr bekam, in denen ich mich wie ein Embryo zusammenrollte, bis die Krämpfe aufhörten, hatte ich ihr nicht verraten. Sophie sollte mich als fröhlichen und unbeschwerten Menschen erleben. Ich wollte, dass sie mich so kennenlernte, wie ich vor Noah gewesen war und hoffentlich wieder sein würde. Irgendwann. Auch wenn Sophie meinen Gesichtsausdruck nicht sehen konnte, zwang ich mich zu einem Lächeln. »Du hast mich angerufen ... was kann ich für dich tun?«

»Eigentlich wollte ich mich nur erkundigen, wann dein Termin mit dem Gutachter ist.« Sie schwieg kurz. »Ist wirklich alles in Ordnung mit dir?«

Ich warf einen letzten Blick auf Noahs Motorrad. »Ich schätze, du hast mich gerade vor einer Riesendummheit bewahrt«, räumte ich ein und machte mich mit schnellen Schritten auf den Weg zu meinem Wagen.

»Dafür sind Freunde doch da.«

Freunde ... Bei dem Wort glomm ein warmer Funke in mir auf. Ich genoss unsere Freundschaft und war im Stillen noch immer überrascht, dass es überhaupt dazu gekommen war. Denn auch wenn Sophie und ich einander schon ewig kannten, waren unsere Wege lange getrennt voneinander verlaufen. Als Kind hatte Sophie nur für ihre Musik gelebt. Mit sechzehn Jahren füllte sie mit ihrem Geigenspiel, das die *FAZ* einmal als »nicht von dieser Welt« beschrieben hatte, Konzertsäle auf der ganzen Welt, trat mit den berühmtesten Orchestern und Dirigenten auf. Dementsprechend schockiert und fassungslos reagierte die Musikwelt, als Sophie kurze Zeit später ihre Karriere beendete. »Das Mädchen will ein normales Leben führen. Abseits des Rampenlichts. Das ist doch mehr als verständlich«, hatte meine Mutter damals Sophies Entscheidung kommentiert, und damit war die Sache auch für mich erledigt gewesen. Als ich letztes Jahr von Osnabrück zurück nach Herzbach zog, lebte Sophie bereits im Haus ihrer Großmutter, das diese ihr hinterlassen hatte. Doch es sollte noch ein paar Monate dauern, bis wir in der Schlange vor der Bäckerei ins Gespräch kamen und dieses kurzerhand in der Eisdiele nebenan fortsetzten. Und jetzt waren wir also Freundinnen. Diesmal war mein Lächeln echt.

»Hallo? Sara? Bist du noch dran?«, holte mich Sophie zurück ins Hier und Jetzt.

»Natürlich«, versicherte ich ihr. Ich klemmte das Handy zwischen Ohr und Schulter und kramte in meiner Handtasche nach dem Autoschlüssel.

Während ich mich in den dichten Feierabendverkehr einfädelte, beantwortete ich Sophies Frage nach dem Gutachten. »Papas Freund Helmut kommt gleich vorbei, um sich das ehemalige Gemeindehaus anzusehen. Wir sind in einer Stunde dort verabredet.« Vor mir erschien der große, lichtdurchflutete Raum, in dem ich meine Yogakurse geben wollte, sobald ich meine Ausbildung beendet hatte. Er war wirklich perfekt. Natürlich waren mir Sophies beunruhigtes Stirnrunzeln und ihre schockierten Blicke nicht entgangen, als wir das Gebäude besichtigt hatten, doch ich war zuversichtlich, dass sich die Renovierungsarbeiten in Grenzen hielten. »Magst du nicht dazukommen?«, lud ich sie spontan ein. »Dann kannst du dich aus erster Hand davon überzeugen, dass ich keine Traumtänzerin bin.« Ich hörte das Lächeln in ihrer Stimme, als sie zustimmte. Erst als ich meinen Wagen auf dem Parkplatz vor dem Ortseingang von Herzbach parkte, fiel mir auf, dass ich während der gesamten Autofahrt nicht ein Mal an Noah gedacht hatte. Schon deshalb musste mein Plan funktionieren. Yoga zu lehren würde mich glücklich machen. Es würde meinem Leben einen tieferen Sinn verleihen und die Wunden schließen, die Noah mir zugefügt hatte. Ich spürte, wie mich eine Welle von Energie erfasste. Beschwingt machte ich mich auf den Weg zu Pfarrer Bertelsbeck. Inzwischen war es halb acht abends, doch die Luft war noch immer angenehm warm und erfüllt vom Duft der Blumen, die bunt und üppig in den Vorgärten wuchsen.

»Ist es schon so spät?«, wunderte sich der Pfarrer, nachdem ich seine gepflasterte Auffahrt betreten und mich mit einem Räuspern bemerkbar gemacht hatte. Er kniete vor einem schwarzen Herrenfahrrad, daneben stand ein geöffneter Werkzeugkasten. Statt seiner Soutane trug er einen Blaumann, der reichlich verschmutzt war. Mit einem Ächzen kam er auf die Beine und klopfte sich den Dreck von den Knien. Pfarrer Bertelsbeck war Anfang sechzig und sah mit seinem nach hinten gekämmten, schütteren grauen Haar und dem Schnurrbart aus wie Marlon Brando in *Der Pate*. Ein Eindruck, der durch seine hohe, asthmatisch klingende Stimme noch verstärkt wurde. Als Jugendliche hatte es mich gehörig irritiert, dass unser Pfarrer wie ein Mafiaboss daherkam, doch inzwischen hatte ich mich daran gewöhnt.

»Es ist sogar schon eine Minute nach halb acht«, lächelte ich.

»Na, dann«, brummelte Pfarrer Bertelsbeck und fischte in den Taschen seines Blaumanns nach dem Schlüsselbund für das ehemalige Gemeindehaus. Mit öligen Fingern hielt er ihn mir hin.

»Danke schön«, sagte ich ein wenig steif. Als ich danach greifen wollte, zuckte die Hand des Pfarrers zurück.

»Ich habe dich gestern Morgen in der Kirche vermisst, Sara«, meinte er unverändert freundlich. Ich sah zu dem Schlüsselbund, der nun außerhalb meiner Reichweite an seinem Zeigefinger baumelte, und fühlte mein Gesicht heiß werden. »Ich habe eine Radtour mit meinen Eltern unternommen«, entgegnete ich und ärgerte mich, dass meine Stimme so schuldbewusst klang. Wir lebten im einundzwanzigsten Jahrhundert. Konnte ich nicht selber entscheiden, wann ich in die Kirche ging und wann nicht? Der Pfarrer nickte betont verständnisvoll. Erneut hielt er mir den Schlüsselbund hin. Als ich diesmal danach griff, zog er seine Hand nicht zurück.

»Ich bin gespannt, was der Sachverständige sagt«, meinte er im Plauderton. »Ich habe für ihn ein paar Unterlagen zum Haus zusammengesucht. Sie befinden sich dort drüben in der Mappe.« Er wies mit dem Kinn auf die blau gestrichene Holzbank vor seinem Haus, und ich brachte die Papiere schnell in meinen Besitz, bevor er es sich anders überlegen konnte. Der Pfarrer lächelte mich an, als wäre ich ein besonders drolliges Schäfchen in seiner Herde.

»Rufst du mich morgen an und erstattest mir Bericht?«

Ich nickte matt. Obwohl ich längst eine erwachsene Frau war, duzte er mich noch immer mit der gleichen Selbstverständlichkeit, mit der ich ihn siezte. Wir verabschiedeten uns, und ich wandte mich zum Gehen.

»Ach, und Sara?«, rief er mir hinterher. »Wenn du nächsten Sonntag in die Messe kommst, bring bitte deine Eltern mit.«

Ich murmelte etwas Unbestimmtes und eilte mit schnellen Schritten von dannen. Gegen meinen Willen musste ich grinsen. Dieses Schlitzohr! Wenn es seinen Zwecken diente, scheute der Pfarrer auch vor Erpressung nicht zurück. Ich war gespannt, wie meine Eltern auf sein Ersuchen reagieren würden. Wie ich meine Mutter einschätzte, würde sie kommen, sich in die erste Reihe setzen und dann bei *Großer Gott, wir loben dich* ein paar gut platzierte schiefe Töne einbringen.

Ich erreichte das ehemalige Gemeindehaus zehn Minuten vor dem ausgemachten Termin. So konnte ich noch einen Moment für mich in dem alten Haus haben, bevor Helmut und Sophie dazustießen. Als ich die Haustür öffnete, schlug mir der trockene Geruch von Holz und Staub entgegen. Aufregung überkam mich. Mit klopfendem Herzen betrat ich den großen Raum im Erdgeschoss. Die Abendsonne fiel schräg durch die Scheiben und malte goldene Lichttupfer auf den Dielenboden. Winzige Staubpartikel schwebten durch die Luft. In der Mitte des Raumes blieb ich stehen. Während ich mich um die eigene Achse drehte, begann sich der Raum in meiner Fantasie zu verwandeln. Als würde jemand die Zeit zurückdrehen, fügten sich die Splitter dort ein, wo sie aus dem Fußboden herausgebrochen waren. Die Dielen glätteten sich und erstrahlten in sattem Glanz. Als Nächstes wirbelte der herausgebröckelte Putz durch die Luft, bis nicht ein Loch mehr in den Wänden zu sehen war. Dann waren die Fensterrahmen an der Reihe. Die Risse verschwanden, frische Farbe legte sich auf das Holz, die Fensterscheiben blitzten vor Sauberkeit. Vor mir konnte ich die Herzbacher sehen, wie sie in lachenden Grüppchen zur Tür hereinströmten, ihre Trinkflaschen abstellten und die Yogamatten ausrollten. Mein Herz schwoll an vor Freude. Genau so würde es sein! Auf einmal konnte ich es nicht mehr erwarten, dass Helmut erschien und mir bestätigte, dass die Erfüllung meines Traums in Reichweite war.

Ein Blick auf meine Armbanduhr verriet mir, dass es jeden Moment so weit war. Da ließ mich ein Geräusch herumwirbeln. Im Türrahmen stand Sophie.

»Klopf, klopf«, sagte sie. »Ich wollte dich nicht erschrecken, aber es war offen.«

Ich lächelte sie an. »Komm herein. Und du natürlich auch«, sagte ich zu Helmut, der hinter Sophie aufgetaucht war. Mit seinem grauen Vollbart, der randlosen Brille und dem Bleistift hinterm Ohr wirkte er sehr fachmännisch. In der rechten Hand trug er eine ausgebeulte, dunkelbraune Ledertasche. Nachdem ich Helmut und Sophie miteinander bekannt gemacht hatte, schob er mit dem Zeigefinger seine Brille ein Stück die Nase hoch. »Dann wollen wir mal sehen«, sagte er gut gelaunt und machte sich an die Arbeit.

»Dreißigtausend Euro?« Ich blieb erneut stehen und sah Sophie mit einer Mischung aus Enttäuschung und Fassungslosigkeit an. Das hatte ich in den letzten zehn Minuten gefühlt hundertmal getan. Wir hatten Helmut vor dem ehemaligen Gemeindehaus verabschiedet und waren unterwegs zu Sophie, um bei einem Glas Wein zu beratschlagen, wie es nun weitergehen sollte. Die Sonne war inzwischen hinter den Baumwipfeln des angrenzenden Waldes verschwunden, doch die Gaslaternen entlang der Stever wiesen uns den Weg. Sophie zog mich weiter.

»Ehrlich gesagt hatte ich mit weit Schlimmerem gerechnet. Stell dir vor, die Fenster hätten erneuert werden müssen …«

»Ich will gar nicht daran denken!«, rief ich.

Während Helmut die Unterlagen des Pfarrers durchgeblättert hatte, hatte er uns erklärt, dass das ehemalige Gemeindehaus in den Sechzigerjahren gründlich saniert worden sei. Im Zuge dessen hatte es nicht nur neue Leitungen, Rohre und so weiter bekommen, sondern auch neue Fenster. Allein das hatte laut Helmut ein kleines Vermögen gekostet. Denn die Fenster wiesen keine Standardmaße auf und mussten daher Stück für Stück individuell angefertigt werden. Doch auch ohne neue Fenster hatte Papas Freund die Kosten für die Renovierung auf dreißigtausend Euro geschätzt. Das Obergeschoss, die Küche und das WC konnten wir zum Glück vernachlässigen, doch in dem großen Raum im Erdgeschoss mussten die Wände, der Dielenboden und die Fensterrahmen saniert werden. Dazu waren kleinere Arbeiten an den Stützbalken auszuführen. Wie ich von Helmut gelernt hatte, brauchte man bei alten Fachwerkhäusern

Spezialisten, die mit den notwendigen Techniken und Materialien vertraut waren, und diese hatten ebenfalls ihren Preis. Ich stöhnte innerlich. Meine Zuversicht, die Kirche würde die Kosten übernehmen, war mit Helmuts Einschätzung beträchtlich gesunken.

Sophie öffnete das grüne Holztor, das zu ihrem Haus führte. Ich konnte verstehen, dass meine Freundin es nach dem Tod ihrer Großmutter nicht verkauft hatte, sondern kurz entschlossen selber eingezogen war. Das Grundstück war riesig, mit uraltem Baumbestand und einem fantastischen Blick auf die Stever. Wir setzten uns mit einem Glas Weißwein auf die Terrasse. In der Luft hing der Geruch von Lavendel und Rosmarin, die in großen Töpfen wuchsen. Weiter unten am Fluss stand ein wildromantischer, mit weißen Rosen bewachsener Pavillon. Sophie hatte eine Schale mit Pistazien auf den Tisch gestellt und griff beherzt zu. Das Behältnis war aus weißem Porzellan, das an der Kante mit zarten Efeuranken bemalt war. Es wirkte sehr alt und war absolut bezaubernd. Bestimmt hatte es früher ihrer Großmutter gehört.

»Und? Was machen wir jetzt?«, erkundigte sich Sophie.

Es gefiel mir, dass sie von *wir* sprach. Auch wenn meine Laune beträchtlich gesunken war, war ich noch lange nicht bereit, meinen Traum aufzugeben. Entschlossen straffte ich die Schultern und sah Sophie an. »Morgen früh rufe ich Pfarrer Bertelsbeck an und frage ihn, ob ich nach der Arbeit vorbeikommen darf, um ihm von Helmuts Einschätzung zu berichten. Eigentlich wollte ich das vom Büro aus angehen, aber jetzt würde ich das Thema doch lieber persönlich mit ihm besprechen.«

»Das klingt vernünftig«, meinte Sophie. »Ich bin dabei.« Ihr Blick wanderte zum Fluss, der leise vor sich hin
plätscherte. »Vielleicht schreckt ihn die Summe gar nicht.
Die Kirche hat doch schließlich genug Geld, oder nicht?«

»Wollen wir es hoffen«, antwortete ich betont zuversichtlich.

5

Sara In Pfarrer Bertelsbecks Arbeitszimmer herrschte das reinste Chaos. Überall lagen Bücher, Aktenordner und handgeschriebene Notizen herum. Doch der Pfarrer schien sich nicht im Mindesten daran zu stören. Nachdem er Sophie und mich hereingebeten und in sein Allerheiligstes geführt hatte, wies er mit einer Geste auf die beiden Besucherstühle, die vor seinem Schreibtisch standen.

»Legt das Papier einfach auf den Boden«, forderte er uns auf.

Sophie und ich tauschten einen kurzen Blick, räumten wie geheißen die Stapel von den Sitzflächen und nahmen Platz. Meine Handflächen waren vor Nervosität ganz feucht. Unauffällig wischte ich sie an meinem Sommerkleid ab. Jetzt, in diesem Moment, wurde mir noch einmal deutlich bewusst, wie sehr mir mein Projekt am Herzen lag. Von der ersten Sekunde an war ich dem Charme des ehemaligen Gemeindehauses verfallen. Der große Raum hatte etwas Magisches. Es war, als könnte mir dort nichts und niemand etwas anhaben. Nicht einmal Noah. Schon gar nicht Noah.

Ich holte tief Luft und berichtete Pfarrer Bertelsbeck von Helmuts Einschätzung. Dabei versuchte ich, möglichst sachlich und professionell zu klingen, denn ich hatte das starke Gefühl, dass es besser war, den Pfarrer nicht merken zu lassen, wie verzweifelt ich den Raum für meine Kurse wollte. Eine Stimme in meinem Kopf warnte mich, dass offene Karten meine Verhandlungsposition empfindlich schwächen würden. »Natürlich beruht die Kostenschätzung nur auf Helmuts erstem Eindruck«, schloss ich meine Ausführungen. »Aber er kommt gerne wieder, um ein ausführliches Gutachten zu erstellen. Vorausgesetzt, dass Sie das möchten.« Ich lehnte mich in meinem Stuhl zurück und legte die Hände auf die Knie. Aus den Augenwinkeln bemerkte ich Sophies angespannten Kiefer. Sie schien beinahe ebenso ungeduldig auf die Reaktion des Pfarrers zu warten wie ich. Doch Pfarrer Bertelsbeck ließ sich Zeit. Mit freundlicher Miene schenkte er Sophie und mir Wasser aus einer Karaffe ein, die halb versteckt zwischen all dem Papier auf seinem Schreibtisch stand. Danach bediente er sich selbst.

»Dreißigtausend Euro sind viel Geld«, meinte er schließlich, nachdem er einen Schluck getrunken hatte. Er stellte sein Glas auf einer Mappe aus grauem Karton ab, auf der sich sofort ein nasser Ring abzeichnete. Dann faltete er die Hände vor dem Bauch. »Wie willst du das finanzieren, Sara?« Vor Schreck über seine unverblümte Frage blieb mir der Mund offen stehen. »Ich?«, stieß ich hervor. »Warum denn ich? Das Gebäude gehört doch der Kirche.«

»Genau«, kam mir Sophie zu Hilfe, was mir die Gelegenheit gab, mich ein wenig zu erholen. »Es muss doch in Ihrem ureigenen Interesse liegen, das ehemalige Gemeindehaus zu renovieren«, fuhr sie fort. »Es wäre eine Schande, die Räume weiter verfallen zu lassen. Und so können Sie das Haus nicht nur vermieten, Sie würden auch noch etwas Gutes tun und es einer sinnvollen Verwendung zuführen. Denken Sie doch an Ihre Gemeinde.«

Der graue Schnurrbart des Pfarrers zuckte amüsiert. »Ich denke ununterbrochen an meine Gemeinde«, war alles, was er zu Sophies Ausführungen sagte. Er wandte seine Aufmerksamkeit wieder mir zu und sah mich schweigend an. Ich hatte nicht die geringste Ahnung, was sich hinter seiner Stirn abspielte, doch nach ein paar Sekunden, die mir wie eine Ewigkeit erschienen, beförderte er ein großes, silberfarbenes Handy hervor und tippte darauf herum.

»Guten Abend, Exzellenz«, begrüßte er die Person am anderen Ende.

Erneut wechselten Sophie und ich einen Blick. Sprach er etwa mit dem Bischof? Mein Herz geriet ins Stolpern. Der Pfarrer tauschte mit seinem Gesprächspartner ein paar höfliche Floskeln aus. Dann sagte er: »Es geht noch einmal um das ehemalige Gemeindehaus, Exzellenz. Ich hatte Ihnen davon erzählt.« Er hielt kurz inne und lauschte. »Ja, genau«, bestätigte er. »Gestern Abend war der Gutachter da. Also, Folgendes ...« Der Pfarrer fasste den Sachverhalt in seinen eigenen Worten zusammen und schwieg dann, um der Person am anderen Ende der Leitung Gelegenheit zur Antwort zu geben.

Vor Aufregung konnte ich nicht länger still sitzen. Mein Puls raste, und meine Nerven lagen blank. Wie ein Kind rutschte ich auf meinem Stuhl hin und her und wartete darauf, dass der Pfarrer sein Telefonat beendete und mich von meinen Qualen erlöste. Endlich war es so weit. Pfarrer Bertelsbeck legte sein Handy zur Seite. Wieder verriet sein Gesichtsausdruck nicht das Geringste.

»Jetzt spannen Sie uns doch nicht so auf die Folter«, verlangte Sophie.

Der Pfarrer konnte sich ein Lächeln nicht verkneifen. Offenbar mochte er Sophie. »Fünfzehntausend Euro«, sagte er mit seiner hohen, asthmatischen Stimme. Irritiert blickte ich ihn an. »Wie meinen Sie das?«

Pfarrer Bertelsbeck wiegte den Kopf. »Ich habe gerade mit dem Bischof telefoniert. Er heißt dein Vorhaben gut, Sara. Deshalb ist er bereit, sich mit der Hälfte an den Renovierungskosten zu beteiligen. Den Rest musst du aufbringen. Dafür zahlst du eine Zeit lang keine Miete. Über die genauen Details müssen wir uns natürlich noch verständigen, bevor wir den Vertrag aufsetzen.« Er hüstelte. »Die Kirche ist nicht mehr so wohlhabend, wie sie es einmal war. Die Mitgliederzahlen gehen zurück, immer mehr Menschen treten aus, die Spenden werden weniger. Fünfzehntausend Euro«, wiederholte er. »Das ist mein Angebot.«

Seine Worte sickerten in mein Bewusstsein. Aus den ursprünglich dreißigtausend Euro waren fünfzehntausend geworden. Das war zwar immer noch sehr viel Geld, doch die Summe klang in meinen Ohren nicht mehr gänzlich utopisch. Dazu musste ich erst mal keine Miete zahlen. Über die steuerlichen Auswirkungen einer solchen Vereinbarung würde ich später in Ruhe nachdenken.

»Lass es dir durch den Kopf gehen«, schlug Pfarrer Bertelsbeck vor. »Du musst dich nicht heute entscheiden. So schnell wird schon niemand anders vorbeikommen, der das ehemalige Gemeindehaus mieten möchte.«

Jemand anders? Meine Augen verengten sich. Täuschte ich mich, oder schwang in den Worten des Pfarrers eine Drohung mit? Seine Miene ließ jedoch nichts dergleichen erahnen.

Jetzt stand der Pfarrer auf, um uns zu signalisieren, dass unser Gespräch beendet war.

»Sag mir, wenn ich dich unterstützen kann«, raunte mir Sophie auf dem Weg nach draußen zu.

6

Sophie Am nächsten Morgen machte ich mich um 6:30 Uhr mit dem Fahrrad auf den Weg zum Mondsteiner Bahnhof. Normalerweise fuhr ich eine Stunde später los, doch das gestrige Gespräch mit Pfarrer Bertelsbeck hatte dazu geführt, dass ich in der Nacht immer wieder aufgewacht war. Das Angebot der Kirche erschien mir nicht von Grund auf inakzeptabel, doch die letzten Sätze des Pfarrers hatten in meinen Ohren wie eine Drohung geklungen. Wenn Sara sich nicht schnell entschied, würde vielleicht jemand anderes den Zuschlag erhalten. Das hatte er nicht so gesagt, aber mit Sicherheit so gemeint. Aus Erfahrung wusste ich, dass Pfarrer Bertelsbeck mit allen Wassern gewaschen war. Um seine Kirche zu den Messen voll zu bekommen, setzte er unlautere Mittel ein. Wenn er von der Kanzel mit kummervollem Gesichtsausdruck aufzählte, welche seiner Schäfchen er schmerzlich im Gottesdienst vermisste, dann konnte man jede Wette darauf eingehen, dass ebendiese Gemeindemitglieder in der nächsten Messe in der vordersten Reihe saßen. Mich beeindruckte das wenig, doch bei anderen Herzbachern erzielten seine Methoden durchaus den gewünschten Effekt. Irgendwann hatte ich vor meiner Schlaflosigkeit kapituliert und war aufgestanden, um mich für die Arbeit fertig zu machen. Während der Zug an endlosen Weizen- und Maisfeldern vorbeifuhr, dachte ich weiter über das Für und Wider von Pfarrer Bertelsbecks Angebot nach. Fünfzehntausend Euro waren ein Batzen Geld. Sara konnte nicht sicher sein, ob ihr Konzept von einem Yogastudio in Herzbach aufging. Vielleicht meldete sich niemand zu ihren Kursen an, dann nützte ihr auch die längste mietfreie Zeit nichts. Aber so war das wohl mit der Erfüllung eines Traumes: Eine gewisse Risikobereitschaft gehörte dazu. Viel schwerwiegender wog, dass Sara aus dem Stand keine fünfzehntausend Euro aufbringen konnte. Das hatte sie mir auf dem Heimweg vom Pfarrer erzählt. Meine Freundin besaß kein Eigentum, sie wohnte zur Miete. Zwar verdiente sie gut und sparte seit Jahren, doch sie hatte ihr Geld langfristig angelegt. An das Vermögen kam sie nicht heran, oder wenn, dann nur mit hohen Verlusten. Die Möglichkeit fiel also aus. Saras Kontostand gab nach ihren Worten auch nicht viel her. Die Scheidung, die jüngst rechtskräftig geworden war, hatte mit Anwalts- und Gerichtskosten ein paar Tausend Euro verschlungen. Also wollte sie zu ihrer Bank und einen Kredit aufnehmen. Aber würde sie den so einfach bekommen? Auch über mögliche Förderprogramme für Existenzgründer hatten wir nachgedacht, kannten uns aber beide zu wenig aus. Mit einem unguten Gefühl fragte ich mich, ob Sara dabei war, sich in etwas zu verrennen. Wenn ihr Traum platzte, wie sollte sie dann die Raten ihres Kredits zurückzahlen?

In der Redaktion angekommen, beschloss ich als Erstes, mir einen Kaffee zu machen. Am Automaten im Flur traf ich auf meine Chefin Charlotte. Schlief diese Frau denn nie? Mit ihrem roten Seidenkleid, den farblich abgestimmten Pumps, der Halskette aus großen, funkelnden Steinen und den dazu passenden Ohrringen erinnerte sie mich an die Intendantin eines Opernhauses, die ich in meinem früheren Leben als Violinistin kennengelernt hatte. Während der Kaffee in ihre Tasse lief und dabei einen herrlichen Duft verströmte, wandte sich Charlotte mir zu. »Was hat eigentlich dein Telefonat mit Alexander Hoven ergeben? Du wolltest doch am Montag mit ihm sprechen. Hast du einen Interviewtermin ausgemacht?«

Ach, herrje, das hatte ich total vergessen! Oder besser gesagt verdrängt, um der Wahrheit die Ehre zu geben. »Ich habe ihn auf Rückruf«, behauptete ich mit fester Stimme.

»Dann ist ja gut«, meinte Charlotte. »Ich bin schon ganz gespannt.« Mit diesen Worten ließ sie mich stehen und ging zurück in ihr Büro.

Geistesabwesend drehte ich mich dem Vollautomaten zu und drückte auf Start. Im letzten Moment fiel mir auf, dass ich keine Tasse daruntergestellt hatte. Fluchend griff ich in das Fach über mir und holte die erste heraus, die mir in die Finger geriet. Ein rosafarbenes, mit Glitzer besprenkeltes Einhorn schaute mich schadenfroh an. Zumindest kam es mir so vor.

Zurück an meinem Schreibtisch rief ich Alex' Kontaktdaten in meinem Smartphone auf. Nach dem dritten Klingeln ging er ran. »Hallo, Sophie, was für eine Überraschung. Wie geht's dir? Hast du dich gut erholt von Leonies Hochzeit?«, fragte er und klang trotz der frühen Uhrzeit erstaunlich munter.

»Ja, danke«, entgegnete ich und räusperte mich. »Meine Chefin möchte, dass ich ein Interview mit dir führe«, kam ich direkt zum Punkt. »Wie kommst du nur auf die Idee, einen Chorwettbewerb zu stiften, Alex?«, stöhnte ich. »Weißt du eigentlich, in welche Lage du mich damit bringst?«

Alex lachte sein tiefes Lachen, mit dem er früher den Mädchen in Herzbach reihenweise den Kopf verdreht hatte. »Du hast Glück«, rief er gut gelaunt. Ich bin gerade beruflich in der Gegend. Was hältst du davon, wenn wir heute Abend zusammen essen? Ich bin zwar verabredet, aber das kann ich verschieben. Wollen wir um zwanzig Uhr im *Kiepenkerl* sagen?«

Zehn Minuten zu früh traf ich am Herzbacher Marktplatz ein, wo das Restaurant *Kiepenkerl* lag. Der Abend war so schön, dass ich kurzerhand beschloss, noch einen Moment draußen zu bleiben. Ich schlenderte auf den Brunnen in der Mitte des Platzes zu, als mein Blick auf eine vertraute Gestalt fiel, die aus einem der gegenüberliegenden Fachwerkhäuser trat. Es war mein Vater. Wie immer, wenn ich ihn sah, durchfuhren mich widerstreitende Gefühle. Eine fast schon kindliche Freude, ihn so unverhofft anzutreffen, gefolgt von einem Anflug von Wut. Ich senkte die Hand, die ich instinktiv gehoben hatte, um ihn auf mich aufmerksam zu machen. Doch es war zu spät. Mein Vater hatte mich bereits gesehen und kam lächelnd auf mich zu. Ohne dass ich etwas dagegen tun konnte, bogen sich meine Mundwinkel nach oben.

»Hallo, Papa«, begrüßte ich ihn, als er mich erreicht hatte.

»Sophie«, erwiderte er liebevoll und schloss mich in die Arme.

Der Geruch meiner Kindheit umfing mich. Eine Mischung aus Aftershave, süßen Zitronenbonbons und Holzstaub. Für die Dauer eines Herzschlags ließ ich mich hineinfallen. Dann löste ich mich von ihm und trat einen halben Schritt zurück. Mein Vater betrachtete mich aufmerksam. Genau wie Jascha war er groß und von athletischer Gestalt. Die beiden sahen sich wirklich ähnlich. Nur, dass das Weizenblond von Vaters Haaren inzwischen silbern schimmerte.

»Wie geht es dir?«, erkundigte er sich sanft. Seit meine Mutter damals Herzbach verlassen hatte, lebte er alleine. Dennoch wollte ich ihn nicht zu Hause besuchen. Genauso wenig wie in der Werkstatt hier am Dorfplatz, in der er zusammen mit Jascha die berühmten Löwenstein-Geigen baute. Beides waren Orte aus einer Vergangenheit, mit der ich abgeschlossen hatte. Und so fanden unsere seltenen Verabredungen in Jaschas Haus statt. Auch wenn wir nie darüber sprachen, akzeptierte mein Vater meinen Entschluss. Ich ahnte, dass er sich schwere Vorwürfe machte, weil er mich all die Jahre meiner Mutter überlassen hatte, während er bis spätabends in seiner Werkstatt hockte und nichts von dem mitbekam, was sie in ihrem Ehrgeiz unternahm, um aus mir eine Virtuosin zu machen. Oder es nicht mitbekommen wollte, erinnerte eine vertraute Stimme in meinem Kopf. Der Gedanke hatte sich wie ein vergifteter Pfeil in mein Herz gebohrt. Und dort steckte er nun und verhinderte, dass wir die Nähe zueinander aufbauten, nach der ich mich insgeheim sehnte.

»Mir geht es gut«, erwiderte ich. »Ich bin gleich mit Alex

im *Kiepenkerl* verabredet.« Ich warf einen Blick auf meine Armbanduhr. »Genau genommen jetzt.«

»Dann will ich dich nicht länger aufhalten«, antwortete mein Vater, und ich sah die Traurigkeit hinter seinem Lächeln. »Bestell Alex schöne Grüße von mir.« Er schien zu überlegen, ob er mir zum Abschied einen Kuss geben sollte, doch dann strich er nur kurz über meine Wange. Am liebsten hätte ich mich in seine Hand geschmiegt, doch ich widerstand der Versuchung.

»Tschüss, Papa«, sagte ich stattdessen und wandte mich um. Mit klopfendem Herzen ging ich davon, während ich seine Blicke in meinem Rücken spürte.

Als ich das *Kiepenkerl* betrat, war Alex schon da. Früher hatte das Restaurant *Dorfkrug* geheißen, und ich erinnerte mich noch gut an rustikale Holztische, an Regale voller Wimpel und Pokale, an ausgeblichene Spitzenvorhänge und verstaubte Hirschgeweihe, an den Geruch von Jägerschnitzel und Festtagssuppe. Dann hatte Henning, ein ehemaliger Sternekoch aus Hamburg, das Lokal übernommen. Seitdem hatte sich viel verändert. Im Grunde alles. Die Einrichtung war stilvoll-modern, der Parkettboden glänzte, und an den zimtfarbenen Wänden hingen genau wie in Charlottes Büro Porträts von Moona!, durch indirektes Licht wunderbar in Szene gesetzt. Außerdem gab es eine lange Eckbar mit einem beeindruckenden Sortiment an Whiskey und Gin und ein schwarzes Klavier, an dem zu meiner Erleichterung niemand spielte. Wie immer war das Restaurant gut besucht. Die Küche war so exzellent, dass die Leute weite Anfahrtswege in Kauf nahmen, um hier zu essen. Doch für die Herzbacher hielt Henning immer einige Tische bereit, weswegen man stets auf bekannte Gesichter traf.

Heute waren es Elisabeth Große Brummel, wegen ihres Nachnamens von allen nur Biene genannt, und ihr Ehemann Siggi, die mir fröhlich zuwinkten.

Ich mochte Biene, aber ich war auch immer auf der Hut, wenn ich sie sah. Denn die rundliche Friseurin, die mit ihrem schwarzen Bob wie *Betty Geröllheimer* aus dem Familie-Feuerstein-Film aussah, war die größte Klatschbase, die Herzbach zu bieten hatte. Und das wollte einiges heißen. Mir entging nicht das neugierige Funkeln in ihren dunklen Äuglein, als ich an ihr vorbeilief und mich zu Alex an den Tisch setzte. Dabei verdrängte ich die Begegnung mit meinem Vater aus meinen Gedanken. Auch wenn es um dieses vermaledeite Interview ging, hatte ich mich auf Alex gefreut und wollte das Wiedersehen mit ihm genießen. Nachdem wir uns begrüßt hatten, fragte Alex, was ich trinken wolle.

»Wie wäre es mit einem Lagerkorn für den Anfang?«, zog er mich auf.

Ich schüttelte mich. »Ich dachte eigentlich, wir hätten auf Leonies Hochzeit alle Bestände ausgetrunken.«

Er lachte. »Wir haben es zumindest versucht.« Als er die Hand hob, kam sofort ein Kellner an unseren Tisch, von dem ich von früheren Besuchen im *Kiepenkerl* wusste, dass er Robert hieß. »Ein Glas Winzersekt?«, fragte Alex in meine Richtung, und als ich nickte, gab er die Bestellung auf. Für sich orderte er einen Martini.

»Da hat wohl jemand zu viele James-Bond-Filme gesehen«, kommentierte ich trocken.

Alex' dichte Augenbrauen zogen sich amüsiert in die Höhe. »Wann bist du eigentlich so frech geworden, Kleines?«

Wir grinsten einander an. Es tat gut, mit Alex hier zu

sitzen. Zwischen uns bestand ein Vertrauensverhältnis, dem auch die vielen Jahre, die seit seinem Weggang aus Herzbach vergangen waren, nichts anhaben konnten.

Nachdem Robert die Getränke gebracht und unsere Bestellungen für das Essen aufgenommen hatte, erkundigte ich mich nach Alex' Job. Er war in der Immobilienbranche tätig und verdiente ein Vermögen damit, Objekte zu kaufen, zu modernisieren und anschließend wieder zu veräußern. Nicht irgendwelche Gebäude, sondern imposante Gewerbeobjekte in bester Lage, um die sich die namhaftesten Firmen rissen. Außerdem hatte er vor zehn Jahren ein altes Gestüt in Mondstein erworben und es zu einem Seniorenstift umgebaut, damit seine Großmutter für ihre letzten Lebensjahre ein schönes Zuhause hatte. Seitdem sprachen die Herzbacher von ihm wie von einem Heiligen.

Obwohl Alex beruflich sehr erfolgreich war und mit seinen markanten Zügen, den schwarzen Haaren und dem herausfordernden Blick auf viele Frauen wahnsinnig attraktiv wirkte, war er nicht verheiratet. Mein Bruder Jascha sagte immer, dass Alex die Frau noch nicht gefunden habe, mit der er alt werden wolle. Der Umstand hinderte seinen Freund allerdings nicht daran, sich wechselnde Partnerinnen zuzulegen, von denen eine schöner war als die andere. Zurzeit traf sich Alex mit einer zierlichen, rehäugigen Französin, die Monique hieß und Theaterschauspielerin war. Ich hatte sie auf Leonies Hochzeit kennengelernt. Sie hatte wenig begeistert gewirkt, als Alex mich zum Wetttrinken herausgefordert hatte. Oder war es andersherum gewesen? Hatte ich ihn zum Trinken verleitet? Soweit es den Abend der Hochzeit betraf, waren meine Erinnerungen noch immer unscharf. Trotzdem legte ich keinen Wert darauf, mir von Alex auf die Sprünge helfen zu lassen. Ich hatte das Gefühl, dass ich gar nicht so genau wissen wollte, was ich an dem Abend alles gesagt und getan hatte.

In diesem Moment brachte Robert die Vorspeisen an unseren Tisch. Alex hatte das Thunfischtatar gewählt und ich das Rote-Bete-Carpaccio. Dabei hatten wir vereinbart, unsere Teller nach der Hälfte zu tauschen. Nachdem ich von meiner Vorspeise probiert hatte, bereute ich die Absprache. Das Carpaccio war zu köstlich, um es mit jemandem zu teilen. So unauffällig wie möglich zog ich meinen Teller näher zu mir heran. Viel hätte nicht gefehlt, und ich hätte ihn mit meinem Unterarm abgeschirmt.

»Denk nicht einmal daran«, sagte Alex mit gespielter Strenge und zeigte mit seiner Gabel auf mich. »Nach der Hälfte gehört dein Essen mir.«

Ich musste lächeln, nahm noch einen letzten großen Bissen, schob ihm mein Carpaccio hinüber und griff stattdessen nach seinem Teller. Alex beobachtete mich, wie ich sein Thunfischtatar probierte. Angesichts der Geschmacksexplosion in meinem Mund riss ich die Augen auf. Die Schärfe von rotem Chili, Ingwer und Frühlingszwiebeln verband sich mit dem zarten Thunfisch und der aromatischen Fülle von Sojasoße und Koriander zu einem Feuerwerk der Aromen.

»Möchtest du lieber dein Carpaccio zurück?«, erkundigte sich Alex scheinheilig. Heftig schüttelte ich den Kopf und nahm direkt den nächsten Bissen. Um Alex' Mundwinkel zuckte es, als er nun ebenfalls zu essen begann.

Beim Hauptgang – wir hatten uns beide für das Rinderfilet entschieden – kamen wir auf den Chorwettbewerb zu sprechen.

»Also?«, fragte ich und nahm einen Schluck von dem vorzüglichen Rotwein, den Alex bestellt hatte. »Wie bist du auf die Idee gekommen?« Ich versuchte gar nicht erst, Mutmaßungen über seine Motive anzustellen. Der Alex, den ich kannte, interessierte sich nicht im Geringsten für Musik. Damit hatte er in meiner Kindheit einen wohltuenden Kontrast zum Rest meiner Familie gebildet.

In seinen Augen blitzte der Schalk auf. »Mein Seniorenstift in Mondstein hat einen Chor. Wie mir ein Vögelchen gezwitschert hat, wollen die alten Leute gerne etwas Modernes ausprobieren. Sie sind die ewigen Kirchenlieder leid. Doch damit beißen sie bei ihrer Chorleiterin Agnes auf Granit. Also dachte ich mir, ein Wettbewerb in der Kategorie ›Popmusik‹ könnte die Gute überzeugen, ihre Meinung zu ändern. Solange das Preisgeld hoch genug ist. Agnes träumt von einer Orgel, musst du wissen.«

Einen Moment lang war ich sprachlos. Tausend Gedanken stürmten auf mich ein. Ich hatte nicht gewusst, dass es bei dem Wettbewerb um Popmusik ging. Zwar hörte ich auch keine Charts, doch moderne Songs waren für mich im Großen und Ganzen erträglich. Zumindest beschworen sie keine Bilder herauf, die mich nachts nicht schlafen ließen. Erleichterung machte sich in mir breit, und ich musste lachen, als ich an Alex' Motivation für den Wettbewerb dachte.

»Auf so eine Idee kannst auch nur du kommen.« Ich legte den Kopf schräg. »Erzähl! Hat dein Plan funktioniert?«

Alex grinste wie ein Schuljunge. »Und ob. Der Chor

vom *Haus Morgenröte* war mit der erste, der sich angemeldet hat.«

»Mensch, Alex«, schmunzelte ich. »Hast du dabei mal an mich gedacht? Was soll ich denn jetzt schreiben? Dass der Wettbewerb ein abgekartetes Spiel ist, kann ich ja schlecht erwähnen.«

Alex schluckte den Bissen Rinderfilet herunter, den er sich gerade in den Mund gesteckt hatte. Auf einmal wirkte er ernst. »Das ist kein abgekartetes Spiel, Sophie. Die Jury ist frei in ihrem Urteil. Ich rechne nicht damit, dass ›mein‹ Chor gewinnt.« Bei dem Wort »mein« malte er mit seinen Zeige- und Mittelfingern Gänsefüßchen in die Luft. »Er ist gut, aber es gibt bessere. Bei der Idee für den Wettbewerb ging es mir ausschließlich darum, dass die alten Leute die Stücke singen dürfen, die sie möchten. Und dass Agnes sie dabei nach Kräften unterstützt.«

Ich war gerührt, dass sich Alex für die Bewohner seines Stifts so ins Zeug legte, doch ich hatte meine Zweifel. »Und was ist mit der Orgel?«, gab ich zu bedenken. »Wird Agnes nicht enttäuscht sein, wenn sie das Instrument nicht bekommt, und ihre schlechte Laune am Chor auslassen?«

Alex rief nach Robert, der gerade am Nachbartisch bediente.

»Nach dem Wettbewerb kaufe ich dem Chor eine Orgel«, entgegnete er, ohne mich anzusehen.

Ich verdrehte die Augen. Natürlich tat er das. Die Zehntausende, die eine gute Orgel kostete, verdiente er vermutlich am Tag.

»Was soll ich dann als Grund schreiben, warum du den Wettbewerb gestiftet hast?«, fragte ich ratlos. Alex zuckte mit den Schultern und lächelte. »Schreib, was du willst, Kleines.« Sein Lächeln wurde breiter. »Hauptsache, ich komme als Held herüber.«

Nach der Redaktionssitzung am nächsten Morgen machte ich mich an die Arbeit. Alex hatte mir freie Hand gelassen, und so flogen die Worte nur so herbei. Mittags war der Artikel fertig. Mit dem ausgedruckten Text in der Hand lief ich in Charlottes Büro. Sie setzte ihre Lesebrille auf, mit der sie wahnsinnig elegant aussah, und vertiefte sich in den Bericht. Währenddessen wartete ich gespannt vor ihrem Schreibtisch und ließ sie nicht aus den Augen.

Endlich sah sie von dem Text auf. Auf ihrem Gesicht breitete sich ein Lächeln aus. »Gute Arbeit«, gratulierte sie mir. »Alexander Hovens Leidenschaft für Musik, sein tief empfundener Wunsch, etwas für die Kultur des Münsterlandes zu tun, sein Bedürfnis, Menschen zu verbinden, damit sie gemeinsam etwas Wunderbares erschaffen … Unsere Leser werden begeistert sein. Großartig, Sophie! Der Artikel erscheint in unserer nächsten Ausgabe.« Mit einem huldvollen Nicken war ich entlassen.

Auf dem Weg zurück zu meinem Platz überkam mich ein Anflug von schlechtem Gewissen. Alex hatte nichts von dem gesagt, was ich in meinem Artikel geschrieben hatte. All die schönen Worte über seine Liebe zur Musik waren meiner Fantasie entsprungen. Andererseits tat ich niemandem weh. Wen interessierte es schon, warum Alex diesen Wettbewerb gestiftet hatte, solange die Menschen durch ihn zusammenkamen und miteinander sangen?

Das Ergebnis war das Einzige, worauf es ankam. Und wenn sich am Ende der Chor des Mondsteiner Seniorenstifts über eine neue Orgel freute, konnte ich nichts Schlechtes daran entdecken.

7

Sara Am Donnerstag machte ich früh Feierabend und fuhr mit meinem Wagen nach Sternbeck, wo ich einen Termin bei meiner Bank vereinbart hatte. Doch dann geriet ich auf der A 43 in einen Stau, der mich wertvolle Zeit kostete. Als ich mit hochrotem Gesicht und verschwitztem Rücken in die Sparkasse stürmte, setzte mich die Dame am Empfang mit unbewegter Miene darüber in Kenntnis, dass meine Beraterin bereits im nächsten Kundengespräch sei. Vor Verzweiflung stöhnte ich auf. Sofort wurden die Züge der Frau weicher. Sie setzte ihre Brille auf, die an einer goldenen Kette um ihren Hals hing, und schaute auf den Monitor vor sich.

»Wenn Sie möchten, können Sie auf Frau Bednarz warten«, schlug sie nach ein paar Sekunden vor, ihren Blick weiterhin auf den Bildschirm gerichtet. »Ihr jetziger Termin ist nur für eine halbe Stunde angesetzt. Danach hat sie bestimmt noch Zeit, um mit Ihnen zu sprechen.«

Eine Welle der Erleichterung durchströmte mich. »Ich warte sehr gerne.«

»Prima. Dann nimmt Sie Herr Kleinert jetzt mit.« Die

Frau blickte sich suchend um und rief schließlich einen schlaksigen jungen Mann herbei, dessen dunkelblauer Anzug viel zu weit für seinen Körper war. Dem Namensschild am Revers zufolge war er Auszubildender und hieß Jens Kleinert. Er führte mich in einen Wartebereich mit dunkelbraunen Plastikstühlen, der durch einen Raumtrenner von der Empfangshalle abgeteilt war. An einer Wand hing ein großes Plakat, das auf einen Chorwettbewerb hinwies. *Hast du Töne?*, lautete die Überschrift. War das der Wettbewerb, von dem Sophie mir bei unserem Besuch im Biergarten berichtet hatte? Ehe ich den Gedanken vertiefen konnte, wurde ich vom Anblick eines einzelnen Mannes abgelenkt, der auf einem Stuhl in der Ecke saß und in einer Zeitung las.

»Marvin!«, rief ich erfreut.

Marvin Westkamp sah von seiner Lektüre auf. Ein Lächeln ging über sein attraktives Gesicht. »Hallo, Sara. Wie schön, dich zu sehen!«

Ich setzte mich neben ihn und musterte ihn neugierig. »Das ist ja ein Zufall. Was machst du hier?«

»Über Geld reden«, antwortete er gut gelaunt. »Ich hatte euch doch erzählt, dass unser Gewächshaus zu klein wird und ich ein neues bauen möchte. Und du? Bist du wegen deiner Yogastudiopläne hier?«

Ich freute mich, dass er sich daran erinnerte, und nickte eifrig. »Der Gutachter hat sich das Gebäude angeschaut und die Renovierungskosten auf dreißigtausend Euro geschätzt. Pfarrer Bertelsbeck hat zugesagt, die Hälfte zu übernehmen. Damit bleiben fünfzehntausend Euro, die ich aufbringen muss.«

Marvin schwieg. Ein nachdenklicher Ausdruck trat in seine Augen.

»Fünfzehntausend Euro«, meinte er schließlich. »Das ist viel Geld. Was sagt denn dein Businessplan dazu?«

Bei dem Wort Businessplan zuckte ich zusammen. Ich hatte keinen gemacht. In Träumen kamen solche Dinge nicht vor. Auf einmal kam ich mir schrecklich naiv vor.

»So weit bin ich noch nicht«, erwiderte ich kleinlaut. »Ich wollte mich erst mal informieren, ob ich überhaupt Aussichten auf eine Finanzierung habe.« Meine Stimmung sank. Ein unangenehmes Gefühl, das ich nicht einordnen konnte, breitete sich in meiner Magengrube aus. Als Steuerberaterin war ich mit betriebswirtschaftlichen Vorgängen vertraut. Warum erschrak ich dann wie ein Reh im Scheinwerferlicht, wenn Marvin mich damit konfrontierte? Während er anfing, von Eigenkapital und Sicherheiten zu sprechen, und dabei selbst fast wie ein Banker klang, versuchte ich, mir über den Aufruhr in meinem Inneren klar zu werden. Nervös zupfte ich an dem Kragen meines Kleides. War er zuvor auch schon so eng gewesen?

Marvin brach mitten im Satz ab. »Alles in Ordnung?«, erkundigte er sich. In seinem Blick stand Besorgnis. »Du bist so blass. Soll ich dir etwas zu trinken holen? Warte hier, ich bin sofort wieder da.« Er sprang auf, und ehe ich etwas erwidern konnte, war er auch schon verschwunden.

Ich nahm ein Taschentuch aus meiner Handtasche und betupfte damit mein schweißfeuchtes Gesicht. Jetzt reiß dich mal zusammen, schalt ich mich selbst. Während ich betont gleichmäßig atmete, wiederholte ich in Gedanken Marvins Frage nach dem Businessplan. Erneut beschleunigte sich mein Puls. Und plötzlich überfiel mich die Erkenntnis: Indem ich hier saß, auf einem braunen Plastikstuhl im Wartebereich der Sparkasse, kurz davor, ein Kreditgespräch zu führen, fiel jeder Glanz von meinem Traum ab. Das hier war die Realität. Hier ging es um nackte Zahlen, um betriebswirtschaftliche Kennziffern. Ich war nicht völlig blauäugig. Natürlich wollte ich mit meinem Vorhaben auch Geld verdienen. Doch meine Motivation lag woanders. Mit meinen Yogakursen wollte ich das Leben von Menschen bereichern. Und mir keine Sorgen darüber machen, ob ich die nächste Kreditrate bezahlen konnte. Was mir auf dem Heimweg von Pfarrer Bertelsbeck noch als vollkommen logisch erschienen war, kam mir nun absurd vor. Nein, ich wollte keinen Kredit aufnehmen. Es musste einen anderen Weg geben, um das ehemalige Gemeindehaus zu renovieren. Fieberhaft dachte ich nach.

In diesem Moment kehrte Marvin zurück. »Tut mir leid, dass es so lange gedauert hat«, entschuldigte er sich und reichte mir ein Glas Wasser. »Der Azubi musste erst eine neue Flasche aus dem Keller holen.« Er schaute mir prüfend ins Gesicht. »Du siehst ein wenig besser aus. Fühlst du dich auch so?«

»Ja, danke«, versicherte ich ihm. »Es war bestimmt nur die Hitze.« Ich nahm einen Schluck aus meinem Glas. Dabei fiel mein Blick erneut auf das Plakat an der Wand, das ich schon beim Eintreten bemerkt hatte. Las ich richtig? Ich kniff die Augen zusammen, um die Schrift besser erkennen zu können. Doch, da stand es schwarz auf weiß: Das Preisgeld für den Gewinner des Chorwettbewerbs betrug dreißigtausend Euro. Genauso viel, wie die Renovierung des ehemaligen Gemeindehauses kostete …

»Ich muss jetzt leider in meinen Termin«, drang Marvins Stimme zu mir durch. Er machte eine Kopfbewegung in Richtung Eingangshalle.

»Natürlich!« Ich stand auf und umarmte ihn. »Viel Erfolg. Und danke noch mal für das Wasser.«

»Keine Ursache.« Marvin zögerte. Ich hatte den Eindruck, dass er noch etwas loswerden wollte, aber nicht so recht wusste, wie er sein Anliegen formulieren sollte. »Wie geht es Sophie?«, platzte er schließlich heraus.

Ich stutzte. »Sehr gut«, antwortete ich dann. »Soll ich ihr Grüße von dir ausrichten?« Täuschte ich mich, oder wurde Marvin ein wenig rot?

»Ja, bitte«, antwortete er verlegen. »Tja, ich muss dann auch. Tschüss, Sara. Wir sehen uns.« Er wandte sich um und ging mit schnellen Schritten davon.

Während ich ihm hinterhersah, kamen mir Sophies Worte in den Sinn, als wir zum See spaziert waren. Da hatte sie gesagt, sie sei noch nie verliebt gewesen. Ob Marvin daran etwas ändern konnte?

Lächelnd wandte ich meine Aufmerksamkeit wieder dem Plakat zu. Dreißigtausend Euro für ein bisschen Singen. War das nicht übertrieben? Andererseits war es Alexander Hoven, der den Wettbewerb ins Leben gerufen hatte, und der war in Herzbach nicht nur für sein immenses Vermögen bekannt, sondern auch für seine Großzügigkeit. Ein Preisgeld in dieser Höhe passte zu ihm.

Warum hatte Herzbach eigentlich keinen Chor?, fragte ich mich. Sonst gab es doch in jedem noch so kleinen Ort einen. In meinem Kopf begann eine Idee Gestalt anzunehmen. Wie von einem unsichtbaren Faden gezogen stand ich auf und durchquerte die Eingangshalle, wobei meine Schritte immer schneller wurden.

»Gehen Sie schon?«, rief mir die Dame am Empfangsschalter hinterher. Ihre Stimme klang verwundert. »Frau Bednarz müsste jeden Moment kommen.«

Ich sah über meine Schulter. »Vielen Dank«, erwiderte ich freundlich, »aber ich habe es mir anders überlegt.«

8

Sophie »Wir gründen einen Chor?« Verdattert starrte ich Sara an, die mit geröteten Wangen vor meiner Haustür stand. Es war Donnerstagabend, und ich war gerade erst von der Arbeit nach Hause gekommen. Einzelne Strähnen aus Saras Pferdeschwanz hatten sich gelöst und hingen ihr wild ins Gesicht.

»Stimmt genau«, rief sie begeistert.

»Jetzt komm erst mal herein«, forderte ich sie auf. »Möchtest du etwas trinken?« Ohne ihre Antwort abzuwarten, lief ich barfuß in die Küche.

Sara folgte mir. »Ich war gerade bei der Sparkasse, um über den Kredit für das ehemalige Gemeindehaus zu sprechen«, berichtete sie mir atemlos. »Doch als ich dort ankam, habe ich gemerkt, dass es sich nicht richtig anfühlt. Ich will keinen Kredit aufnehmen. Und deshalb werden wir jetzt singen.« Ihre grünen Augen funkelten vor Begeisterung.

Um Zeit zu gewinnen, holte ich den Krug Zitronenlimonade aus dem Kühlschrank, den ich am Morgen frisch aufgesetzt hatte. Dann nahm ich Eiswürfel aus dem Gefrierfach und füllte sie in zwei Gläser.

Sara fasste mich ungeduldig am Arm. Ihre Finger waren warm. »Jetzt hör doch mal bitte auf damit und sieh mich an. Was hältst du von meinem Plan?«

Ich schaute ihr ins Gesicht. »Ich bin nicht ganz sicher, ob ich schon verstanden habe, was dein Plan ist«, entgegnete ich ausweichend. Und ich bin mir auch nicht sicher, ob ich ihn überhaupt hören will, fügte ich in Gedanken hinzu. In meinem Kopf hallten die Worte bedrohlich nach, die Sara mir entgegengeschmettert hatte, sobald ich die Tür geöffnet hatte. *Wir gründen einen Chor!*

Meine Freundin war so begeistert von ihrer Idee, dass sie meinen fehlenden Enthusiasmus gar nicht bemerkte.

»Es ist ganz einfach«, strahlte sie und lehnte sich gegen die Arbeitsplatte. »Letzten Freitag im Biergarten hast du mir von diesem Chorwettbewerb erzählt. Ich hatte schon nicht mehr daran gedacht, aber eben in der Sparkasse hing ein Plakat. Das Preisgeld beträgt dreißigtausend Euro! Damit könnten wir das ehemalige Gemeindehaus im Alleingang renovieren. Die Kirche müsste nicht einen Cent dazulegen. Auf dem Weg zu dir habe ich mir alles genau überlegt. Wir machen eine richtige Veranstaltungsstätte daraus. Mit jeder Menge Angebote: Yoga, Töpfern, Backen, Zeichnen … von Herzbachern für Herzbacher. Das hat unserem Dorf bis jetzt gefehlt.«

Ich hob beide Hände, um Saras Wortschwall zu unterbrechen. Dabei hatte ich das verstörende Gefühl, einem Kind zu erklären, dass es den Weihnachtsmann nicht gab.

»Sara«, begann ich ein wenig hilflos. »Ich verstehe, dass dir das Kreditthema Angst macht. Aber bevor du auf einen Sieg bei dem Chorwettbewerb hoffst, kannst du genauso gut auf sechs Richtige im Lotto spekulieren.« Ich atmete tief durch. »Der Chorwettbewerb ist schon Anfang Oktober, also bereits in sieben Wochen. Das Preisgeld ist so absurd hoch, dass sich jedes Ensemble im Münsterland auf den Weg machen wird, um daran teilzunehmen. Die meisten dieser Menschen singen seit Jahren zusammen. Wie willst du gegen sie gewinnen? Ein Chor formiert sich nicht von heute auf morgen, es braucht Zeit, um als Gruppe zusammenzuwachsen.«

Sara zuckte mit den Schultern. »Das weiß ich doch alles, Sophie. Aber wie heißt es so schön: Wenn man keine Chance hat, sollte man sie nutzen.« Ohne es zu wollen, musste ich schmunzeln. Triumphierend streckte mir Sara ihren Zeigefinger entgegen. »Du hast gelächelt, ich habe es genau gesehen.«

»Gar nicht wahr«, antwortete ich und lächelte noch breiter.

Sara lachte ihr glucksendes Kinderlachen. »Doch, hast du. Heißt das, du bist bei unserem Chor dabei?«

»Das habe ich nicht gesagt«, entgegnete ich und machte mich nun endlich daran, die Zitronenlimonade in die Gläser zu füllen. »Und wen meinst du eigentlich, wenn du von *uns* sprichst? Wer macht denn noch bei deinem Chor mit?«

»Bisher nur ich«, gab Sara unbeeindruckt zu. »Aber ich werde schon ein paar Herzbacher finden, die mitsingen wollen. In der Kirche singen sie ja schließlich auch, als ob es kein Morgen gäbe.«

Ich kam nicht umhin, Sara für ihre Zuversicht zu bewundern. Obwohl ein Sieg bei dem Wettbewerb vollkommen unrealistisch war und Sara sich dessen bewusst zu sein schien, wollte sie es versuchen. Das nötigte mir Respekt ab. Umso mehr wurmte es mich, dass ich sie enttäuschen musste. Ich reichte ihr ein Glas Limonade und wartete, bis sie den ersten Schluck getrunken hatte.

»Ganz schön sauer«, bemerkte sie, nahm aber direkt den nächsten Schluck.

»Es tut mir leid«, setzte ich an, »aber ich kann nicht bei deinem Chor mitmachen. Oder besser gesagt: bei deinem zukünftigen Chor. Noch hast du ja keinen.«

Sara ging nicht auf meinen scherzhaften Ton ein. »Warum nicht?«, fragte sie ernst. »Mit deiner musikalischen Ausbildung wärst du ein Riesengewinn. Irgendjemand muss den Chor ja schließlich leiten.«

Nun nahm auch ich einen Schluck aus meinem Glas und verzog das Gesicht. Die Limonade war in der Tat furchtbar sauer, ich hätte mehr Zucker hineingeben sollen.

»Das mag so sein, aber ich will keine Musik mehr in meinem Leben, Sara«, antwortete ich ehrlich. Weil ich plötzlich fröstelte, stellte ich mein Glas hinter mich auf die Arbeitsplatte und verschränkte die Arme vor der Brust. »Sie hat meine Kindheit und Jugend bestimmt. Ich hatte keine Zeit für mich, keine Zeit für Freunde. Alles, was für dich selbstverständlich war – sich verabreden, mit Puppen spielen, draußen herumtoben, bei einer Freundin übernachten –, kannte ich höchstens aus Büchern. Und selbst für die hatte ich keine Zeit. Ich erzähle dir das nicht, damit du mich bemitleidest«, beeilte ich mich klarzustellen, als ich Saras betroffene Miene bemerkte. »Ich möchte nur, dass du meine Entscheidung verstehst und nicht böse auf mich bist.«

Sara schwieg eine Weile. Dann nickte sie beschämt. »Ich verstehe dich, und es tut mir leid, dass ich dich gefragt habe. Ich sehe ja, wie du jedes Mal zusammenzuckst, wenn die Sprache auf Musik kommt. Doch ich war so begeistert von meiner Idee, dir den Taktstock in die Hand zu drücken, dass ich das vollkommen ausgeblendet habe. Verzeihst du mir?«

Statt einer Antwort nahm ich Sara in die Arme und drückte sie fest an mich. »Ich wünsche dir viel Erfolg mit deinem Chor«, flüsterte ich ihr ins Ohr. »Und wenn du Fragen hast, bin ich für dich da. Solange du keine singenden Menschen um mich herum platzierst, kann ich hin und wieder sogar ein paar hilfreiche Vorschläge machen.«

9

Sara Nachdem ich mich von Sophie verabschiedet hatte, schlug ich den Weg zur Ortsmitte ein und sog dabei die warme, nach Sommer duftende Abendluft ein. Was ich zu meiner Freundin gesagt hatte, entsprach der Wahrheit. Insgeheim hatte ich gespürt, dass sie mit der Musik abgeschlossen hatte. Dennoch hatte ich versucht, sie zur Chorleitung zu bewegen. Dafür schämte ich mich jetzt.

Vor mir tat sich der Marktplatz auf, der von bunten Fachwerkhäusern gesäumt wurde. In seiner Mitte plätscherte der Brunnen, auf dessen Rand eine Amsel hin und her hüpfte und zu überlegen schien, ob sie ein abendliches Bad nehmen sollte. Ich ließ meine Blicke über die hübsche Szenerie schweifen, die unserem Dorf so viele Touristen einbrachte. Die Tische vor dem Hotel, dem Eiscafé und dem *Kiepenkerl* waren gut besucht. Daneben gab es den Hofladen, in dem die Erzeugnisse der umliegenden Bauernhöfe verkauft wurden, die Bäckerei und den Metzger sowie das Blumengeschäft, den Buchladen und natürlich die Geigenbau-Meisterwerkstatt, die von Sophies Vater und ihrem Bruder Jascha betrieben wurde. Sophie hatte mir erzählt, dass Jascha und sie nach berühmten Geigenspielern benannt worden waren. Damals hatte ich darüber geschmunzelt, jetzt war mir nicht nach Lachen zumute. Die wenigen Sätze, mit denen sie ihre Kindheit umrissen hatte, waren mir noch zu frisch im Gedächtnis. Von einem Tisch vor dem *Kiepenkerl* stand gerade ein älteres Paar auf, das ich nicht kannte. Vermutlich Touristen. Aus einem spontanen Impuls heraus beschloss ich, noch auf einen Absacker zu bleiben. Es war erst kurz nach acht, und ich hatte noch keine Lust, nach Hause zu gehen. Schließlich war dort niemand, der mich erwartete.

»Stalkst du mich etwa?«, fragte eine Männerstimme hinter mir. Ich wandte den Kopf und erblickte Marvin, der mit einer Karaffe Weißwein am Nachbartisch saß. Offensichtlich hatten wir dieselbe Idee gehabt.

»Komm, setz dich zu mir«, forderte er mich auf. »Ich lad dich auf ein Glas Wein ein. Dann kannst du mir von deinem Gespräch mit deiner Bankberaterin erzählen.«

Nachdem der Kellner ein weiteres Glas gebracht hatte, berichtete ich Marvin von dem Sinneswandel, den ich in der Sparkasse gehabt hatte – ausgelöst von seiner Frage nach meinem Businessplan und dem Plakat für den Chorwettbewerb. »Und nun möchte ich einen Chor gründen«, schloss ich. »Wenn wir den Wettbewerb gewinnen, haben wir genug Geld, um damit das ehemalige Gemeindehaus zu renovieren und es zu einem Veranstaltungsort für ganz Herzbach zu machen.« Ich verzog gequält das Gesicht. »So viel zur Theorie. Da dachte ich allerdings noch, Sophie würde mitmachen. Mit ihrer musikalischen Vergangenheit wäre es ein Leichtes gewesen, einen Chor auf die Beine zu stellen. Doch sie hat ihre Karriere schließlich nicht ohne Grund an den Nagel gehängt. Ich hätte sie gar nicht fragen dürfen.« Betrübt nippte ich an meinem Wein. »Wie es aussieht, besteht mein Chor bisher nur aus mir. Und meine Erfahrung mit Musik beschränkt sich auf vier Jahre Blockflötenunterricht in der Grundschule. Aber immerhin kann ich Noten lesen«, fügte ich selbstironisch hinzu.

Zu meiner Erleichterung lachte Marvin mich nicht aus. Stattdessen blickte er mich nachdenklich an. Nach einer kurzen Weile sagte er: »Ich spiele Klavier, und das gar nicht mal so schlecht. Wenn du also einen Pianisten für deinen Chor brauchst: Ich bin dabei.«

Im ersten Moment wusste ich nicht, was ich erwidern sollte. Ich war so gerührt von seinem Vorschlag, dass ich ihn mit großen Augen ansah.

»Wenn du mich nicht willst, kein Problem, das verkrafte ich«, witzelte er in die Stille hinein. Heftig schüttelte ich den Kopf. Ich spürte, wie sich ein Lächeln auf meinem Gesicht ausbreitete.

»*Natürlich* möchte ich dich in meinem Chor!« Ich hielt ihm über den Tisch hinweg meine Hand hin. »Herzlich willkommen!«

Marvin schlug ein. »Auf unseren Sieg«, erwiderte er und grinste von einem Ohr zum anderen.

Mit Marvins Angebot war meine gute Laune von einer Sekunde auf die nächste zurückgekehrt. »Komm, wir schauen nach, was uns bei dem Wettbewerb erwartet.«

Voller Optimismus holte ich mein Smartphone hervor, gab »Hast du Töne« und »Chorwettbewerb« bei Google ein und klickte den ersten Treffer an. Marvin rückte näher an mich heran, damit wir zusammen auf das Display schauen konnten. Eine hübsch gestaltete Homepage öffnete sich. In der Mitte war das Bild eines Chores zu sehen, der aus Frauen und Männern aller Altersstufen und Hautfarben bestand. Einer der Sänger saß im Rollstuhl. Was alle miteinander verband, waren die begeistert in die Luft geworfenen Hände und das strahlende Lächeln auf ihren Gesichtern.

»Ich schlage vor, wir schauen uns den Ablauf an«, meinte Marvin, und ich klickte auf den entsprechenden Link.

Jeder Chor sollte drei Stücke auf der Bühne singen. Zwei davon durften frei gewählt werden, das dritte war vorgegeben. »*Cordula Grün*«, las ich kopfschüttelnd. »Was soll das denn? Ist Alexander noch ganz dicht?«

Marvin grinste. »Was hast du gegen *Cordula Grün*? Der Song ist ein Knaller.«

Ich rieb mir mit der Handinnenseite über die Stirn. »Kannst du dir die Herzbacher vorstellen, wie sie ihn singen?«

Marvins Grinsen wurde breiter. »Nein, aber ich würde es wirklich gerne sehen.«

Aus irgendeinem Grund musste ich an Irene denken, wie sie den Refrain des Gute-Laune-Songs sang, und konnte mir ein Lachen nicht verbeißen. In der nächsten halben Stunde sponnen Marvin und ich noch weiter herum und malten uns dabei in immer bunteren Farben aus, wie wir den Wettbewerb zur Überraschung aller gewannen. An unserer guten Laune war bestimmt auch der Wein nicht ganz unschuldig. Auf Marvins Karaffe war schnell eine zweite gefolgt.

Plötzlich fiel ein Schatten über die Tischplatte. »Darf man mitlachen?«, fragte eine asthmatisch klingende Stimme. Ruckartig hoben Marvin und ich die Köpfe. Vor uns stand Pfarrer Bertelsbeck. In seinem schwarzen

Anzug mit dem weißen, ringförmigen Stehkragen und dem Ansteckkreuz am Revers sah er sehr gottesfürchtig aus.

»Hallo, Herr Pfarrer. So spät noch unterwegs?«, erkundigte sich Marvin.

Ich kicherte in mich hinein. Die Frage war nicht witzig, doch ich war in so ausgelassener Stimmung, dass ich nicht anders konnte.

Der Pfarrer nickte ernst. »Der Tod kennt keinen Feierabend. Ich komme gerade vom Sterbebett eines Gemeindemitglieds.«

Schlagartig ernüchtert, richtete ich mich auf. »Wie schrecklich!«, entfuhr es mir. Vor schlechtem Gewissen über mein pubertäres Verhalten fingen meine Wangen an zu brennen.

Der Pfarrer blickte mich mit unbewegter Miene an. Dann fing er plötzlich an zu lachen. »Reingefallen«, rief er und fuhr sich durch sein schütteres graues Haar. »Ich mache bloß einen Spaziergang. Die Luft ist so herrlich.«

Meine Kinnlade klappte herunter, und ich blickte fassungslos zu Marvin. Er hob die Schultern, um seine Mundwinkel zuckte es. Jetzt musste auch ich lächeln.

»Das habe ich wohl verdient«, sagte ich in Richtung des Pfarrers. Dabei spürte ich große Erleichterung darüber, dass alle Herzbacher gesund und wohlauf waren. Ich deutete auf den freien Stuhl an der Tischseite zwischen Marvin und mir. »Wollen Sie sich einen Moment zu uns setzen?«, fragte ich aufgeräumt.

»Warum nicht?«, meinte er und nahm ächzend Platz. Er bestellte sich ein großes Glas Rotwein, und als der Kellner es serviert hatte, stießen wir miteinander an. Pfarrer Bertelsbeck nahm den ersten Schluck und schlürfte genießerisch. »Also, Sara«, fragte er mich über den Rand seines Glases hinweg. »Hast du dir mein Angebot durch den Kopf gehen lassen?«

Marvin und ich tauschten einen verschwörerischen Blick, dann reckte ich das Kinn und nickte. »Das habe ich. Allerdings habe ich noch eine bessere Idee.« Ich machte eine kurze Kunstpause. »Was würden Sie sagen, wenn die Kirche nicht einen Cent zur Renovierung des ehemaligen Gemeindehauses dazugeben müsste?«

Interessiert beugte sich der Pfarrer vor. »Lass hören.«

»Alexander Hoven hat einen neuen Chorwettbewerb gestiftet«, erklärte ich. »Er findet Anfang Oktober in der Halle Münsterland statt. Das Preisgeld beträgt dreißigtausend Euro. Und hier kommt der Plan: Wir gründen einen Chor, gewinnen den Wettbewerb und bezahlen mit dem Geld die Renovierungskosten. Im Gegenzug stellt die Kirche dem Dorf das Gebäude kostenfrei als Veranstaltungsstätte zur Verfügung. Für die Chorproben, falls wir danach weitermachen, und für meine Yogastunden natürlich, aber auch für andere Themen. Bestimmt gibt es viele Herzbacher wie mich, die ihre Leidenschaft mit Freunden und Nachbarn teilen möchten. Mit dem ehemaligen Gemeindehaus hätten wir einen Ort, an dem wir das tun könnten. Und zwar ganz ohne Risiko – wenn es für einen Kurs keine Nachfrage gibt, dann wird er eben eingestellt. Alles kein Drama, solange man keine teuren Kredit- und Mietverträge bedienen muss.«

Erwartungsfroh blickte ich den Pfarrer an. Der hob in Seelenruhe sein Glas und nahm einen weiteren Schluck. Nachdem er es wieder abgesetzt hatte, sagte er: »Nur mal für eine Sekunde angenommen, euer Chor gewinnt diesen Wettbewerb nicht.« Er legte die Fingerspitzen auf eine Weise zusammen, die deutlich machte, dass er dieses Szenario für sehr wahrscheinlich hielt. »Was ist dann?«

Ja, dachte ich, was war dann? Ich kaute auf meiner Unterlippe. Bislang hatte ich mir darüber keine Gedanken machen wollen. Doch im Grunde lag die Antwort auf der Hand, auch wenn sie mir nicht gefiel. Ich hatte kein Geld, um die Renovierung im Alleingang zu tragen, und einen Kredit würde ich nicht aufnehmen.

Ich sah dem Pfarrer offen ins Gesicht. »Wenn wir den Wettbewerb nicht gewinnen, dann bleibt alles so, wie es ist. Das ehemalige Gemeindehaus steht weiter leer.« *Und rottet vor sich hin.* Den Gedanken sprach ich nicht laut aus, doch er schwang so deutlich zwischen meinen Worten mit, als hätte ich es getan.

»Und dein Yogakurs?«, fragte Pfarrer Bertelsbeck.

Betont gelassen zuckte ich mit den Schultern. »Bestimmt kann ich in einem Studio in Münster Stunden geben. Das Angebot kommt dann zwar nicht den Herzbachern zugute, aber es wäre ein Anfang.«

Jetzt schaltete sich Marvin in unsere Diskussion ein. »Was haben Sie zu verlieren, Pfarrer Bertelsbeck? Wir bitten Sie lediglich um ein paar Wochen Geduld. Wenn unser Chor gewinnt, erfährt Ihre Immobilie einen deutlichen Wertzuwachs, ohne dass Sie etwas dafür tun müssen. Und wir Herzbacher bekommen endlich einen Ort, an dem wir unseren Hobbys nachgehen können, ohne dafür nach Mondstein, Sternbeck oder Münster fahren zu müssen.« Er legte die Hände auf die Tischplatte. »Sollte der Chor dagegen leer ausgehen, ändert sich nichts. Dann können Sie das ehemalige Gemeindehaus an jemand anderen vermieten. Wenn Sie denn einen Interessenten finden, der Ihre Bedingungen akzeptiert.« Marvins Stimme verriet deutlich seine Zweifel.

Der Pfarrer schwieg. Sein Gesichtsausdruck gab nicht preis, was er dachte. Vor Aufregung hielt ich den Atem an. Schließlich trank er den letzten Schluck aus seinem Glas, fischte einen Fünfeuroschein aus den Taschen seines Anzugs und legte ihn auf den Tisch.

»Anfang Oktober«, sagte er und stand auf. »Ich denke, darauf kann ich mich einlassen.«

Vor Begeisterung sprang ich auf und fiel dem Pfarrer um den Hals. Als mir klar wurde, was ich da gerade tat, ließ ich abrupt von ihm ab und trat einen Schritt zurück. »Äh, danke, wollte ich sagen«, murmelte ich und grinste verlegen.

»Schon gut«, brummte der Pfarrer, doch um seinen schmalen Mund lag die Andeutung eines Lächelns.

Nachdem er außer Sichtweite war, setzte ich mich wieder. Glücklich streckte ich Marvin meine Hände entgegen, und er drückte sie kurz.

»Das wäre geschafft«, meinte ich zufrieden und stützte meine Ellenbogen auf die Tischplatte. »Also: Wie geht es jetzt weiter? Wie begeistern wir die Herzbacher von unserer Idee, und das möglichst schnell?«

Wir begannen zu überlegen, und weil Pläne schmieden hungrig macht, bestellten Marvin und ich kurzerhand zwei Vorspeisen, die uns Henning, der Besitzer des *Kiepenkerl,* persönlich an den Tisch brachte.

»Hallo, Schwager«, begrüßte er Marvin herzlich. Eine Sekunde lang war ich verwirrt, dann fiel mir ein, dass Henning mit Marvins älterer Schwester Doro zusammen war. »Und meine Lieblingssteuerberaterin ist auch da«, fügte Henning mit seiner tiefen Stimme hinzu, beugte sich zu mir herunter und gab mir links und rechts ein Küsschen auf die Wange. »Hallo, mein Engel. Was führt euch zusammen hierher?«, fragte er, ohne seine Neugier zu verbergen.

»Sara und ich gründen einen Chor«, informierte ihn Marvin verschmitzt. »Das hier ist die Geburtsstunde.«

Ich lachte hell. Nach dem Gespräch mit Pfarrer Bertelsbeck war ich noch immer ganz euphorisch.

Hennings Blick glitt zwischen Marvin und mir hin und her. Mit seiner mächtigen Statur und dem blonden Schopf sah er aus wie ein Wikinger.

»Hey, Claas«, rief Henning einem vorbeieilenden Kellner zu. »Sag bitte in der Küche Bescheid, dass ich noch fünf Minuten brauche.« Er setzte sich auf den Platz, auf dem vorher der Pfarrer gesessen hatte. »Was ist das für ein Chor?«, erkundigte er sich. »Klassisch oder Pop?«

»Pop«, antwortete ich.

Henning nickte zufrieden. »Okay, ich mach mit.«

»Äh, kannst du denn singen?«, fragte Marvin erstaunt.

»Natürlich«, behauptete der ehemalige Sternekoch. »Und bevor ihr fragt: Zeit habe ich auch. Jede Menge sogar. Das Restaurant geht ab Montag für vier Wochen in die Sommerpause. Und danach wird es auch schon irgendwie hinhauen.«

»Alles klar«, erwiderte ich keck. »Du darfst mitmachen.« Plötzlich kam mir ein Gedanke, der mich noch hibbeliger werden ließ. »Und ich habe auch schon eine Aufgabe für dich.«

Henning schmunzelte. »Ach, tatsächlich? Und die wäre?«

»Du überzeugst Lukas, dass er ebenfalls bei unserem Chor mitmacht.«

Lukas stammte aus Doros erster Ehe und war Hennings Stiefsohn. Der Vierzehnjährige spielte in einer Band, und ich hatte ihn in diesem Sommer bei zwei Gelegenheiten singen hören. Er besaß eine unfassbar schöne Stimme. Eine Stimme, bei der man Gänsehaut bekam. Unwillkürlich musste ich an Sophies Vergleich mit dem Lottogewinn denken. Auf einmal erschien er mir nicht mehr so abwegig – Lukas war der Sechser im Lotto. Ich spürte ein freudiges Kribbeln im Nacken, das sich über meinen ganzen Rücken ausbreitete.

Henning ließ eine Pranke auf Marvins Schulter fallen und sah mich an. »Ich bin Lukas' Stiefvater. Marvin ist sein Onkel. Wenn wir beide es nicht schaffen, den Jungen zu überzeugen, dann gelingt es niemandem.«

Am nächsten Tag schaffte ich es kaum, mich auf meine Arbeit zu konzentrieren. Nach dem Mittagessen, das ich mit zwei Kolleginnen in der Kantine einnahm, zog ich mich in ein leeres Besprechungszimmer zurück, um einen komplizierten Schriftsatz durchzugehen. Dabei kehrten meine Gedanken jedoch immer wieder zum Chorwettbewerb zurück. Deshalb war ich froh, dass ich das Zimmer für mich hatte. Das war in unserer Firma keine Selbstverständlichkeit mehr. Seit Anfang des Jahres verfügte sie über ein offenes Raumkonzept, bei dem die Mitarbeiter morgens ihre privaten Sachen in einem Spind verstauten und sich anschließend einen freien Schreibtisch suchten, an dem sie ihre Laptops anschlossen. Davon ausgenommen war nur die Chefetage. Dieser ständige Perspektivwechsel, verbunden mit immer anderen Kollegen um sich herum, hatte die Mitarbeiter in zwei Lager gespal-

103

ten. Die überwiegende Mehrheit genoss die Abwechslung und die Interaktion, die das offene Raumkonzept mit sich brachte. Der andere, kleinere Teil fühlte sich von der veränderten Situation überfordert und trauerte der alten Welt der Zweierbüros, der festen Arbeitsplätze und Rollcontainer hinterher.

Mir gefiel das neue Raumkonzept gut. Zumindest nachdem sich die Kollegen daran gewöhnt hatten, nicht mehr in ihre Handys zu schreien, sondern stattdessen die schalldichten Telefonkabinen zu benutzen, die eigens für diesen Zweck aufgestellt worden waren. Doch ich hatte auch Verständnis für die andere Seite. Es war schwer, lieb gewonnene Gewohnheiten loszulassen, und noch schwerer, wenn man nur die Wahl hatte, die Umstände zu akzeptieren oder sich eine neue Beschäftigung zu suchen.

Nachdem ich das Ende des Schriftsatzes erreicht hatte, ohne mir das Geringste vom Inhalt gemerkt zu haben, gab ich auf. Stattdessen rief ich das Grafikprogramm meines Laptops auf und begann, den Flyer zu erstellen, den Marvin und ich gestern Abend im *Kiepenkerl* auf einem Blatt Papier entworfen hatten.

Herzbacher Versammlung

Wann: Samstag, 18. August, um 18 Uhr
Wo: Hotel am Dorfplatz
Warum: Dorfbelange
von höchster Wichtigkeit

Um zahlreiches Erscheinen wird gebeten.

Es grüßen euch herzlich
Sara (Wissmann) & Marvin (Westkamp)

So war auch Ava vorgegangen, um etwas gegen die zunehmende Verkehrsbelastung in Herzbach zu unternehmen. Das halbe Dorf war zu ihrer Versammlung im Hotel erschienen, und nun war Herzbach autofrei. Ich betrachtete mein Werk. Gleich morgen früh wollten Marvin und ich die Flyer im Dorf und in den Geschäften rund um den Marktplatz verteilen, und mit ein bisschen Glück hatte Herzbach am Abend bereits einen Chor.

10

Sara Am Samstagnachmittag fand ich mich eine Stunde vor der Zeit im Hotel am Dorfplatz ein. Mit der bemalten Holzbalkendecke und dem knarzigen Dielenboden versprühte die Lobby den Charme vergangener Jahrhunderte. Im gemauerten Kamin brannte trotz der sommerlichen Temperaturen ein Feuer, das angenehm nach Tannennadeln duftete. Davor waren zwei cognacfarbene Ledersessel arrangiert. In ihnen saß ein Paar mittleren Alters, das sich angeregt auf Französisch unterhielt. Nachdem ich eine Minute vor der Rezeption gewartet hatte, ohne dass sich ein Mitarbeiter zeigte, machte ich mich allein auf den Weg durch die verwinkelten Flure, an dessen Wänden zahlreiche Landschaftsbilder hingen. Schließlich erreichte ich die Flügeltür des großen Ballsaals. Ihn zu betreten war, als würde man sich wie durch Zauberhand in einem Disney-Märchen wiederfinden. Funkelnde Kronleuchter, schwere goldene Vorhänge und Intarsienparkett mit prächtigen Ornamenten – es bedurfte keiner großen Fantasie, um sich vorzustellen, wie Aschenputtel hier in den Armen ihres Prinzen über die Tanzfläche schwebte. Eines stand fest: Sollte ich noch einmal heiraten, dann würde die Feier in diesem Saal stattfinden. Unvermittelt musste ich an Noah denken und spürte einen schmerzhaften Stich in der Herzgegend. Energisch verscheuchte ich sein Bild aus meinem Kopf und konzentrierte mich wieder aufs Hier und Jetzt.

Es grenzte an ein Wunder, dass wir den Ballsaal für unsere Versammlung bekommen hatten. Noch während wir vorgestern Abend im *Kiepenkerl* saßen, hatte Henning ihn mit seinen Kontakten für uns organisiert.

»Eigentlich sollte eine große Geburtstagsfeier stattfinden, aber der Jubilar hat sich bei seinem Enkelkind mit den Windpocken angesteckt, der Arme«, hatte er erklärt, nachdem er sein iPhone zur Seite gelegt hatte.

Ich sah mich um. Vorne auf der Bühne war ein Tisch mit zwei Stühlen aufgebaut. Dort würden Marvin und ich sitzen. Daneben stand ein leeres Flipchart. Ich erklomm die Stufen und blickte von oben hinunter in den Saal. Allmählich machte sich Nervosität in mir breit. Als ich meine Rede gestern Abend vorbereitet hatte, waren mir meine Argumente stichhaltig und plausibel vorgekommen. Doch würden die Herzbacher das genauso sehen? Oder würden sie mich am Ende für vollkommen übergeschnappt halten?

»Da bist du ja schon«, unterbrach eine Stimme aus Richtung der Tür meine Gedanken. Mit einem breiten Lächeln kam Marvin auf mich zu. In seiner grauen Jeans und dem weißen Hemd mit den aufgekrempelten Ärmeln sah er blendend aus. »Bist du aufgeregt?«, fragte er, als er mich erreicht hatte. In einer Hand hielt er eine lange Dokumentenrolle. Darin waren bestimmt die beiden Ausdrucke, um die ich ihn gebeten hatte.

»Und wie«, gestand ich. Marvin legte die Rolle auf den Tisch und drückte für eine winzige Sekunde meine Schulter.

»Das wird schon. Vertrau mir. Was meinst du: Wollen wir den Ablauf noch mal durchgehen?«

Ich nickte, doch es fiel mir schwer, still zu stehen, und sobald wir fertig waren, hüpfte ich von der Bühne, um eine letzte Runde durch den Saal zu drehen. Ich lief mal hierhin und mal dorthin, fuhr mit der Hand über die gepolsterten Stuhlrücken und zupfte geistesabwesend an den schweren Vorhängen herum. Ein Blick auf meine Armbanduhr verriet mir, dass es Viertel vor sechs war. Ich fuhr mit feuchten Handflächen über mein Kleid. Jetzt würde es nicht mehr lange dauern, bis die ersten Herzbacher erschienen. Wie immer, wenn ich aufgeregt war, meldete sich meine Blase.

»Ich muss mal für kleine Mädchen«, rief ich Marvin zu, der noch immer auf der Bühne stand, und machte mich durch den Flur auf den Weg zur Damentoilette.

Beim Händewaschen blickte ich in den Spiegel und wiederholte ein paarmal die Worte, die mir meine Yogalehrerin in Münster beigebracht hatte. »Ich atme ein und komme zur Ruhe. Ich atme aus und lächle.« Doch so richtig wollte es heute nicht funktionieren.

Als ich zurückkehrte, blieb ich kurz vor der Flügeltür stehen, um mich zu sammeln. Mein Herz klopfte wie verrückt. Ich atmete noch einmal tief ein, dann betrat ich den Saal. Im Bruchteil einer Sekunde hatte mein Blick erfasst, wofür mein Verstand etwas länger brauchte: Es war niemand gekommen. Eine Welle der Enttäuschung strömte durch mich hindurch. Mit hängenden Schultern schlich ich zu Marvin auf die Bühne und ließ mich auf einen Stuhl fallen. In meiner Kehle brannten Tränen. Am liebsten hätte ich mein Gesicht in den Händen vergraben und angefangen zu weinen. Marvin setzte sich neben mich. »Vielleicht ist ihnen etwas dazwischengekommen, weswegen sie ein wenig später kommen«, versuchte er mich zu trösten.

Ich schluckte. »Etwa alle?«

Darauf wusste Marvin nichts zu erwidern.

Inzwischen war es Punkt sechs. Wenn bis jetzt niemand erschienen war, dann würde auch keiner mehr kommen. Die Herzbacher hatten unseren Aufruf ignoriert, es machte keinen Sinn, länger zu warten. Hinter meiner Stirn breiteten sich Kopfschmerzen aus. Beim Aufstehen fühlte ich mich wie eine alte Frau. Ich schulterte meine Handtasche und wandte mich Marvin zu, um mich zu verabschieden.

In diesem Moment ließ mich lautes Stimmengewirr vom Eingang aufblicken. Angeführt von meinen Nachbarn Biene und Siggi strömten Dutzende Herzbacher in den Saal. Und es wurden immer mehr. Ich traute meinen Augen nicht. Mit offenem Mund sah ich zu, wie die Dorfbewohner zielstrebig auf die langen Stuhlreihen zusteuerten. Biene und ihr Mann nahmen direkt vor der Bühne Platz.

Als die Friseurin mich entdeckte, lächelte sie entschuldigend. »Erst war niemand an der Rezeption, und dann wurden wir doch glatt ins Hotelrestaurant geschickt ...«

Vor Erleichterung fing ich an zu strahlen und konnte gar nicht mehr damit aufhören. Die Stuhlreihen füllten sich rasch. Ich sah meine Freunde Hermann und Irene, den Polizisten Paul Averbeck und seine Ehefrau und meine Eltern, die heute eigentlich zu Freunden nach

Münster hatten fahren wollen. Als Letztes betrat Henning den Saal und zwinkerte Marvin und mir durch den Raum zu. Ich wartete, bis das Gemurmel abgeebbt war. Dann begann ich zu sprechen. Meine Knie waren weich vor Aufregung, doch meine Stimme klang fest und klar, als ich mich an die Menge wandte.

»Liebe Familie, liebe Nachbarn und Freunde, liebe Herzbacher. Ich bin überwältigt, dass ihr so zahlreich erschienen seid. Die Einladung ist ja zugegebenermaßen etwas kurzfristig erfolgt.«

An dieser Stelle war vereinzeltes Kichern im Saal zu hören. Ermutigt fuhr ich fort. »Jetzt fragt ihr euch bestimmt, worum es geht.« Ich ließ meinen Blick durch den Saal schweifen. Überall sah ich vertraute Gesichter, in denen sich wohlwollende Neugier spiegelte. Nachdem ich Marvin zugenickt hatte, nahm er den ersten Ausdruck aus der Dokumentenrolle und befestigte ihn am Flipchart. Alle Augen im Saal richteten sich auf das Bild des ehemaligen Gemeindehauses.

»Wir alle haben etwas, wofür wir brennen«, begann ich. »Bei Paul ist es seine Arbeit«, ich zwinkerte dem Polizisten zu, »doch bei den meisten ist es etwas anderes. Nämlich das, was wir tun, wenn wir von der Arbeit nach Hause kommen. Meine Mutter zum Beispiel liebt es zu backen. Sie ist eine fantastische Bäckerin. Darüber freut sich nicht nur mein Vater, sondern die gesamte Nachbarschaft, denn so viel Kuchen und Plätzchen, wie meine Mutter zaubert, können meine Eltern alleine gar nicht essen. Kein Wunder, dass sie ständig nach ihren Rezepten gefragt wird.«

Die Herzbacher lachten, und meine Mutter warf mir aus dem Publikum eine Kusshand zu. Ich sah zu Barbara

Schulze-Zumkley, einer grauhaarigen Frau um die sechzig, die mit ihren zwei Schwestern einen Bauernhof am Rande von Herzbach bewirtschaftete.

»Barbara wiederum ist im ganzen Dorf für ihre Näharbeiten bekannt. Niemand setzt die Stiche so filigran wie sie, und nicht wenige Herzbacher fragen sie um Rat, wenn sie selber nicht weiterwissen.«

Eine feine Röte zog sich über das Gesicht der Angesprochenen. Ihre Schwester Marion, die neben ihr in der zweiten Reihe saß, strich ihr stolz über den Arm.

Lächelnd fuhr ich fort. »Genau wie meine Mutter und Barbara habe auch ich eine Leidenschaft. Ich praktiziere Yoga. Und ich würde nichts lieber tun, als hier in Herzbach Stunden zu geben. Bestimmt sind viele heute hier, denen es genauso geht. Die sich insgeheim wünschen, ihre Leidenschaft, ihre Kunst mit anderen teilen zu können.«

Ich blickte ins Publikum und erkannte Zustimmung in vielen Gesichtern. Der ein oder andere nickte langsam, so als sei ihm die Erkenntnis gerade erst gekommen.

»Auf der anderen Seite«, meinte ich achselzuckend, »gibt es bereits jede Menge Herzbacher, die in ihrer Freizeit Back-, Näh- oder Yogakurse besuchen. Vielleicht malen sie auch oder töpfern. Aber egal, was es ist, eins steht fest: Ihrem Hobby gehen sie nicht in Herzbach nach. Denn hier bei uns gibt es diese Angebote nicht. *Noch* nicht.« Ich machte eine Spannungspause.

Im Saal war es nun so still, dass man die sprichwörtliche Stecknadel hätte fallen hören können.

Ich wies auf den Flipchart. »Ihr alle kennt das ehemalige Gemeindehaus. Viele von uns haben dort ihren Kommunionsunterricht besucht. Doch seit die Kirche vor ein paar Jahren den neuen Bungalow am Kindergarten gebaut hat, steht das Gebäude leer. Ich habe es mir angeschaut, und was soll ich euch sagen: Es ist der perfekte Ort für unser zukünftiges Kursangebot – von Herzbachern für Herzbacher.«

Lisa, eine freundliche brünette Frau Anfang vierzig, die in der Bäckerei am Dorfplatz arbeitete, meldete sich zu Wort. »Ich finde deine Idee großartig. Aber das Gebäude gehört doch der Kirche. Dürfen wir es so einfach nutzen?«

»Danke für das Stichwort«, grinste ich. »Ich habe mit Pfarrer Bertelsbeck gesprochen. Er stellt dem Dorf das ehemalige Gemeindehaus mietfrei zur Verfügung, wenn …«

»Mietfrei?«, unterbrach mich Johanna, die älteste der drei Schwestern vom Schulze-Zumkley-Hof, und zog ihre rechte Augenbraue in die Höhe. »Der Pfarrer macht nichts umsonst.«

Auf ihre ironische Bemerkung folgte lautes Gelächter. Die Herzbacher kannten ihren Pfarrer.

»Von umsonst habe ich auch nichts gesagt«, erwiderte ich verschmitzt, worauf das Gelächter noch lauter wurde. Nachdem wieder Ruhe eingekehrt war, ergriff ich erneut das Wort. »Ich bin mit einem Gutachter durch das Gebäude gegangen. Es muss renoviert werden, bevor wir es nutzen können. Die Kosten liegen bei dreißigtausend Euro. Wenn wir das Geld aufbringen, müssen wir der Kirche keine Miete zahlen.«

Ein paar Sekunden lang war es still, dann fingen die Dorfbewohner an, wild durcheinanderzureden.

»Wo sollen wir dreißigtausend Euro herbekommen?«, hörte ich Irenes leidenden Tonfall heraus. Sie sprach aus, was alle dachten.

Die Gesichter im Saal wandten sich wieder mir zu. Ich atmete tief durch. Nun wurde es ernst.

»Marvin?«, fragte ich. Marvin, der bereits aufgestanden war, entrollte den zweiten Ausdruck und hängte ihn über das Bild vom ehemaligen Gemeindehaus.

»Hast du Töne?«, las ich vor und tippte mit dem Zeigefinger auf das Plakat. »So heißt ein neuer Chorwettbewerb in der Kategorie Popmusik, der Anfang Oktober in der Halle Münsterland stattfindet. Alexander Hoven, den ihr alle kennt, hat ihn gestiftet. Zu gewinnen gibt es auch etwas. Nämlich zufällig genau dreißigtausend Euro.« Ich schwieg ein paar Sekunden, um meine Worte wirken zu lassen. Dann sagte ich: »Die Summe hat mich auf die Idee gebracht. Wir gründen einen Chor und treten bei dem Wettbewerb an. Wenn wir gewinnen, renovieren wir mit dem Preisgeld das ehemalige Gemeindehaus und nutzen es fortan als Veranstaltungsort für unser Dorf. Jeder Herzbacher, der einen Kurs anbieten möchte, kann es dort tun. Sofern sich genügend andere Herzbacher finden, die ihn besuchen wollen, versteht sich.« Ich räusperte mich. »Wenn wir verlieren, bleibt alles so, wie es ist. Dann haben wir eben ein paar Wochen unserer Zeit in einen Chor investiert.«

Ich schwieg und setzte mich auf den Tisch, um den Zuhörern die Gelegenheit zu geben, die Informationen sacken zu lassen. Marvin nahm neben mir Platz und reckte unauffällig seinen Daumen nach oben.

»Gut gemacht«, flüsterte er mir zu.

Eine Minute lang beobachtete ich, wie die Herzbacher aufgeregt miteinander diskutierten, und fühlte großen Stolz auf mein Heimatdorf. So war es bei Avas Versammlung auch gewesen. Niemand hatte sie ausgelacht, als sie

113

ihre Vision vom autofreien Ort skizziert hatte. Die Dorfbewohner hatten ihren Vorschlag angehört und anschließend das Für und Wider abgewogen, ohne sich auch nur
einen Moment lang über die Idee als solche lustig zu machen.

Biene war die Erste, die aufstand. »Also«, rief sie laut,
»ich bin dabei!« Ich hatte meine Nachbarin mit dem pech-
schwarzen Bob in der Kirche singen hören und ernsthafte Zweifel, was ihre Musikalität anging, doch fürs Erste
war ich überglücklich, dass sie mitmachen wollte.

»Herzlich willkommen, Biene! Damit bist du neben
Marvin, Henning und mir das vierte Mitglied unseres
neuen Chores.«

Aufgekratzt wandte ich mich an die Menge. »Wer ist
noch dabei?«

Weitere Dorfbewohner erhoben sich nickend von ihren Stühlen, und ich bat sie, zu uns auf die Bühne zu
kommen. Es waren über zwanzig! Vor Freude und Erleichterung wurde mir schwindelig. Ich sah von einem
zum anderen, als mir plötzlich siedend heiß einfiel, dass
ich ein wichtiges Detail vergessen hatte.

»Ich will nichts beschönigen«, räumte ich ein. »Uns
steht harte Arbeit bevor, denn wir werden viel proben
müssen, um eine Chance auf den Sieg zu haben. An meh-
reren Abenden in der Woche und, wenn das nicht reicht,
an den Wochenenden. Deshalb kann ich verstehen, wenn
das dem einen oder anderen zu viel ist. Deshalb meine
Bitte: Sagt es direkt und nicht erst, wenn wir angefangen
haben zu proben.«

Laura, die als Verkäuferin in der Metzgerei am Marktplatz arbeitete, trat einen halben Schritt vor. »Mein Mann
arbeitet immer so lang«, bekannte sie. »Einen Abend in

der Woche hätte ich ihm die Kinder aufs Auge drücken können, aber nicht mehr. Tut mir leid, ich wäre wirklich gerne dabei gewesen.«

»Kein Problem«, sagte ich verständnisvoll. »Gibt es weitere, die gehen möchten?«

Mit angehaltenem Atem sah ich zu, wie sich nach und nach einzelne Personen aus der Gruppe lösten und mit entschuldigenden Worten von der Bühne gingen. Schließlich blieben elf Herzbacher übrig: Biene und ihr Ehemann Siggi, Hermann und Irene, die drei Schulze-Zumkley-Schwestern, Lisa aus der Bäckerei, Stella, deren Mutter das Blumengeschäft gehörte, Henning und, zu meiner großen Freude, Lukas, auch wenn der ziemlich mürrisch dreinblickte. Aber vermutlich war das der typische Teenager-Gesichtsausdruck.

Marvin grinste von einem Ohr zum anderen. »Damit hätten wir unseren Chor!«, sagte er und begann zu klatschen.

Im Saal brandete Applaus auf, und wir Neuchoristen verbeugten uns vor der Menge, als hätten wir nie etwas anderes getan. Der Applaus wurde stürmischer. Vor Rührung bekam ich feuchte Augen.

»Habt vielen Dank, dass ihr alle gekommen seid!«, rief ich ins Publikum. »Und wer er es sich nach heute Abend noch anders überlegt und doch mitmachen möchte, ist herzlich willkommen!«

Nachdem Marvin und ich die Versammlung offiziell für beendet erklärt hatten, kamen viele Herzbacher nach vorne, um uns zu unserem Vorhaben zu gratulieren und gleichzeitig ihrem Bedauern Ausdruck zu verleihen, dass sie selber nicht teilnehmen würden. Wir schüttelten zahlreiche Hände.

Doch irgendwann waren auch die Letzten gegangen, und wir blieben mit unserem neuen Chor zurück. Ich blickte von einem zum anderen. Mit diesen Menschen würde ich in den nächsten Wochen viel Zeit verbringen, und ich konnte kaum erwarten, dass es endlich losging.

»Viele von uns kennen sich schon ewig«, stellte ich fest. »Aber doch nicht alle. Ist es in Ordnung, wenn wir du zueinander sagen?«, fragte ich und freute mich wie ein Schneekönig, als alle wie selbstverständlich nickten. Alle außer Johanna Schulze-Zumkley, aber da sie nicht widersprach, nahm ich das als Zustimmung.

11

Sophie »Hast du gehört, dass Herzbach jetzt einen Chor hat?«, erkundigte sich Jascha.

Im Laufen wich mein Bruder einem Strauch mit wilden Erdbeeren aus, dessen Zweige über den Weg ragten. Es war sieben Uhr am Sonntagmorgen, und außer uns war niemand im Wald unterwegs. Ich liebte es, zu dieser frühen Stunde joggen zu gehen. Noch war die Umgebung von einem feinen Nebel eingehüllt, doch die Sonnenstrahlen wurden mit jeder Minute kräftiger. Dort, wo sie durch die Baumwipfel fielen, entstand ein weiches, grünlich schimmerndes Licht, das so schön war, dass ich am liebsten angehalten hätte, um den Anblick zu fotografieren. Wären in diesem Moment Hänsel und Gretel Hand in Hand durch das Unterholz spaziert, ich hätte mich nicht gewundert.

Das Piepen von Jaschas Trackingarmband holte mich in die Realität zurück. Eine geschäftsmäßige Frauenstimme teilte uns mit, dass wir vier Kilometer gelaufen waren. Damit hatten wir die Hälfte unserer üblichen Strecke geschafft.

»Hm«, antwortete ich unbestimmt. Ich bemerkte, wie

Jascha mich von der Seite musterte. Trotz der Anstrengung ging sein Atem ruhig und gleichmäßig. Mit seinen neununddreißig Jahren war mein Bruder in Topform.

»Du weißt es also«, stellte er fest.

Ich nickte und fuhr mir mit beiden Händen über das schweißfeuchte Gesicht. Sara hatte mich am Freitag von der Arbeit aus angerufen, um mir davon zu erzählen. Sie erwarte nicht, dass ich komme, hatte sie mir versichert, sie wolle nur, dass ich Bescheid wisse. Danach hatte ich stundenlang mit mir gerungen, ob ich hingehen sollte. Nicht, weil ich den Chor plötzlich doch leiten wollte, sondern einfach, um ein Zeichen zu setzen. *Ich bin deine Freundin. Ich unterstütze ich.* Doch dann hatte ich mir ausgemalt, wie die Herzbacher mich zur Teilnahme überreden wollten, wenn sie sich an meine Vergangenheit als Violinistin erinnerten. Und so saß ich, als die Versammlung im Hotel am Dorfplatz begann, wie festgewachsen auf meinem Sofa im Wohnzimmer und verging beinahe vor schlechtem Gewissen. Bevor ich mich schlafen legte, schrieb ich Sara eine WhatsApp-Nachricht und erkundigte mich, wie es gelaufen war. Sie antwortete mitten in der Nacht, wie ich am nächsten Morgen am Zeitstempel erkannte.

> Sehr gut. Montagabend erste
> Chorprobe. LG, Sara.

Ich freute mich sehr für sie, doch ihr knapper Tonfall war nicht dazu angetan, mein schlechtes Gewissen zu beruhigen.

Während ich meinen Gedanken an Sara nachhing, hatte ich völlig vergessen, auf meine Atmung zu achten. Nun spürte ich Seitenstiche, die es mir unmöglich machten, das flotte Tempo aufrechtzuerhalten. Keuchend ließ ich mich ein Stück zurückfallen. Jascha blickte sich nach mir um und verlangsamte seine Schritte, bis ich wieder zu ihm aufgeschlossen hatte.

»Alex hat mir erzählt, dass ihr euch zum Abendessen getroffen habt. Er kommt demnächst wieder nach Deutschland und übernachtet dann bei mir.«

Mein Bruder plauderte weiter vor sich hin, und ich genoss es, ihm einfach nur zuzuhören. Nach und nach stabilisierte sich meine Atmung, und die schmerzhaften Stiche in meiner Seite ließen nach. Aus einer Laune heraus beschlossen wir, von unserer Route abzuweichen und einen Abstecher zum See zu machen. Als wir den Strand erreicht hatten, schlüpften wir aus unseren Laufschuhen und liefen barfuß zum Ufer. Es war ein herrliches Gefühl, wie das Wasser meine erhitzten Füße kühlte. Plötzlich ertönte hinter uns eine tiefe Stimme.

»Guten Morgen!«

Verwundert sahen wir uns um. Im Strandkorb mit den grauen Polstern saßen Hermann und Irene. Vor ihnen im Sand lag ein goldfarbener Labrador, den ich als Avas Hund Max erkannte. Seine Hinterbeine zuckten im Schlaf, und auf seinem Gesicht lag ein seliges Lächeln. Eigentlich hätte ich damit rechnen müssen, Hermann hier anzutreffen. Wie Sara mir erzählt hatte, kam er beinahe jeden Morgen zum See, um den Sonnenaufgang und die frische Luft zu genießen. Mit seinem schlohweißen Haar, den tiefen Lachfältchen um die Augen und dem freundlichen, wettergegerbten Gesicht sah er genau so aus, wie ich mir einen ehemaligen Kapitän vorstellte. Irene dagegen wirkte auf mich mehr denn je wie ein Weihnachtsengel, ein ziemlich ramponierter allerdings. Ihre blonden Löckchen waren platt gedrückt, und auf ihrer hochgeschlossenen weißen Bluse prangte ein großer rosafarbener Fleck. Sie folgte meinem Blick und seufzte schwer.

»Das ist passiert, als wir gestern Abend im Hotel auf die Gründung unseres Chors anstoßen wollten. Ich hatte mir gerade ein Glas Rosésekt genommen, da ist der Stil abgebrochen.« Sie legte Hermann kurz eine Hand auf die Schulter. »Keine Sorge. Ich werde jetzt nicht behaupten, dass es an mir lag«, versprach sie ihm, bevor sie ihre Aufmerksamkeit erneut uns zuwandte. »Er mag das nämlich gar nicht. Aber seltsam ist es schon.« Hermann machte Anstalten, sie zu unterbrechen, doch Irene hob beschwichtigend den Arm. »Ich habe nichts gesagt. Es kommt schließlich ständig vor, dass Sektgläser ihre Stiele verlieren. Wahrlich ein Massenphänomen. Erst neulich habe ich in der Zeitung gelesen, dass bei einer Hochzeit in Singapur ...«

Ein strenger Blick von Hermann ließ Irene verstummen. Sie zuckte mit den Schultern und zwinkerte uns zu. Ich musste mir ein Lachen verkneifen, und auch Jascha gelang es nur mit Mühe, seine Gesichtszüge zu kontrollieren. Irene hatte tatsächlich gescherzt! Nie zuvor hatte ich erlebt, dass sie sich über ihre Angewohnheit, jedes Unglück und Missgeschick auf sich zu beziehen, lustig machte. Offensichtlich übte Hermann einen positiven Einfluss auf sie aus.

»Seit wann seid ihr denn schon hier?«, erkundigte sich Jascha aufgeräumt. Er duzte die beiden, wie es fast alle Herzbacher untereinander hielten, auch wenn sie einander nicht so gut kannten. »Ihr müsst früh aufgestanden sein.«

»Oh, wir waren noch gar nicht im Bett«, ließ Hermann ihn zu meiner Überraschung wissen. »Wir waren bis tief in der Nacht im Hotel und haben die nächsten Schritte für unseren Chor geplant.«

Gegen meinen Willen packte mich die Neugier. »Ach wirklich? Wer ist denn alles dabei?«

Ich ließ mich vor dem Strandkorb in den warmen Sand fallen und sah erwartungsvoll zu den beiden hoch. Nach kurzem Zögern tat Jascha es mir gleich. Der Labrador hob den Kopf, dann schloss er ungerührt die Augen und schnarchte weiter.

Irene zählte die Mitglieder an ihren Fingern ab. »Hermann, ich, Biene und Siggi, Henning und sein Stiefsohn Lukas, die Kleine vom Blumenladen, Stella heißt sie, die drei Schwestern vom Schulze-Zumkley-Hof und dann noch Lisa aus der Bäckerei. Mit Marvin, der uns am Klavier begleitet, und Sara, die unseren Chor leitet, sind wir insgesamt dreizehn.« Ein erschrockener Ausdruck huschte über ihr rundliches Gesicht. »Dreizehn«, wiederholte sie und schlug sich die Hand vor den Mund. »O Gott. Das war mir bisher gar nicht aufgefallen. Hermann, wir sind dreizehn!«

Während Hermann sie mit einfühlsamen Worten zu beruhigen versuchte, durchfuhr mich erneut das schlechte Gewissen. Sara hatte noch nie im Chor gesungen, geschweige denn einen dirigiert. Sie hatte nicht die geringste Ahnung, was da auf sie zukam.

Abrupt stand ich auf und klopfte mir den Sand von der Jogginghose. »Wir müssen jetzt leider weiter, bevor wir vollständig auskühlen. Es war nett, euch zu sehen. Habt einen schönen Tag, ihr zwei.«

»Auskühlen ... so, so«, meinte Jascha trocken, als wir

durch den Wald zurück nach Herzbach liefen. »Du bist aufgesprungen, als sei der Teufel hinter dir her. Was ist los, Sophie? Traust du deiner Freundin die Leitung des Chors nicht zu?«

Ertappt zuckte ich zusammen. »War das so offensichtlich?«

Statt einer Antwort schmunzelte Jascha nur. Ich ließ die Schultern hängen.

»Ich bin eine schlechte Freundin«, schimpfte ich mit mir selbst.

Vor unseren Augen lichtete sich der Wald, und wir liefen bis zur Holzbrücke, die über den Fluss führte. Wie immer blieben wir in der Mitte stehen, um unsere Dehnübungen zu absolvieren.

»Sara hat mich gebeten, die Chorleitung zu übernehmen, aber ich habe abgelehnt«, gestand ich meinem Bruder, ohne ihn anzusehen.

Ich lockerte meinen Oberschenkel und nahm mir dann das andere Bein vor. Um nicht aus dem Gleichgewicht zu geraten, hielt ich mich mit einer Hand am Brückengeländer fest. Mein Blick folgte der gemächlich dahinfließenden Stever, deren klares Wasser im Sonnenlicht funkelte. Der Himmel darüber war von einem lichten Blau. Nur hier und da zogen Schleierwolken vorbei, so durchscheinend und zart, als bestünden sie aus Watte.

Jascha legte mit gestrecktem Bein sein Fußgelenk auf dem Brückengeländer ab und beugte den Oberkörper. Wie so oft durchfuhr mich die Frage, warum er keine Freundin hatte. In seiner Jugend war er mit einem Mädchen aus dem Dorf zusammen gewesen. Doch als Hannah zum Studieren nach München ging, machte sie kurzerhand mit ihm Schluss. Und das ziemlich rücksichtslos. Jascha hatte lange daran zu knabbern gehabt, denn Hannah war seine erste große Liebe gewesen. Doch inzwischen lag die Trennung zwanzig Jahre zurück, und mein Bruder sah mit seinem athletischen Körper, den dichten, weizenblonden Haaren und den tiefblauen Augen sehr attraktiv aus. Dazu war er intelligent, aufmerksam und beruflich erfolgreich. Die Marke Löwenstein verkaufte sich auf der ganzen Welt, die Auftragsbücher der Geigenbauwerkstatt waren auf Jahre hinaus gefüllt. Vater und er hätten noch mehr Mitarbeiter einstellen können, nur fanden sie niemanden, der ihren Qualitätsansprüchen genügte.

»Warum willst du den Chor nicht leiten?«, fragte Jascha in meine Gedanken hinein.

Ich traute meinen Ohren nicht. »Ist das dein Ernst?«

Er machte eine Übung, um die Beininnenseite zu dehnen. »Es geht um Popmusik, Sophie. Das ist etwas anderes als Beethovens Violinkonzert. Und ich finde, du könntest durchaus ein bisschen Musik in deinem Leben vertragen.«

Ich starrte ihn an und atmete tief durch.

»Und ich finde«, ätzte ich, »dass du wie ein Verräter klingst.«

Jascha lachte. Ein unbeschwertes Jungenlachen, das so gar nicht zu dem Tiefschlag passte, den er mir soeben versetzt hatte.

Er richtete sich auf und legte seine Hände auf meine Schultern.

»Ich bin dein großer Bruder, und ich liebe dich sehr. Wenn ich dir sage, dass ein bisschen Musik in deinem Leben nicht schaden könnte, dann lass es bitte einfach mal so stehen. Ich weiß, wie schwer dir das fällt. Es liegt in deinem Naturell, mir zu widersprechen, aber ich bitte dich: Halte es aus. Nur dieses eine Mal.«

Ich sah ihn stumm an. Tatsächlich fehlten mir die Worte, was nicht häufig vorkam.

»Ich denke darüber nach«, presste ich schließlich hervor.

»Gut«, antwortete Jascha und drückte mir einen Kuss auf die verschwitzte Wange. »Mehr kann ich nicht verlangen.«

Zwanzig Minuten später stand ich in meinem Badezimmer unter der Dusche. Während das lauwarme Wasser über mein Haar lief und meinen Körper hinabströmte, gingen mir Jaschas Worte nicht aus dem Sinn. Wie hatte er das gemeint, dass ein bisschen Musik in meinem Leben nicht schaden konnte? Sagte man so etwas nicht gemeinhin zu Leuten, die miesepetrig und notorisch schlecht gelaunt waren? Sah Jascha mich etwa so?

Ich versuchte, mich zu erinnern. Hatte ich in der Vergangenheit irgendetwas gesagt oder getan, das ihn zu der Auffassung verleitet hatte, mit mir würde etwas nicht stimmen? Na schön, ich weigerte mich, meine Mutter zu besuchen, doch das war nichts Neues, und Jascha hatte schon vor Jahren aufgegeben, mich dazu bewegen zu wollen. Sosehr ich mir das Hirn zermarterte, ich kam zu keiner klaren Erkenntnis.

Ich drehte das Wasser ab und griff nach meinem Handtuch. Nachdem ich in eine kurze Jeansshorts geschlüpft war und mir ein frisches T-Shirt übergezogen hatte, lief ich in die Küche, um mir einen Kaffee zu machen. Dabei fiel mein Blick auf das cremefarbene, mit Holz versetzte Nostalgieradio, das neben dem Toaster stand. Ich benutzte es nur, um Nachrichten zu hören. Unschlüssig trommelte ich mit meinen Fingerspitzen gegen die Arbeitsfläche. Dann stellte ich es an. In dröhnender Lautstärke schallte mir Andrea Bocellis *Time to say goodbye* entgegen. Ich drückte so schnell auf die Aus-Taste, dass das Radio einen Satz machte. Erschöpft ließ ich mich auf einen Stuhl fallen.

»Es ist verdammt viel, was du da verlangst, Jascha«, murmelte ich.

12

Sara Der Sonntag verging mit den Vorbereitungen für die erste Probe. Deshalb war ich ausnahmsweise froh, dass meine *Herzbacher Tafelrunde* heute nicht stattfand. Wir waren eine kleine Gruppe von Dorfbewohnern, die sich jeden zweiten Sonntag zum Mittagessen in Avas Haus versammelte. Allerdings waren von uns derzeit nur Hermann, Irene und ich in Herzbach, weswegen wir die Treffen ausgesetzt hatten. Die beiden Ratgeber zum Thema »Chorleitung«, die ich mir am Donnerstagabend im Internet bestellt hatte, waren bereits durchgearbeitet. Dort hatte ich auch den Satz »Chorsingen ist Diktatur« aufgeschnappt und kurzerhand bei einem Onlinemusikverlag nach Liedern gesucht. Und so lagen nun die Arrangements für *Don't stop me now* von Queen, *Perfect* von Ed Sheeran, *All of me* von John Legend und *Shallow* von Lady Gaga und Bradley Cooper vor mir auf dem Sofatisch.

Nach Alex' Bedingungen für den Wettbewerb durften wir zwei Titel frei wählen, und gemäß meiner Recherche waren dies beliebte Lieder in der Chorszene. Es war überhaupt erstaunlich, was man im Internet alles fand. Bis zum frühen Nachmittag saß ich im Pyjama auf meinem Sofa, vor mir eine Tüte mit Gummibärchen, und kämpfte mich durch Aufzeichnungen von Chorproben und Einsingübungen und sah mir die Auftritte bekannter Popchöre an. Letzteres stellte sich als keine gute Idee heraus. Je mehr Videos ich anklickte, desto mehr geriet mein Enthusiasmus ins Wanken. Spätestens als ich *The Sound of Silence* in der Interpretation von Pentatonix hörte, war ich vollkommen desillusioniert. Ich sprang auf, schnappte mir mein Handy und rief Marvin an.

»Wir lassen das mit dem Chor«, informierte ich ihn, nachdem er sich gemeldet hatte.

»Soll ich vorbeikommen?«

»Ja, bitte.«

Eine halbe Stunde später klingelte es an meiner Haustür. Die Zeit hatte gerade gereicht, um zu duschen und mir ein Sommerkleid anzuziehen. Ich führte Marvin ins Wohnzimmer. Sein Blick glitt zum Sofatisch und wanderte über die leere Gummibärchentüte und die Notenblätter zu meinen überall verstreut liegenden Notizzetteln und dem aufgeklappten Laptop.

»Das sieht nach Arbeit aus«, stellte er fest. »Also der Reihe nach, wo ist das Problem?«

Statt einer Antwort beugte ich mich zu meinem Laptop herunter, tippte etwas ein, drückte auf Start und drehte den Bildschirm zu Marvin. Sein Mund verzog sich zu einem Schmunzeln.

»Du überlegst, einen DNA-Test für zu Hause zu bestellen?«

»Bitte? Ach, nicht schon wieder.«

Schnell übersprang ich die nervige Werbeanzeige, wie ich es heute schon zwanzigmal getan hatte. Im nächsten

Moment ertönte die tiefe, unfassbar weiche Stimme des Pentatonix-Sängers. Wir hörten bis zum Ende zu. Erneut traf mich der Gesang dieses Ausnahmeensembles mitten ins Herz. Als die letzten Töne verklungen waren, sah ich Marvin vielsagend an. Er erwiderte meinen Blick mit einem Gesichtsausdruck, der mich an meine Mutter erinnerte – bemüht, meine Sorgen ernst zu nehmen, und gleichzeitig außerstande, das Lächeln zu verbergen, das sich mit aller Gewalt durchzusetzen versuchte.

»Sara«, sagte er sanft. Er nahm auf dem Sofa Platz und machte eine Geste, dass ich mich neben ihn setzen sollte, was ich nach kurzem Zögern tat. »Bitte verfall jetzt nicht in Panik. Hast du gesehen, wie viele Aufrufe Pentatonix auf YouTube haben? Es sind Millionen. Genieß ihre Musik, aber vergleich dich nicht mit ihnen. Wir werden mit unserem Chor etwas Gutes auf die Beine stellen, das verspreche ich dir. Sind das die Arrangements, die du bestellt hast?« Er zog die Noten der Musikverlage zu sich heran und begann, sie aufmerksam zu studieren. »Ich schätze, das bekomme ich hin. Ich nehme die Stücke mit, dann kann ich sie heute Abend auf dem Klavier üben und morgen für uns alle kopieren. Eine Sache weniger, um die du dich kümmern musst.«

Ich nickte dankbar. Mir wurde bewusst, wie überzogen ich reagiert hatte. Marvin hatte recht. Sich an bekannten Chören zu orientieren, die viel Zeit und Geld investierten, um professionelle Aufnahmen ihrer Lieder ins Internet zu stellen, war Unsinn. Sie spielten in einer völlig anderen Liga.

»Weißt du, dass du eine total beruhigende Ausstrahlung hast?«, fragte ich Marvin.

»Ist das etwas Gutes?«

»Etwas sehr Gutes.«

Plötzlich kam mir ein Gedanke. »Hast du uns eigentlich schon zu dem Wettbewerb angemeldet?«

Marvin schüttelte den Kopf. »Ich wollte es gerade tun, als du angerufen hast.«

»Dann machen wir das jetzt zusammen.«

Ich nahm meinen Laptop auf den Schoß, rief die Homepage des Chorwettbewerbs auf und drückte auf den Anmeldungsbutton. Prompt wurde ich zu einer Maske weitergeleitet, in der allerlei Angaben abgefragt wurden.

»Name des Chors«, las ich laut vor. Ratlos schaute ich zu Marvin. »Darüber haben wir noch gar nicht gesprochen.«

»Das ist auch nichts, was wir alleine entscheiden sollten«, gab er zu bedenken. »Lass uns morgen bei der Probe darüber abstimmen.«

Unschlüssig wiegte ich den Kopf. »Überleg mal, wer alles dabei ist. Allen voran Biene und die drei Schwestern vom Schulze-Zumkley-Hof – die werden sich doch niemals einig, schon aus Prinzip nicht. Außerdem stand in meinen Büchern, dass Chorsingen Diktatur sei. Lass uns einfach irgendwas eintragen. Bestimmt können wir den Namen später ändern, wenn wir wollen.«

»Dann schreib ›Der kleine Chor der großen Herzen‹«, schlug Marvin vor.

»Der kleine Chor der großen Herzen«, wiederholte ich. »Das klingt bezaubernd. Hätte ich dir gar nicht zugetraut«, fügte ich scherzend hinzu.

Zufrieden tippte ich den Namen in das Eingabefeld. Nachdem wir alles ausgefüllt hatten, drückte ich auf »Absenden«. Nur eine Sekunde später ging in meinem

E-Mail-Account eine Bestätigungsnachricht ein. Marvin und ich wechselten einen Blick.

»Wir sind angemeldet«, sagte ich leise. »Wir tun es wirklich.«

Am Montagabend war es so weit. Um zwanzig Uhr sollte unsere Chorprobe im *Kiepenkerl* beginnen. Marvin, Henning und ich trafen uns eine halbe Stunde vorher vor dem Eingang des Restaurants.

»Es ist wirklich großzügig von dir, dass wir hier proben dürfen«, bedankte ich mich bei ihm.

»Na klar«, entgegnete Henning und schloss die Tür auf. »Solange wir Sommerpause haben, ist das kein Problem. Ich habe gestern schon die Tische an die Wand geräumt, damit wir mehr Platz haben.«

Wir betraten den geräumigen Restaurantraum mit dem schwarzen Klavier in der Ecke. Aus den Stühlen hatte Henning einen Kreis gebildet.

»Ich wusste nicht, ob wir beim Proben sitzen oder stehen.«

»Sowohl als auch«, gab ich wieder, was ich in meinen Ratgebern gelesen hatte. »Im Stehen singt es sich besser, aber wir können von unseren Choristen nicht verlangen, dass sie es die ganze Zeit tun.«

Marvin nahm die kopierten Notenblätter aus seinem Rucksack und legte sie in vier Stapeln auf die Bar. Dann gingen wir den Ablauf der Probe noch einmal gemeinsam durch. Mit jeder Minute, die verstrich, wurde ich aufgeregter. Bewusst nahm ich ein paar tiefe Atemzüge.

Biene und Siggi waren die Ersten, die kamen. Die Friseurin hatte sich heute besonders große Mühe mit ihrem

Bob gegeben. Während ich mich noch fragte, wie viel Haarspray sie verwendet haben musste, damit er auf diese Weise hielt, erschienen Johanna, Barbara und Marion Schulze-Zumkley. Johanna hatte im letzten Jahr ihren achtzigsten Geburtstag gefeiert, doch sie hielt sich aufrecht wie eine junge Frau. Mit ihrem eigenwilligen Gesicht und den schweren Lidern erinnerte sie mich an die Lehrerin Professor McGonnagal aus *Harry Potter*. Ihrem durchdringenden Blick entging nichts, und fast jeder im Dorf hatte schon Bekanntschaft mit ihrem beißenden Humor gemacht. Dabei war ich mir nicht sicher, ob man das wirklich Humor nennen konnte. Denn sie hatte die Gabe, jede noch so harmlose Bemerkung in einen Giftpfeil zu verwandeln. Nach dem frühen Unfalltod der Eltern hatte Johanna mit Anfang zwanzig nicht nur die Verantwortung für den Hof der Familie übernommen, sondern auch für ihre Schwestern. Die jüngste, Marion, musste zu dem Zeitpunkt noch in den Windeln gelegen haben, und Barbara war nur unwesentlich älter. Es nötigte mir Respekt ab, wie Johanna sich der Herausforderung gestellt hatte. Als Frau Ende der Fünfzigerjahre einen landwirtschaftlichen Betrieb in der Größe des Schulze-Zumkley-Hofs zu übernehmen und gleichzeitig die kleinen Geschwister aufzuziehen musste einer Herkulesaufgabe gleichgekommen sein. Vielleicht war das der Grund, warum Johannas Miene immer aussah, als hätte sie gerade in eine Zitrone gebissen.

»Marion, wie schön, dich zu sehen«, rief Biene mit so zuckersüßer Stimme, dass meine Alarmglocken anfingen zu schrillen.

»Sie konnte es kaum erwarteten«, antwortete Johanna, ohne eine Miene zu verziehen.

Grundgütiger, dachte ich, das fing ja gut an. Ich beeilte mich, Hermann und Irene zu begrüßen, die eben zur Tür hereingekommen waren. Lisa, die in der Bäckerei arbeitete, und Stella, das Mädchen aus dem Blumenladen, folgten dicht nacheinander. Lisa war eine freundliche Frau, die für jeden Kunden ein nettes Wort übrighatte, Stella dagegen wirkte mit ihren riesengroßen, goldbraunen Augen immer ein wenig schreckhaft auf mich. Sie mochte um die sechzehn sein, und ich hatte den Verdacht, dass ihre Mutter, die den Blumenladen erst dieses Frühjahr eröffnet hatte, ziemlich streng war. Zumindest hatte ich sie noch nie lächeln sehen, wenn ich samstagmorgens meine geliebten Tulpen bei ihr erwarb. Glaubte man dem Dorfklatsch, hatte Stellas Vater seine Frau für seine Hausärztin verlassen, die ein Baby von ihm erwartete. Danach waren Mutter und Tochter nach Herzbach gezogen. Was ihren vorherigen Wohnort betraf, gingen die Gerüchte auseinander. Sternbeck war ebenso genannt worden wie Rietberg oder Delmenhorst. Wenn auch nur ein Teil von der Geschichte stimmte, freute ich mich umso mehr, dass das Mädchen bei unserem Chor mitmachte. Hier würde sie bestimmt auf andere Gedanken kommen.

Inzwischen war es 20:07 Uhr, und bis auf Lukas waren wir vollständig.

»Wollen wir anfangen?«, flüsterte ich Marvin zu, während Henning noch damit beschäftigt war, Wasser und Saft an alle auszuschenken. In diesem Moment spazierte Lukas herein, die Hände lässig in den Taschen seiner Jeans vergraben, die an den Knien zerrissen war. In dem Blick, den er Marvin zuwarf, lag etwas Herausforderndes. Ich spürte die Anspannung in Marvins Körperhaltung und kam zu dem Schluss, dass hier etwas zwischen Onkel und Neffe im Gange war.

»Kann es sein, dass Lukas nicht freiwillig hier ist?«, artikulierte ich meinen Verdacht, ohne meinen Blick von dem Teenager abzuwenden, der nun hinter der Bar verschwand und dabei Hennings Begrüßung geflissentlich ignorierte.

»Definiere freiwillig«, antwortete Marvin. Seine Stimme klang mit einem Mal verlegen. Ich starrte ihn an.

»Bitte sag mir nicht, dass ihr den Jungen gezwungen habt.«

Marvin zog eine komische Grimasse. »Er hatte die Wahl. Mathecamp oder Chor. Er hat sich für den Chor entschieden.«

Ich brauchte ein paar Sekunden, um das Gehörte zu verarbeiten.

»Seid ihr bekloppt?«, machte ich meinem Unmut Luft.

»Du wolltest doch, dass Lukas mitmacht«, verteidigte er sich.

»Ja, aber doch nicht so.« An den erstaunten Blicken der anderen merkte ich, dass ich ziemlich laut gesprochen hatte. Ich senkte meine Stimme zu einem Flüstern. »Gleich nach der Probe sagst du ihm, dass er nicht mitmachen muss, wenn er nicht möchte. Und auf keinen Fall schickt ihr ihn in dieses beschi… äh … miese Mathecamp.« Ohne Marvins Antwort abzuwarten, wandte ich mich um. Mit Henning würde ich später ein Hühnchen rupfen. Männer … was hatten die beiden sich nur gedacht? Mühsam versuchte ich, meinen Ärger loszulassen und mich wieder bewusst auf den Moment zu konzentrieren. Inzwischen waren alle Choristen mit Getränken versorgt. Die Gespräche verstummten, erwartungsvolle

Gesichter sahen mich an. Jetzt war es so weit. Ich räusperte mich und setzte ein strahlendes Lächeln auf.

»Herzlich willkommen zu unserer ersten Chorprobe!«

Alle begannen zu klatschen. Nur Lukas schaute demonstrativ aus dem Fenster und gähnte, ohne sich die Hand vor den Mund zu halten. Ich ignorierte das Verhalten des Jungen und erinnerte alle noch einmal daran, warum wir hier waren, nämlich um das ehemalige Gemeindehaus zu renovieren und zu Herzbachs Veranstaltungsstätte zu machen. Dann spulte ich gewissenhaft ein paar Fakten zur Chorszene in Deutschland und zur heilsamen Wirkung des gemeinsamen Singens ab, die ich im Internet gefunden hatte, und ging über zum Wettbewerb, dem wir uns Anfang Oktober stellen wollten.

»Wie wir bei unserer Versammlung am Samstag festgestellt haben, ist unsere musikalische Erfahrung begrenzt. Ein paar von uns spielen Instrumente, aber in einem Chor gesungen haben bisher nur Hermann und Lisa.«

Ich überlegte, ob ich Lukas' Band erwähnen sollte, entschied mich aber angesichts seiner trotzigen Miene dagegen. Nach heute Abend würde der Junge nicht wiederkommen, da war ich mir sicher. Nicht, wenn er die Wahl hatte. Von daher machte es keinen Sinn, seine außergewöhnliche Stimme hervorzuheben. Ich ließ mir meine Enttäuschung nicht anmerken, sondern sprach weiter.

»Es gibt also viel zu tun. Bis zum Wettbewerb sind es nur noch knapp sieben Wochen. Deshalb proben wir montags, mittwochs und freitags, und wenn das nicht ausreicht, nehmen wir das Wochenende dazu. Auf dem Contest werden wir drei Lieder vortragen, von denen wir zwei frei wählen dürfen. Hierfür habe ich ein paar Vorschläge mitgebracht. Ziel unserer heutigen Probe ist es, die Stücke gemeinsam durchzusingen und dann eine Entscheidung zu treffen, mit welchen beiden wir weitermachen wollen. Habt ihr bis hierhin Fragen?«

Ich hatte so schnell gesprochen, dass ich erst mal wieder zu Atem kommen musste. Lisa hob die Hand.

»Wie heißt das Pflichtstück, mit dem wir auftreten werden?«

Ich stöhnte innerlich. Eigentlich hatte ich vorgehabt, dieses Thema zu einem späteren Zeitpunkt anzuschneiden, wenn wir vertrauter miteinander waren. Doch nun hatte mir die Bäckereiverkäuferin mit ihrer Frage einen Strich durch die Rechnung gemacht. »*Cordula Grün*«, sagte ich betont sachlich.

»Cordula was?«, fragte Irene ratlos.

»Grün«, sprang Hermann ihr zu Hilfe. »*Cordula Grün.*«

»Was soll das sein?«

»Ich vermute, ein Name.«

»Ach.«

Lukas feixte. Sein Gesichtsausdruck verriet deutlich, dass er uns das Pflichtstück aus tiefstem Herzen gönnte. Ich sah meine Befürchtungen bestätigt. *Cordula Grün* mit diesem Chor einzustudieren würde eine echte Herausforderung werden.

»Ich mag das Lied«, versuchte Lisa die Situation zu entspannen.

»Ich auch«, pflichtete Henning mit seiner tiefen Stimme bei, doch ich war mir sicher, dass er nicht die geringste Ahnung hatte, worum es ging. Trotzdem war ich ihm dankbar, dass er Partei ergriff.

»Wie auch immer«, beendete ich die Diskussion und lächelte bemüht, »lasst uns das bitte vertagen. Heute kümmern wir uns erst mal um die frei zu wählenden Lieder.«

Johannas scharfer Blick richtete sich auf mich. »Wenn wir uns die Stücke aussuchen dürfen, warum hast du dann eine Vorauswahl getroffen?«

Ich öffnete den Mund, um mich zu verteidigen, doch Siggi kam mir zuvor.

»Weil wir sonst Weihnachten immer noch hier säßen«, erwiderte er, was den Rest der Gruppe zum Lachen brachte. Ich konnte Johanna ansehen, dass sie etwas Gemeines entgegnen wollte, deshalb schnappte ich mir schnell einen Stapel Notenblätter und begann, die Ausdrucke zu verteilen.

»Ich schlage vor, wir gehen die Stücke erst mal durch. Sollten wir uns danach nicht einig sein, können wir immer noch überlegen, was wir tun.«

Nachdem alle mit Notenblättern ausgestattet waren, schoss es mir in den Sinn, dass ich die Einsingübungen vergessen hatte, die ich gestern vorbereitet hatte. Also forderte ich die Gruppe mit brennenden Wangen auf, die Zettel wieder zur Seite zu legen, was Johanna mit einem Schürzen der Lippen quittierte. »Stellt euch im Kreis auf«, bat ich die Teilnehmer, nachdem alle meiner Aufforderung nachgekommen waren. »Wir beginnen jetzt mit den Aufwärmübungen. Macht mir einfach nach«, sagte ich und reckte beide Arme in die Luft.

Die Übungen, die ich vormachte, kamen zugegebenermaßen etwas albern daher, doch laut meiner Lektüre waren sie wichtiger Bestandteil einer Probe. Johanna war anderer Auffassung. Als wir zur sogenannten Abklopfübung kamen, bei der man sich mit den Fingern beider Hände erst locker auf den Kopf, dann ins Gesicht, auf die Schultern, die Brust, den Bauch, die Oberschenkel und die Waden klopfte, weigerte sich die alte Frau mitzumachen. Stattdessen verschränkte sie die Arme vor der Brust und kommentierte jede unserer Bewegungen mit spitzen Bemerkungen.

»Mir reicht's jetzt«, rief Biene nach einer Minute entnervt. »Ich brauche einen Drink!«

Sie verschwand hinter der Bar, um sich an Hennings fünfzehn Jahre altem Whiskey zu bedienen, was dieser mit einem freundlichen Hinweis auf den Verkaufspreis verhinderte. Eine Niederlage, die Bienes Laune erst recht in den Keller beförderte.

»Kommen wir nun zum stimmlichen Warm-up«, rief ich schnell, bevor die Situation vollends zu kippen drohte. »Marvin spielt eine Tonfolge vor, die ihr nachsingt. Zunächst solo, damit wir uns ein besseres Bild von euren Stimmen machen können.«

Ich gab Marvin ein Zeichen, woraufhin er am Klavier Platz nahm. Nun waren alle bis auf Lukas, der auf einem Barhocker saß und auf seinem Handy herumtippte, wieder dabei. Marvin schlug den ersten Ton an, und die Hälfte der Choristen begann zu summen.

»Nacheinander«, erinnerte ich die Anwesenden. »Hermann fängt an, und dann gehen wir der Reihe nach.« Ich drehte mich zu Marvin. »Bitte noch einmal.«

Wie sich zeigte, besaßen Hermann, Lisa und Johanna klare Stimmen und trafen beinahe jeden Ton, den Marvin ihnen am Klavier vorgab. Henning, Siggi und Marion schlugen sich im Großen und Ganzen recht tapfer, mit den richtigen Übungen bestand zumindest die Hoffnung, aus ihnen passable Sänger zu machen. Noch hatte ich keine Vorstellung, was das für Übungen sein konnten, doch dafür gab es ja YouTube. Anders sah es bei Irene aus, deren Singstimme so hoch war, dass mein Blick während ihrer Darbietung immer wieder ängstlich zu den Flaschen mit den Spirituosen hinter der Bar wanderte, die mir schon bedenklich zu klirren schienen. Biene und Barbara dagegen hatten tiefere Stimmen, doch ihre Versuche, die Töne zu treffen, erinnerten mich an Jugendliche im Stimmbruch. Über Stella, das Mädchen aus dem Blumengeschäft, konnte ich mir kein Urteil erlauben, denn sie bewegte nur die Lippen, ohne dass der geringste Ton aus ihrem Mund kam. Marion machte einen Witz über ihre augenscheinliche Schüchternheit, worauf Biene wie eine Furie auf sie losging. Schon zu Beginn der Probe hatte ich den Eindruck gehabt, dass zwischen den beiden gleichaltrigen Frauen etwas nicht stimmte, jetzt war ich mir dessen sicher. Als ich sie in unterschiedliche Teile des Raumes verbannte, kam ich mir vor wie eine Grundschullehrerin, die zwei Streithähne auseinandersetzte.

Nachdem wir das Einsingen hinter uns gebracht hatten, nahmen wir uns das erste der Stücke vor, die Marvin für uns kopiert hatte. Wir begannen mit *All of me*. Während wir im Stuhlkreis saßen, spielte ich den anderen auf der Musikanlage des Restaurants das wunderbare Original von John Legend vor. Das hätte ich im Nachhinein besser gelassen, wie ich an den entmutigten Blicken meiner Choristen schnell erkannte. Wie kann man nur so doof sein, schalt ich mich selbst. Schließlich war es mir gestern genauso ergangen, als ich das Video von Pentatonix gesehen hatte.

Während ich noch innerlich fluchte, spielte Marvin das Lied auf dem Klavier an. Alle senkten die Köpfe über ihre Notenblätter und begannen zu singen.

»Timing ist keine Stadt in China«, hatte in einem meiner Chor-Ratgeber gestanden, und nun begriff ich, was es mit dem Spruch auf sich hatte. Jeder sang in seinem eigenen, höchst individuellen Tempo und Rhythmus, so als gebe es Marvins Klavierbegleitung gar nicht. Genauso wenig wie den jeweiligen Nebenmann oder die Nebenfrau, die etwas ganz anderes von sich gaben. Mein Atem beschleunigte sich. Ich sprang von meinem Sitz auf und stellte mich in die Mitte des Stuhlkreises, doch niemand schenkte mir Beachtung, dafür waren alle zu sehr in ihren Text vertieft. Besorgt sah ich von einem zum anderen. Es kam mir so vor, als würden sie einen Kanon singen. Bei vielen war die englische Aussprache so fürchterlich, dass mir ein kalter Schauer über den Rücken lief. Darüber hatte ich mir bis jetzt überhaupt keine Gedanken gemacht!

Als Steuerberaterin mit dem Schwerpunkt Internationales Steuerrecht war der Gebrauch der englischen Sprache selbstverständlich für mich. Jetzt ärgerte ich mich über meine Ignoranz. Sieben meiner elf Choristen waren über sechzig. Ihr Englischunterricht lag nicht nur Jahrzehnte zurück, die Fremdsprache hatte auch damals in der Schulbildung und im Beruf eine viel geringere Bedeutung eingenommen als heute. Erschwerend kam hinzu, dass die Älteren in der Runde das Lied nicht kannten. Das wiederum hatte ich erwartet und als nicht so schlimm erachtet, nur führte es in Verbindung mit schlechten Englischkenntnissen zu einer derart grotesken Vorstellung, dass ich kurz davor war, in hysterisches Kichern auszubrechen.

Als das Lied zu Ende war, hoben alle die Köpfe und sahen mich erwartungsvoll an.

»Äh … es wird«, presste ich nach ein paar Sekunden des Schweigens hervor und rieb mir den Nacken so fest, dass es schmerzte.

Hinter meinem Rücken hörte ich Lukas ungläubig schnauben. Um jede Diskussion im Keim zu ersticken, leitete ich schnell zum nächsten Song *Shallow* über. Diesmal ersparte ich uns das Abspielen des Originals. Stattdessen bat ich Marvin, das Stück beim Klavierspielen vorzusingen. Er hatte eine gute Stimme, aber nicht so gut, dass sie auf die anderen einschüchternd wirkte.

»Und jetzt alle zusammen«, meinte er, nachdem er geendet hatte.

Erneut legte er die Hände auf die Tasten, und nachdem er die ersten Töne angespielt hatte, setzte der Chor ein. Das Ergebnis war genauso ernüchternd wie zuvor.

Wir hatten gerade das letzte Stück beendet, als eine schlanke Frau Ende vierzig den Restaurantraum betrat. Sie hatte ein schmales Gesicht, das von kurzen, dunkelblonden Haaren eingerahmt wurde, und ihre blauen Augen hinter der randlosen Brille wirkten müde. Es war Frau Brandt, die Besitzerin des Blumengeschäfts am Dorfplatz. Als Stella ihre Mutter bemerkte, verdüsterte sich ihr Gesicht.

»Du wolltest doch schon vor einer Viertelstunde zu Hause sein«, erinnerte ihre Mutter sie mit erschöpft klingender Stimme. Uns anderen nickte sie nur kurz zu. Ich ging auf sie zu und hielt ihr meine Hand hin.

»Guten Abend, Frau Brandt«, begrüßte ich sie freundlich, als wir einander die Hände schüttelten. »Wie schön, dass Sie Ihre Tochter abholen kommen. Es ist meine Schuld, dass Stella zu spät ist. Es war unsere erste Probe, und wir haben ein bisschen überzogen.« Ich schenkte ihr ein herzliches Lächeln, das sie zwar nicht erwiderte, doch meine Worte schienen sie zu besänftigen. »Nächstes Mal fangen wir eine halbe Stunde früher an«, versprach ich.

Frau Brandt murmelte etwas Unverständliches. Dann wandte sie sich an ihre Tochter.

»Komm jetzt, Stella. Guten Abend zusammen.«

Mit gesenktem Kopf folgte das Mädchen seiner Mutter. Als diese stehen blieb, um Stella einen Arm um die Schulter zu legen, schüttelte das Mädchen die Berührung ab.

Mit einem unguten Gefühl im Bauch sah ich den beiden hinterher, wie sie das Restaurant verließen. Nach dem Auftritt von Frau Brandt fand die Probe ihr Ende, ohne dass wir mit der Auswahl der Stücke weitergekommen wären. Ich konnte gerade noch an den nächsten Termin am Mittwoch um 19:30 Uhr erinnern und um pünktliches Erscheinen bitten, da rafften schon alle ihre Notenblätter zusammen und strömten mit einer flüchtigen Verabschiedung Richtung Ausgang. Lukas tat nicht einmal das. Er ging so wortlos, wie er gekommen war. Die Blicke allerdings, die er seinem Stiefvater und seinem Onkel im Gehen zuwarf, hätten die Hölle zum Gefrieren gebracht.

13

Sara Nach der Probe blieben Henning, Marvin und ich im *Kiepenkerl* zurück, um eine Lagebesprechung abzuhalten. Es war schon nach zehn, und ich fühlte mich so kraftlos und erschöpft, dass ich mich am liebsten in mein Bett verkrochen hätte. Henning und Marvin wirkten ebenfalls mitgenommen, wie sie da auf ihren Stühlen saßen. Hennings weißes Hemd ragte ein Stück aus seiner Hose heraus, und Marvins Haar war so verwuschelt, dass es aussah, als sei er gerade aufgestanden.

»Wir haben nur eine Schlacht verloren, nicht den Krieg«, versuchte Henning uns zu trösten.

Ich war noch nie ein Anhänger martialischer Sprache gewesen, doch in diesem Fall traf es sein Vergleich auf den Punkt: Die Probe war die reinste Katastrophe gewesen.

»Habt ihr damit gerechnet, dass es so furchtbar wird?«, fragte ich und fuhr mir durchs Gesicht. »Abgesehen davon, dass ein paar von uns völlig talentfrei sind, habe ich jede Menge negative Schwingungen wahrgenommen. Zum Beispiel zwischen meiner Nachbarin Biene und Marion Schulze-Zumkley.«

»Die beiden waren früher in einer Klasse«, erwiderte Marvin. »Frag mich bitte nicht, woher ich solche Dinge weiß, aber vielleicht hat es etwas damit zu tun.«

Henning lachte. »Du erinnerst mich an meine Oma, Marvin. Die wusste in Ottenbüttel auch über jedes noch so winzige Detail Bescheid.«

Er stand auf und kehrte eine Minute später mit einer Flasche Rotwein und drei Gläsern zurück. Nachdem er eingegossen hatte, stellte er die Flasche hinter sich auf den Tisch.

»Kommt schon, lasst den Kopf nicht hängen. Von so ein bisschen Gegenwind lassen wir uns doch nicht beirren. Auf unseren Chor!« Er prostete uns zu.

Eine Weile saßen wir schweigend da, drehten die Weingläser in unseren Händen und hingen unseren Gedanken nach. Normalerweise ging ich montagabends nach der Arbeit zum Yoga. Das Studio lag in der Nähe meines Büros. Aufgrund der Probe hatte ich die Stunde ausfallen lassen, doch jetzt sehnte ich mich nach der friedlichen Gelassenheit, die mich jedes Mal dabei überkam. Ich erinnerte mich daran, wie euphorisch ich nach der Versammlung im Hotel gewesen war. Das war erst zwei Tage her, aber gerade kam es mir so vor, als läge ein ganzes Leben dazwischen. Hatte ich ernsthaft geglaubt, ich bräuchte nur einen Chor zu gründen, und schon hätte ich die dreißigtausend Euro Preisgeld in der Tasche? Wie naiv konnte ich eigentlich sein? Ich nahm einen großen Schluck aus meinem Glas.

»Ich frage mich, ob es das wert ist«, meinte ich nachdenklich. »Ich wollte diesen Chor, weil ich dachte, wir könnten gewinnen. In Wahrheit können wir froh sein, wenn wir es überhaupt bis in die Halle Münsterland schaffen, ohne uns vorher an die Gurgel zu gehen oder uns bei unserem Auftritt zum Gespött des Publikums zu machen.«

Marvin stellte sein Glas auf den Boden und kam zu mir. »Du hast deine Sache gut gemacht, Sara«, befand er. »Du warst freundlich, aber bestimmt, und hast dich von den anderen nicht ins Bockshorn jagen lassen. Ich sage das nicht, um dir zu schmeicheln, sondern weil es meine Meinung ist. Lass uns die nächste Probe noch abwarten. Wenn sie genauso fürchterlich wird, beenden wir die Sache. Dann sind wir eben nicht *Der kleine Chor der großen Herzen*, sondern *Der kürzeste Chor aller Zeiten.*«

Als ich später in meinem Bett lag, konnte ich nicht sofort einschlafen, obwohl ich todmüde war. Was hatte ich mir da nur eingebrockt? Ich wälzte mich auf die andere Seite der Matratze und vergrub mein Gesicht im Kopfkissen. Mein Schlafzimmer hatte keine Rollos. Die hellgrauen Vorhänge verdunkelten zwar gut, doch ich hatte versäumt, sie ganz zuzuziehen. Durch einen kleinen Spalt schimmerte silbernes Mondlicht herein. Auch wenn es eine Sache von zehn Sekunden war, die Vorhänge zuzuziehen, konnte ich mich nicht dazu aufraffen aufzustehen. Außerdem mochte ich es, wenn die Umrisse meiner Möbel schemenhaft zu erkennen waren. So fühlte ich mich weniger einsam.

Meine Gedanken wanderten zu Stella. Sie hatte nur die Lippen bewegt und kaum einen Laut von sich gegeben. Ich musste sie dazu bringen, aus sich herauszukommen. Und vor allem musste ich darauf achten, sie das nächste Mal pünktlich nach Hause zu schicken, damit sie keinen Ärger mit ihrer Mutter bekam. Ich gähnte. Meine Gedanken wurden immer unklarer, und schließlich übermannte mich der Schlaf.

14

Sophie Meine Chefredakteurin fing mich am Dienstagmittag ab, als ich von einem Interviewtermin in Münsters Innenstadt zurück in die Redaktion kam. Ich hatte mich mit drei Studentinnen in einem Café am Domplatz getroffen und war noch ganz erfüllt von der Geschichte, die sie mir erzählt hatten. Die drei hatten eine App entwickelt, mit der Menschen ihre Kurzsichtigkeit signifikant verbessern konnten. Anfangs wollte niemand an ihren Erfolg glauben. Sie fanden keine Geldgeber für ihr Projekt, doch der Großvater einer der Frauen vertraute seiner Enkelin so sehr, dass er sie mit seinen Ersparnissen finanzierte.

»Zum Dank habe ich ihm einen Aston Martin geschenkt. Mit dem fährt er nun jeden Sonntag spazieren«, hatte sie lachend gesagt.

Zum Lachen hatte sie auch allen Grund. Nachdem die drei Studentinnen ihre App für einen einstelligen Millionenbetrag an ein amerikanisches Medizintechnikunternehmen verkauft hatten, planten sie das nächste Projekt.

»Es ist noch streng geheim, aber so viel sei verraten:

Es wird das Leben von Menschen mit Tierhaarallergien revolutionieren.«

Als ich gerade meinen Block mit den Gesprächsnotizen auf meinen Schreibtisch gelegt hatte, steckte Charlotte ihren Kopf zur Tür herein und gab mir ein Zeichen, ihr nach draußen in den Flur zu folgen. Ihr Seidenkleid war saphirblau, dazu trug sie antik aussehende silberne Ohrringe und ein passendes Collier.

»Hast du schon zu Mittag gegessen?«, erkundigte sie sich.

»Ich habe mir unterwegs ein Sandwich gekauft.«

»Dann ist ja gut«, war alles, was Charlotte erwiderte.

»Willst du mir nicht verraten, wohin wir gehen?«, fragte ich, als wir fünf Minuten später aus unserem Bürogebäude in den gleißenden Sonnenschein traten und Charlotte den Weg in Richtung der Aaseeterrassen einschlug. Sie hatte ihre High Heels gegen strassbesetzte Flip-Flops getauscht, die den Blick auf ihre rot lackierten Fußnägel lenkten. Es war das erste Mal, dass ich Charlotte in etwas anderem als Pumps sah, und ich war überrascht, dass wir im wirklichen Leben gleich groß waren.

»Wir fahren Tretboot«, teilte Charlotte mir mit, als sei dies die selbstverständlichste Sache auf der Welt. Sie nahm eine überdimensionale Sonnenbrille aus ihrer Handtasche und setzte sie auf.

»Aha«, erwiderte ich. Das war so ziemlich die letzte Antwort, mit der ich gerechnet hatte, allerdings hatte ich mir schon lange abgewöhnt, Charlottes Aktionen vorhersehen zu wollen.

Während sie an dem Häuschen des Tretbootverleihs zwei Karten für uns kaufte, ließ ich meinen Blick umherschweifen. Die Sonnenterrasse des anliegenden Restaurants war gut besucht. Kein Wunder, schließlich war das Wetter wie beinahe jeden Tag in diesem Jahrhundertsommer traumhaft, und außerdem waren große Ferien.

Wir ergatterten das letzte Tretboot. Der junge Mann vom Verleih reichte uns die Hand, um uns beim Einsteigen behilflich zu sein. Dabei erklärte er uns, wie weit wir fahren durften, und bat uns, genügend Abstand zum Ufer zu halten, damit wir nicht stecken blieben. Anschließend löste er unser Boot vom Steg und gab ihm einen leichten Stoß.

»Treten«, befahl Charlotte.

Rückwärts setzten wir heraus und nahmen Kurs auf die erste Brücke, um uns herum Dutzende weitere Bötchen in Blau, Orange, Rot und Grün. Vor über zehn Jahren hatte die Liebe eines schwarzen Trauerschwans namens Petra zu einem Tretboot in Schwanenform hier ihren Anfang genommen und in der Folge die Herzen von Millionen Menschen auf der ganzen Welt berührt. Ich fragte mich, was aus Petra geworden war, und nahm mir vor, die Information zu recherchieren, sobald wir zurück in die Redaktion kamen.

Die Sonne brannte vom Himmel herab und versengte meinen Nacken.

»Hast du zufällig Sonnenmilch dabei?«, erkundigte ich mich bei Charlotte, und sie griff in ihre Handtasche und reichte mir eine Tube. Man konnte über meine Chefin sagen, was man wollte, aber vorausschauend war sie.

Ich verteilte die Creme großzügig auf Gesicht, Hals und Armen. Jetzt roch ich wunderbar nach Urlaub. Die Illusion währte allerdings nur kurz.

»Ich wollte mit dir noch einmal über den Chorwettbewerb sprechen«, sagte Charlotte unvermittelt. Sie hörte auf zu treten und sah mich an. Ihre Augen waren hinter der dunklen Sonnenbrille nicht zu erkennen. »Dein Artikel zu Alexander Hovens Idee und seiner Motivation für den Wettbewerb ist supergut angekommen, Sophie. Wir haben schon jetzt Dutzende begeisterte Leserbriefe erhalten. Offensichtlich haben wir tatsächlich einen Nerv getroffen. Deshalb möchte ich mehr aus dem Thema machen. Singen im Chor erlebt gerade einen ungeheuren Aufschwung. Im ganzen Land bilden sich neue Chöre, auch außerhalb der Kirche. Viele Leser haben uns von ihren eigenen Erfahrungen berichtet und wie das gemeinsame Singen ihr Leben bereichert. Der Assistent von Alexander Hoven hat mir heute Morgen eine Liste der Chöre gemailt, die sich bisher zum Wettbewerb angemeldet haben. Es sind Dutzende. Ich möchte, dass du dir einen aussuchst und ihn bis zum großen Tag begleitest. Mache eine Dokumentation daraus. Beschreibe, wie die Proben verlaufen. Wie ist die Dynamik in der Gruppe? Mit welchen Herausforderungen hat der Chor auf dem Weg zum Wettbewerb zu kämpfen? Lerne die einzelnen Sänger kennen. Was bedeutet Musik für sie? Wie erleben sie die Gemeinschaft im Chor? Wie denken Freunde und Familie über ihr Hobby, unterstützen sie sie, oder sind sie vielleicht eifersüchtig? Ich will das ganze Programm. Die Menschen lieben solche Geschichten! Wir bringen den Artikel in der Ausgabe nach dem Wettbewerb.«

Ich hatte nun ebenfalls aufgehört zu treten. »Hast du mich deshalb auf den Aasee gelockt?«, fragte ich fassungslos. »Damit ich nicht weglaufen kann?«

Charlotte lachte ihr heiseres Lachen. »Du musst zugeben, dass es funktioniert.«

Ich wollte nicht lachen, ich war überhaupt nicht in der Stimmung dazu, doch wie so oft entlockte mir meine Chefin mit ihren Einfällen nun doch ein Schmunzeln. Die Situation war absurd, wie sie in ihrem eleganten Kleid, mit ihrem schweren Silberschmuck und ihrer Designerhandtasche neben mir in einem schmuddeligen Plastiktretboot saß, zu unseren Füßen eine Lache brackiges Seewasser.

»Habe ich eine Chance, aus der Sache herauszukommen?«

Charlotte schüttelte in gespieltem Bedauern den Kopf.

»Ich fürchte nicht, meine Liebe. Das ist dieses Angestelltending, weißt du.«

Ich atmete tief durch. Die Eindrücke meines Interviews mit den drei Studentinnen waren noch frisch. *Das* waren die Geschichten, über die ich berichten wollte. *Dafür* war ich Journalistin geworden. Andererseits war es gar nicht so schlimm gewesen, über den Chorwettbewerb zu schreiben. Im Gegenteil, der Artikel hatte mir sogar Spaß gemacht. Außerdem hatte ich noch immer ein schlechtes Gewissen Sara gegenüber – ich wurde das Gefühl nicht los, sie im Stich gelassen zu haben. Charlotte hatte gemeint, ich solle mir einen Chor aussuchen. Wenn ich Saras Chor begleitete, konnte ich mein Verhalten vielleicht wiedergutmachen, indem ich sie hier und da unauffällig beiseitenahm und ihr ein paar Tipps gab. Blieb nur noch die Tatsache, dass ich mich mehr mit Musik auseinandersetzen musste, als mir lieb war. Es war zwar keine Klassik, sondern Pop, aber dennoch.

Die Worte meines Bruders kamen mir in den Sinn: »Ich finde, du könntest durchaus ein bisschen Musik in deinem Leben vertragen.«

Jetzt würde sich zeigen, ob er recht hatte.

Nach der Arbeit machte ich einen Spaziergang zu dem Haus, in dem Sara wohnte. Die Besitzer, ein Ehepaar aus Herzbach, das seinen Lebensabend in der Toskana verbrachte, hatten es Sara nach der Trennung von ihrem Ehemann vermietet.

»Hallo, Sophie«, begrüßte sie mich verwundert, nachdem sie mir die Tür geöffnet hatte. »Sag nicht, wir waren verabredet?«

»Nein«, beruhigte ich sie. »Ich bin spontan vorbeigekommen.«

Sara sah müde aus. Unter ihren schönen Augen lagen dunkle Schatten. »Dann komm mal rein. Marvin ist auch da. Wir bereiten die nächste Chorprobe vor.«

Bei der Erwähnung von Marvins Namen machte mein Herz einen Satz. Gleichzeitig fühlte ich einen eifersüchtigen Stich. Was war das denn jetzt schon wieder?, fragte ich mich verunsichert. Ich folgte Sara durch das Wohnzimmer auf die Terrasse. So schön das Haus war, so zweckmäßig war der Garten. Ein rechteckiges Stück Rasen, umrundet von einer dichten Hecke.

»Schau mal, wer hier ist«, meinte Sara. In ihrer Stimme lag ein neckender Ton, den ich nicht deuten konnte.

Marvin blickte neugierig auf. Als er mich sah, breitete sich ein Lächeln auf seinem Gesicht aus. »Hallo, Sophie. Du kommst wie gerufen.«

»Das höre ich gerne«, erwiderte ich und spürte zu meiner Verlegenheit, dass ich rot wurde.

»Warte kurz, ich hole dir schnell eine Sitzauflage«, sagte Sara und verschwand im Inneren des Hauses.

Während ich auf sie wartete, ließ ich die Szenerie auf mich wirken. Es war schon nach zwanzig Uhr, und der Himmel hatte ein weiches, golddurchwirktes Blau angenommen. In ungefähr einer Stunde würde die Sonne untergehen. Doch noch war es hell genug, um die Aufzeichnungen zu lesen, die überall auf dem Gartentisch verstreut lagen. Mein Blick blieb an einem Notenheft hängen, auf dem *Don't stop me now* stand. Marvin, der meinem Blick gefolgt war, seufzte.

»Wusstest du, dass man das Lied auch als Kanon singen kann? Durch unseren Chor lerne ich so viel.«

Ich musste grinsen. »Ich habe noch gar nichts gehört. Erzähl, wie ist eure erste Probe verlaufen?«

Marvin verzog das Gesicht. »Kennst du die Geschichte von der Hummel? Rein anatomisch ist sie mit ihrem dicken Körper und den winzigen Flügeln nicht in der Lage zu fliegen, aber weil sie das nicht weiß, tut sie es trotzdem. So ungefähr ist es bei uns auch.«

»So schlimm?«, fragte ich mitfühlend.

»Schlimmer.«

»Schlimmer ist gar kein Ausdruck«, meldete sich Sara zu Wort, die mit einem Sitzpolster in der Terrassentür erschienen war. »Als der Chor das erste Lied angestimmt hat … Es war wie bei einem Verkehrsunfall. Du willst wegsehen, aber du kannst es nicht.«

Sara und Marvin tauschten einen stummen Blick aus, und wieder spürte ich diesen Stich in der Herzgegend. An unserem Nachmittag am See hatten sie einander kaum gekannt, und nun wirkten sie so vertraut miteinander. Du solltest dich für die beiden freuen, ermahnte mich eine strenge Stimme in meinem Kopf. Wenn Marvin Sara half, über Noah hinwegzukommen, dann war das eine gute Sache. Warum nur fühlte ich mich so elend bei der Vorstellung?

Ich räusperte mich, bevor ich länger darüber nachdenken konnte. »Ihr wundert euch bestimmt, warum ich hier bin«, kam ich auf den Anlass meines Besuchs zurück. Jetzt hatte ich die ungeteilte Aufmerksamkeit der beiden. Also beschloss ich, direkt zur Sache zu kommen. »Meine Chefredakteurin vom *Münsterlandspiegel* hat mich mit einer Dokumentation beauftragt. Ich soll einen der Chöre, die bei *Hast du Töne?* mitmachen, bis zum Wettbewerb begleiten.« Ich hob die Schultern. »Wenn ihr einverstanden seid, möchte ich gerne *euren* Chor begleiten. Das bedeutet, ich wäre bei den Proben dabei. Was haltet ihr davon? Vielleicht kann meine Erfahrung euch helfen, immerhin habe ich mit vielen Orchestern zusammengespielt, und mit Chören aufgetreten bin ich auch schon.«

Ich hatte kaum zu Ende gesprochen, da sprang Sara auf und schlang die Arme um mich. »Dich schickt der Himmel«, jubelte sie.

Ein warmes Gefühl durchströmte mich. »Das deute ich mal als ein Ja«, lächelte ich.

Am nächsten Abend fand ich mich zwanzig Minuten vor Beginn der Chorprobe im *Kiepenkerl* ein. Henning, Marvin und Sara waren ebenfalls schon da. Sie hatten die Tische an die Wand geräumt, die Stühle waren zu einem Kreis angeordnet. Henning und Sara winkten mir zu, ohne ihre Unterhaltung zu unterbrechen, während Marvin am Klavier saß und gedankenverloren vor sich hin spielte. Noch hatte er mich nicht bemerkt, was mir Gelegenheit gab, ihn in aller Seelenruhe zu betrachten. Er trug ein weißes T-Shirt, das seine breiten Schultern betonte und seine gebräunte Haut zur Geltung brachte. Sein dunkelbraunes Haar fiel ihm ins Gesicht. Hatte ich gewusst, dass er Klavier spielte? Unsere gemeinsame

Schulzeit und damit auch unsere Freundschaft waren so lange her, dass ich mich nicht mehr daran erinnerte. Ein Gefühl des Bedauerns überkam mich. Als hätte ich etwas verloren, das sich nicht mehr zurückholen ließ. Verlegen trat ich auf ihn zu.

»Hallo, Marvin«, begrüßte ich ihn.

Er sah hoch und unterbrach sein Spiel. Wie schon gestern Abend in Saras Garten legte sich ein Lächeln um seinen Mund. Wir schauten uns in die Augen, und in meinem Bauch begann es erneut verräterisch zu kribbeln. Schließlich wandte ich als Erste den Blick ab.

»Du spielst gut«, bemerkte ich.

Er zuckte mit den Schultern. »Ich habe damit angefangen, nachdem du die Schule verlassen hattest.«

Darauf wusste ich nichts zu erwidern. In diesem Moment kam Sara zu uns.

»Versprich mir, dass du nicht zu streng mit uns ins Gericht gehst«, rief sie gut gelaunt. »Denk daran: Ich bin deine Freundin. Da ist objektive Berichterstattung fehl am Platz.«

Nach und nach trudelten die ersten Chormitglieder ein. Neugierige Blicke streiften mich, doch ich nickte nur freundlich und schwieg. Sara würde meine Anwesenheit im Rahmen der Begrüßung erklären. Die Probe sollte um 19:30 Uhr beginnen. Um Viertel vor acht waren jedoch noch immer nicht alle Sängerinnen und Sänger da. Unwillkürlich musste ich an die unzähligen Orchesterproben denken, an denen ich früher teilgenommen hatte und bei denen Unpünktlichkeit undenkbar gewesen wäre.

Die Friseurin Biene und ihre Ehemann Siggi erschienen Arm in Arm. Hinter ihnen schlüpfte Lisa herein, die in der Bäckerei am Marktplatz arbeitete. Sie rief eine fröhliche Begrüßung in die Runde. Für ihr Zuspätkommen entschuldigte sie sich nicht. Ebenso wenig wie Biene und Siggi. Als wäre nichts dabei, dass die anderen fünfzehn Minuten auf sie hatten warten müssen. Glaubten sie etwa, ihre Zeit sei kostbarer als die der anderen? Innerlich schüttelte ich den Kopf.

Sara bat alle, Platz zu nehmen, und stellte sich dann in die Mitte des Stuhlkreises. Sie wollte gerade beginnen, als Irene ihren blonden Lockenkopf zu Hermann drehte.

»Ich habe Durst«, sagte sie mit leidender Stimme. »Dabei habe ich zu Hause ein großes Glas Wasser getrunken. Meinst du, ich sollte zum Arzt gehen? Vielleicht ist mein Durst ein Zeichen von …«

Hermann sprang auf. »Ich hole dir etwas«, verkündete er, bevor Irene näher darauf eingehen konnte, welche schrecklichen Ursachen für ihren übermäßigen Durst infrage kommen mochten. »Möchte sonst noch jemand etwas trinken?«

Sofort hoben alle die Hand. »Ein Wasser bitte«, »Einen Orangensaft«, »Kannst du mir eine Apfelschorle mitbringen?«, ging es wild durcheinander.

Hermann stöhnte. »Wie soll ich mir das alles merken? Am besten, ihr kommt mit.«

Ungläubig beobachtete ich von meinem Stuhl aus, wie sich die Gruppe bis auf Stella erhob und zur Bar strömte. Auf Saras Gesicht zeichnete sich Ärger ab, aber sie schwieg. Nicht so Henning, der aufstand, um die Choristen zur Eile anzutreiben. Dennoch dauerte es weitere fünf Minuten, bis alle mit Getränken versorgt waren und wieder Platz genommen hatten. Als Sara schließlich zu sprechen begann, nahm ich eine Anspannung in ihrer

Stimme wahr, die durch ihre starre Körperhaltung noch unterstrichen wurde.

»Ich begrüße euch zu unserer zweiten Chorprobe. Lukas ist leider nicht mehr dabei, dafür haben wir einen Gast.« Sie wies auf mich, und ich erhob mich halb von meinem Platz und winkte lächelnd in die Runde. »Sophie«, fuhr Sara fort, »möchte unseren Chor in der nächsten Zeit bei den Proben begleiten und im *Münsterlandspiegel* über uns schreiben. Natürlich nur, wenn ihr damit einverstanden seid.«

Begeisterte Zustimmung machte sich unter den Anwesenden breit.

»Wir kommen in die Zeitung«, rief Marion Schulze-Zumkley begeistert. »Das ist so aufregend!«

Johanna, die älteste der drei Schwestern, quittierte Marions Ausruf mit einem Stirnrunzeln. Vermutlich überlegte sie, ob sie tatsächlich miteinander verwandt waren.

Schon als kleines Mädchen war ich fasziniert von Johannas Gesicht gewesen. Mit ihren schweren Augenlidern, der aristokratischen Nase und den schmalen Lippen verfügte sie über die Gabe, ihre Gefühle durch winzige Veränderungen der Mimik zum Ausdruck zu bringen. Während meiner Karriere als Violinistin hatte ich einige der größten Schauspielerinnen unserer Zeit getroffen. Vor Johanna Schulze-Zumkley hätten diese Damen ihr Haupt verneigt.

Nachdem sich alle damit einverstanden erklärt hatten, dass ich über den Chor berichtete, kehrte langsam wieder Ruhe ein. Sara machte noch ein paar organisatorische Ansagen, wobei Stella, das Mädchen aus dem Blumengeschäft, so auffällig unauffällig auf ihr Handy schielte, dass ich innerlich aufstöhnte. Wenn sogar dieses schüchterne junge Ding Saras Ansprache störte, dann hatte meine Freundin ein echtes Problem.

Schließlich erhob sich die Gruppe, um mit dem Einsingen zu beginnen. Sara erklärte die verschiedenen Phasen und betonte dabei den jeweiligen Zweck so deutlich, dass ich einen ungefähren Eindruck davon bekam, wie der Einstieg letztes Mal verlaufen war. Dennoch schienen die Chormitglieder die Übungen lediglich als Angebot zu verstehen. Manche beteiligten sich, andere nicht. So ließen Johanna und Siggi das körperliche Aufwärmen komplett aus, um stattdessen ihre Gläser an der Bar aufzufüllen. Inzwischen tat mir Sara so leid, dass ich mich nur schwer beherrschen konnte, die beiden nicht zurück in die Gruppe zu scheuchen. Wieder war es der Restaurantbesitzer Henning, der ihnen folgte, um die Aufgabe zu übernehmen.

»Gut, dass Sie kommen. Ich hätte gerne einen Earl Grey«, wandte sich Johanna an ihn. »Sie gehören doch zum Personal?«

Hennings Miene war so herrlich fassungslos, dass ich ein Kichern unterdrücken musste.

Das Lachen verging mir jedoch schnell, als der Chor zum stimmlichen Aufwärmen überging. Wenn ich insgeheim Angst gehabt hatte, dass die Musik schmerzhafte Erinnerungen wecken könnte, dann wurde ich jetzt eines Besseren belehrt. Ich war mit den Berliner Philharmonikern aufgetreten, mit dem Concertgebouw-Orchester in Amsterdam, dem London Symphony Orchestra. Diese Musiker entlockten ihren Instrumenten Töne, die erwachsene Männer zum Weinen brachte. Zum Weinen konnten die hier versammelten Herzbacher einen auch bringen. Aber aus völlig anderen Gründen.

Als Biene die Tonfolge, die Marvin auf dem Klavier vorgab, nachzusingen versuchte, hätte ich mir am liebsten die Ohren zugehalten. Ich hatte in meinem Leben noch nie körperliche Gewalt angewendet, doch in dieser Sekunde stand ich kurz davor. Während sich Bienes Stimme zu einem Crescendo steigerte, floh ich auf die Toilette, um meine Handgelenke unter kaltes Leitungswasser zu halten. Mein Gesicht, das mir aus dem Spiegel über dem Waschbecken entgegenblickte, wirkte unnatürlich rot. Um Zeit zu schinden, holte ich mein Handy hervor und beantwortete eine Mail von Charlotte.

Als ich danach in den Restaurantbereich zurückkehrte, war das Einsingen zum Glück beendet. Die Chormitglieder saßen wieder im Stuhlkreis, jeder hielt einen Stapel lose Blätter in der Hand. Die von Irene sahen bereits reichlich verknickt aus. Gerade spielte Marvin die ersten Töne von *Don't stop me now* auf dem Klavier an. Was dann folgte, war so ungeheuerlich, dass mir die Luft wegblieb. Gestern Abend hatte Marvin scherzhaft gefragt, ob mir bekannt sei, dass man das Lied auch im Kanon singen könne. Und in der Tat: Treffender hätte er die Situation nicht beschreiben können. Während Barbara Schulze-Zumkley durch die Strophen hetzte, als sei der Teufel hinter ihr her, ließ sich Bienes Ehemann Siggi so viel Zeit, dass ich mich zwischendurch ernsthaft fragte, ob er Beruhigungsmittel nahm. Die anderen lagen im Tempo irgendwo dazwischen. Zusammen sangen sie allerdings auch nicht. Über allem lag Irenes schrille Stimme, die sich höher und höher schraubte.

Sara stand mit hängenden Armen inmitten des Stuhlkreises. Auf ihrem Gesicht lag eine Hilflosigkeit, wie ich sie noch nie an ihr gesehen hatte. Ich glaubte zu erkennen, dass sie gerade eine ihrer Yogaatemübungen machte, um nicht in Panik zu geraten.

Mein Herz klopfte schmerzhaft gegen meine Rippen, so sehr bewegte mich das, was ich gerade erlebte. Miteinander musizieren bedeutete, aufeinander hören. Stattdessen sah ich hier zehn Menschen sitzen, von denen jeder für sich alleine sang. Als trügen sie allesamt schalldichte Kopfhörer. Und Scheuklappen obendrein. Ich blickte in die Runde und ermahnte mich, nachsichtiger zu sein. Die meisten dieser Menschen kannte ich mein Leben lang. Sie führten nichts Böses im Schilde. Ihnen war gar nicht bewusst, wie unmöglich sie sich aufführten. Doch wenn der Chor im Wettbewerb eine Chance haben wollte, dann musste sich hier einiges ändern. Und zwar schleunigst.

15

Sophie »Und?«, fragte Sara, während wir nach der Probe zu zweit die Stühle zusammenstellten. »Wie ist dein Eindruck?« Der Klang ihrer Stimme machte keinen Hehl daraus, dass sie mit einem vernichtenden Urteil rechnete. »Und wage es ja nicht, um den heißen Brei herumzureden«, drohte sie mir mit einem Lächeln, das etwas verunglückte. »In deinem Artikel später kannst du gerne beschönigen, was das Zeug hält, aber jetzt möchte ich die Wahrheit hören.«

Ich dachte eine Weile nach, bevor ich antwortete. »Nun, fangen wir mit dem Positiven an. Lisa, aber auch Hermann und Johanna haben schöne Stimmen. Von daher müsst ihr keine Angst vor Solos haben. Das ist schon einmal gut. Marion, Henning und Siggi klingen ganz passabel, mit den richtigen Übungen sollten sie schnell besser werden. Bei Irene bin ich mir nicht sicher. Ihre hohen Töne klingen scheußlich, aber irgendetwas sagt mir, dass mehr in ihr steckt, als es den Anschein hat. Was Biene und Barbara dagegen angeht, befürchte ich, dass wir an unsere Grenzen gelangen. Hier bedürfte es schon eines professionellen Gesangslehrers, um ihre Stimmen in geordnete Bahnen zu lenken. Vermutlich hätte nicht einmal der Erfolg. Und schon gar nicht in der Kürze der Zeit, die uns bis zum Wettbewerb bleibt. Tja, und Stella … keine Ahnung, was mit dem Mädchen los ist. Sie hat nur stumm die Lippen bewegt. Wenn wir Glück haben, ist sie unsere Schwester Mary Robert aus *Sister Act,* hinter deren Schüchternheit sich die Stimme eines Engels verbirgt. Wahrscheinlicher ist allerdings, dass das arme Mädchen nur deshalb zu den Proben kommt, damit sie mal andere Gesichter als das ihrer sauertöpfischen Mutter zu sehen bekommt.«

Um Punkt 21:30 Uhr war Frau Brandt, die Besitzerin des Blumengeschäfts am Dorfplatz, im Restaurant erschienen, um ihre Tochter abzuholen. Stella hatte darüber wenig glücklich gewirkt, war aber dennoch gehorsam aufgestanden, als ihre Mutter nach ihr gerufen hatte.

Sara, die eben den letzten Stuhl aufgestapelt hatte, lächelte mich an.

»Warum lächelst du?«, fragte ich.

»Weil du von *wir* und *uns* gesprochen hast. Wenn *wir* Glück haben, ist Stella *unsere* Schwester Mary Robert. Du fängst an, dich mit dem Chor zu identifizieren. Das finde ich schön.«

Verblüfft sah ich sie an. Sara hat recht, schoss es mir durch den Kopf. Zwar war *identifizieren* ein zu starkes Wort, doch es hatte genau einer Probe bedurft, und schon fing ich an zu überlegen, wie ich den Chor unterstützen konnte. Dass ich mit klassischen Orchestern Geige gespielt hatte, machte mich nicht zur Expertin für die Leitung eines Popchors, doch einige Dinge ließen sich durchaus übertragen. Sara und ich setzten uns zu Marvin an die Bar, der gerade mit einem Bleistift Notizen in ein No-

tenheft schrieb. Als er uns bemerkte, legte er das Heft
beiseite.

»Na, ihr beiden? Wie schaut es aus? Sind wir *Der kleine
Chor der großen Herzen* oder *Der kürzeste Chor aller Zeiten?*«

Henning, der hinter der Theke stand und per Hand
die benutzten Gläser spülte, grinste. Als er meinen ver-
ständnislosen Gesichtsausdruck registrierte, erklärte er:
»*Der kleine Chor der großen Herzen* ist der Name unseres
Chors. Nach der letzten Probe haben Sara, Marvin und
ich ausgemacht, den heutigen Abend noch abzuwarten
und dann zu entscheiden, ob wir weitermachen. Wenn
nicht, wäre der andere Name wohl zutreffender.« Er hielt
ein Glas gegen das Licht der Deckenlampe, um es auf
Wasserflecken zu untersuchen, dann stellte er es hinter
sich ins Regal.

Sara legte mir eine Hand auf den Arm. »Erzähl den
beiden, was du mir gesagt hast.«

Pflichtschuldig wiederholte ich die Einschätzung, die
ich während der Probe gewonnen hatte.

»Okay«, meinte Marvin, nachdem ich geendet hatte.
»Ich nehme mit: Auch wenn Gott unsere Gruppe nicht
gerade mit Talent überschüttet hat, ist sie doch kein
hoffnungsloser Fall. Vorausgesetzt, wir machen weiter,
Sophie: Was müssen wir tun, um aus diesen Menschen
einen richtigen Chor zu formen?« Er blickte mir tief in
die Augen, was mich für eine Sekunde aus dem Konzept
brachte, doch dann riss ich mich zusammen und beantwortete seine Frage.

»Eure Sänger haben mehrere Baustellen, um die ihr
euch kümmern müsst. Ein Thema ist die mangelnde Disziplin. Im Moment geht es zu wie im Kindergarten. Jeder

macht, was er will. Manche kommen zu spät, ohne sich etwas dabei zu denken, andere lassen die Übungen aus, zu denen sie keine Lust haben, oder hören nicht zu, wenn ihnen etwas erklärt wird. Dazu kommen Probleme bei der englischen Aussprache, und Timing und Rhythmus sind faktisch nicht vorhanden.« Ich legte ein paar einfache Methoden und Übungen dar, die die Dirigenten, mit denen ich in meiner Zeit als Musikerin zusammengearbeitet hatte, verwendet hatten. Während ich sprach, spürte ich, wie ich mich mehr und mehr für die Herausforderung erwärmte.

»Ich stelle euch gerne am Wochenende einen genauen Ablaufplan für die Übungen zusammen«, bot ich an. »Und was die englische Aussprache angeht, da hilft nur üben, üben, üben. Vielleicht solltet ihr ältere Songs nehmen. Etwas von Cat Stevens oder den Beatles. Wenn die Sänger die Lieder kennen, tun sie sich weniger schwer.«

»Oder wir nehmen deutsche Lieder«, schlug Henning vor.

»So wie *Cordula Grün?*«, witzelte Sara.

Es freute mich, dass sie ihren Humor wiedergefunden hatte. Während der Probe hatte ich mehrmals befürchtet, sie könne in Tränen ausbrechen.

»Ich dachte eher an etwas von Herbert Grönemeyer«, meinte Henning achselzuckend. »*Der Weg* zum Beispiel. Ich bekomme jedes Mal Gänsehaut, wenn ich das Lied höre.«

»Den Song würde ich auf keinen Fall nehmen«, widersprach Marvin. »In dem Lied verarbeitet Grönemeyer den Tod seiner Frau. Der Text ist sehr intim und persönlich. Natürlich soll unser Chor Gefühle ausdrücken und Menschen berühren. Doch er muss authentisch bleiben.

Der Weg ist Herberts Song. Unser Chor sollte seine eigenen Lieder singen.«

Verblüfft legte Sara die Stirn in Falten. »Du meinst, wir sollen eigene Songs schreiben?«

Bevor Marvin etwas erwidern konnte, schoss mir eine Erinnerung durch den Kopf.

»Das ist nicht notwendig«, sagte ich nachdenklich. »Es reicht, wenn der Chor Lieder nimmt, die er zu seinen machen kann.«

Ich zog mein Handy hervor und tippte etwas ein. Im nächsten Moment erklang *Fix You* von Coldplay, in dem es um die Tiefschläge und bitteren Erkenntnisse im Leben ging und um den einen Menschen, der dich wieder zusammensetzte, wenn du am Boden lagst.

»Und was ich euch damit sagen will, erzähle ich euch bei mir zu Hause«, meinte ich geheimnisvoll, nachdem die letzten Töne verklungen waren. »Vorausgesetzt, ihr wollt weitermachen?«

Marvin, Sara und Henning tauschten einen Blick. Dann nickten alle drei.

»Bangemachen gilt nicht«, sagte Sara tapfer.

Henning blickte auf seine Uhr. »Dann ist es also abgemacht. Aber mitkommen kann ich trotzdem nicht«, entschuldigte er sich. »Ich habe Doro versprochen, pünktlich zu Hause zu sein.«

Auf dem kurzen Spaziergang durch das in Mondlicht getauchte Herzbach versuchten Sara und Marvin mir zu entlocken, was ich vorhatte, aber ich verriet ihnen nichts.

In meinem Wohnzimmer angekommen bat ich sie, auf dem Sofa Platz zu nehmen und sich an den Getränken zu bedienen, die ich auf den Tisch gestellt hatte. Dann eilte ich in mein Arbeitszimmer. Im obersten Fach des großen Aktenschranks wurde ich fündig. Behutsam öffnete ich die Schachtel, die ich seit dem Tod meiner Großmutter nicht mehr in der Hand gehalten hatte, und sah hinein. Nachdem ich das Gesuchte gefunden hatte, kehrte ich zurück ins Wohnzimmer.

Als ich eintrat, fuhren Marvin und Sara erschrocken auseinander. Dabei sahen sie wie ertappte Schulkinder aus. Mein Magen verknotete sich.

»Du willst jetzt noch einen Filmabend machen, Sophie?«, fragte Marvin, als er die DVD in meiner Hand bemerkte.

»Warte es ab«, entgegnete ich eine Spur patzig. Dann schob ich schweigend den Film in den DVD-Player, setzte mich in meinen Lieblingsohrensessel und drückte auf Play. *Young@Heart* war der einzige Musikfilm, den ich seit dem Ende meiner Karriere gesehen hatte. Ich hatte ihn nach dem Tod meiner Großmutter bei ihren Sachen gefunden und ihn mir in einem Anflug von Wehmut angeschaut. So als könnte ich meine Oma, indem ich ihre Filme sah, im Nachhinein besser kennenlernen. Die Dokumentation handelte von einem Seniorenchor aus Northampton im US-Bundesstaat Massachusetts. Das Besondere an diesem Chor war nicht nur, dass seine Mitglieder im Durchschnitt über achtzig Jahre alt waren. Es waren auch die Lieder, die sie sangen: Klassiker der Rock- und Punkgeschichte, die sie auf ihre ganz persönliche Weise interpretierten. Ähnlich wie Charlotte es im Sinn hatte, begleitete ein Dokumentarfilmer den Chor über mehrere Wochen bei den Vorbereitungen für ein großes Konzert. Was in Hollywood leicht zu einer Komödie über einen rüstigen Rentnerchor hätte werden können, war im wahren Leben etwas ganz anderes. Als Zuschauer wurde man in die Ereignisse hineingezogen, die sich vor der Kamera abspielten. Krankheit, Gebrechen und Tod waren genauso allgegenwärtig wie die überschäumende Lebensfreude der Senioren, ihr Spaß an der Musik und ihr unbedingter Wille, es noch einmal auf die Bühne zu schaffen.

Am Ende hatte der Chor zwei seiner Sänger verloren, und so wurde beim Konzert aus einem Duett unvermittelt ein Solo. Als Fred Knittle, an ein Sauerstoffgerät angeschlossen und schwer von seiner Krankheit gezeichnet, das Schlusslied *Fix You* sang, blieb im Publikum kein Auge trocknen. Auch nicht bei Sara, Marvin und mir. Während der Abspann über den Bildschirm flackerte, sagte keiner ein Wort.

Schließlich brach Marvin das Schweigen. »Jetzt weiß ich, was es heißt, ein Lied zu seinem eigenen zu machen.«

~

Als ich am nächsten Morgen in die Redaktion kam, war ich vollkommen übermüdet. Ich konnte kaum die Augen offen halten. Erst war ich aufgrund des Films viel zu spät ins Bett gekommen, und dann hatte ich nicht einschlafen können. Stundenlang hatte ich mich von einer Seite auf die andere gewälzt, während die Gedanken in meinem Kopf Achterbahn fuhren. Ich grübelte über den Chor, darüber, wie ich meinen Bericht am besten aufbauen sollte, und schließlich über Saras und Marvins erschrockenen Gesichtsausdruck, als ich ins Wohnzimmer zurückgekehrt war. Bei der Erinnerung wurde meine Brust eng. Ich schlief erst ein, als draußen bereits die Morgendämmerung einsetzte und die Vögel im Garten zu singen begannen, nur um kurze Zeit später beim Klingeln des Weckers wieder hochzuschrecken. An meine Fahrradfahrt zum Mondsteiner Bahnhof erinnerte ich mich nur schemenhaft. Ein Wunder, dass ich überhaupt in Münster angekommen war.

Nachdem ich meine Handtasche auf meinen Schreibtisch gelegt hatte, ging ich in den Flur, um mir an der Kaffeemaschine einen extrastarken Espresso zu machen. Dort traf ich auf Charlotte, die in ihrem eng anliegenden, goldschimmernden Seidenkleid wie immer taufrisch und wie aus dem Ei gepellt wirkte.

»Guten Morgen, Sophie«, begrüßte sie mich und musterte mich von oben bis unten. »Schlimme Nacht gehabt?«

»Nein, nur lange gearbeitet.«

Unser Sportredakteur Henry kam den Flur entlanggeschlendert. Als er Charlotte und mich vor der Kaffeemaschine stehen sah, hielt er abrupt an, sagte: »Ich komme später noch mal wieder«, und verschwand in Richtung Treppenhaus. Sein Schreibtisch stand eine Etage höher, doch er mochte den Kaffee bei uns lieber.

Charlotte gab einen Schuss frische Milch aus dem Kühlschrank in ihre Tasse und rührte um. Beim Trinken spreizte sie ihren kleinen Finger etwas ab. Was bei jedem anderen affig ausgesehen hätte, wirkte bei ihr ganz natürlich.

»Gearbeitet?«, fragte sie interessiert.

Ich nickte und leerte meinen Espresso in einem Zug. Die bittere Flüssigkeit rann meine Kehle hinunter, und ich konnte förmlich spüren, wie mein müder Körper das Koffein freudestrahlend begrüßte.

»Du wolltest doch, dass ich mir einen Chor aussuche und ihn begleite. Eine Freundin aus Herzbach hat eigens für den Wettbewerb einen gegründet. Sie hat keine Erfahrung als Chorleiterin, und es sind auch nur wenige gute Sänger dabei, doch sie nehmen die Herausforderung an. Gestern Abend war die zweite Probe, und so viel kann ich sagen: Es steht viel Arbeit ins Haus.«

In Charlottes grüne Augen trat ein zufriedenes Glitzern. »Wie wunderbar«, kommentierte sie. »Halt mich auf dem Laufenden.«

16

Sara »Stopp!«, rief ich entnervt. »Ihr kommt alle zu Wort, aber können wir bitte der Reihe nach vorgehen. Ich fange an.«

»Ich fange an«, äffte Johanna mich nach. »Ist das dein Verständnis von Führung? Willst du so die Disziplin schaffen, von der du gesprochen hast?«

Der Blick, der mich aus ihren grauen Augen traf, weckte in mir das alberne Bedürfnis, mir wie eine Fünfjährige die Hände vor das Gesicht zu halten. Wenn ich sie nicht sehen konnte, dann war ich vielleicht auch für sie unsichtbar. Es war Freitagabend, und der Chor hatte sich zur dritten Probe im *Kiepenkerl* versammelt. Leider mussten wir heute noch ohne Sophie und ihren Ablaufplan auskommen, da sie einen beruflichen Termin wahrnahm, der sich so kurzfristig nicht hatte verschieben lassen. Eine flammende Eingangsrede über das Aufsetzen und Befolgen von Regeln hatte ich dennoch gehalten, auch wenn meine Worte offenbar nicht bei allen gleichermaßen gut angekommen waren. Anschließend hatte ich die Gruppe gefragt, ob wir mit zwei unserer vier Songs weitermachen oder uns neu orientieren wollten. In der

Folge war das Chaos ausgebrochen. Alle redeten aufgeregt durcheinander, bis ich mich gezwungen sah, dem Treiben Einhalt zu gebieten.

»Darum geht es doch gar nicht«, setzte ich Johanna tapfer entgegen.

Ihre rechte Augenbraue zuckte gerade so weit in die Höhe, dass ich sicher war, es mir nicht eingebildet zu haben. Wie schaffte diese Frau es nur, mit einem so minimalen Aufwand eine solch verheerende Wirkung bei ihrem Gegenüber zu erzielen? Wenn Johanna je auf die Idee kam, in unserem zukünftigen Herzbacher Veranstaltungszentrum Kurse in nonverbaler Kriegsführung anzubieten, würde sie ein Vermögen verdienen.

Meine Aufmerksamkeit wurde von Biene in Beschlag genommen. Die Friseurin hatte es vor Erregung nicht mehr auf ihrem Sitz gehalten und lief nun in der Mitte des Stuhlkreises hin und her wie ein Tiger im Käfig.

»Jetzt setz dich doch bitte wieder«, flehte ich. »Wir gehen alles in Ruhe durch.«

»Nein«, weigerte sich Biene. »Ich bin zu leidenschaftlich zum Sitzen.«

»Setz dich«, sagte Irene streng.

Vor Verblüffung, dass ausgerechnet Irene ihr Kontra gab, klappte Bienes Unterkiefer herunter. Eine Sekunde lang stand sie schweigend da, dann ließ sie sich schwer auf ihren Stuhl fallen. Um uns zu demonstrieren, dass ihr Widerstand zwar ins Wanken geraten, aber noch nicht gebrochen war, verschränkte sie die Arme vor ihrem ausladenden Busen. Ihr Ehemann Siggi sah Irene mit einem Ausdruck an, der beinahe an Ehrfurcht grenzte. Bestimmt machte er sich heute Abend einen Eintrag in seinen Kalender.

Ich räusperte mich. »Ich möchte, dass wir auf dem Wettbewerb mit Liedern antreten, hinter denen wir geschlossen stehen. Wenn wir auf der Bühne sind, wollen wir nicht irgendwelche Popsongs nachsingen, wir wollen eine Geschichte erzählen. Eine Geschichte, die uns die Zuhörer abnehmen. Jetzt die Frage: Können wir das? Können wir *All of me, Shallow, Don't stop me now* oder *Perfect* zu *unserem* Song, zu *unserer* ureigenen Geschichte machen?«

So, wie ich meine Frage formulierte, wurde mir bewusst, dass ich meine Meinung bereits gefällt hatte. Das einzige von den vier Liedern, das ich mir theoretisch für uns vorstellen konnte, war *Shallow*. Allerdings war es nur ein Gefühl. Denn auch, wenn ich die meisten der hier Anwesenden schon lange kannte, wusste ich nur wenig über sie – ausgenommen Irene und Hermann, die wie ich Mitglieder der Herzbacher Tafelrunde waren. Mein Blick glitt über die Schulze-Zumkley-Schwestern und wanderte weiter zu Lisa, Siggi und Biene. Mir war bekannt, wie sie hießen, wo sie wohnten, mit wem sie verwandt waren, wer ihre Freunde im Dorf waren und mit wem sie nicht auskamen, doch was in ihrem Inneren vorging, was sie zum Lachen oder Weinen brachte, wovon sie träumten oder was sie nachts vom Schlafen abhielt, davon hatte ich keine Vorstellung. Das Gleiche galt für Henning, der zugezogen war und noch nicht so lange in Herzbach wohnte. Stella, deren Mutter das Blumengeschäft gehörte, saß wie immer mit gesenktem Kopf da, als ginge sie die ganze Diskussion nichts an. Von allen in der Runde war sie für mich am schwersten zu durchschauen. Sie schien keine Freude am Chor zu haben, sie sang nicht einmal mit, dennoch war sie hier. Wie herrlich unkompliziert mir dagegen Sophie vorkam. Auch wenn sie in Herzbach geboren und aufgewachsen war, hatten sie die Jahre in Berlin, wo sie studiert und anfangs auch gearbeitet hatte, geprägt. Sie war offen und direkt, immer geradeaus, bisweilen richtig frech, doch absolut verlässlich. Eine Freundin zum Pferdestehlen. Sie würde gut zu Marvin passen. Er war ein toller Mann, er hatte damals sogar Klavierspielen ihretwegen gelernt. Das hatte er mir gestanden, als wir kurz in Sophies Wohnzimmer allein geblieben waren, während sie die DVD holte. Denn durch die Musik konnte er sich Sophie weiter nah fühlen, auch wenn sie nicht mehr in seine Klasse ging und aufgrund ihres Geigenunterrichtes keine Zeit für ihn hatte. Wenn ich länger darüber nachdachte – vielleicht passte *Perfect* doch gar nicht so schlecht zu uns …

»Ich schlage vor, wir stimmen ab«, warf Marvin in die Runde und zwang mich damit, meine Aufmerksamkeit wieder aufs Hier und Jetzt zu richten. »Also: Wer ist dafür, dass wir mit *All of me* weitermachen? Sara und ich enthalten uns, dafür könnt ihr eure Stimme auch mehrmals abgeben.« Niemand meldete sich. »Das nenne ich eindeutig. Was ist mit *Don't stop me now?*«

Bienes Hand schoss angriffslustig in die Höhe, was Marion Schulze-Zumkley mit einem verächtlichen Schnauben quittierte. Ich unterdrückte ein Augenrollen. Henning, Siggi, Barbara und Lisa meldeten sich ebenfalls.

»Der Song hat so viel positive Energie«, schwärmte Barbara.

»Damit hätten wir fünf Stimmen«, stellte Marvin fest. »Das ist immerhin die Hälfte. Wer ist der Meinung, dass wir auf dem Wettbewerb *Perfect* singen sollten?« Er sah von einem zum anderen. »Niemand, wie es ausschaut.«

Dann war die Abstimmung zu *Shallow* an der Reihe. Lisa meldete sich erneut, ebenso Henning. Verstärkung bekamen sie von Hermann.

»Ich habe den Film im Kino gesehen«, erklärte er. »Hat mir gut gefallen.«

»Wenn das so ist«, meinte Irene und hob ihre kleine, runde Hand.

»Sonst noch jemand?«, fragte Marvin und sah dabei Stella an.

Eine zarte Röte kroch über ihr Gesicht. Sie schien etwas sagen zu wollen, doch dann nickte sie nur. Damit lag das Lied auf gleicher Höhe mit dem Gute-Laune-Song von Queen.

»Das Ergebnis steht fest«, verkündete Marvin. »*Don't stop me now* und *Shallow* kommen auf jeweils fünf Stimmen. *All of me* und *Perfect* gehen leer aus.«

»Und was bedeutet das jetzt?«, fragte Johanna, die für keins der Lieder gestimmt hatte, spitz.

Alle Augen richteten sich auf Marvin. Der lächelte freundlich. »Das bedeutet, dass wir diese Titel beim Wettbewerb singen. Es sei denn, jemand hat einen anderen Favoriten, den er gerne zur Abstimmung stellen möchte?«

Schweigen senkte sich über die Runde. Ich sah zu Stella, auf deren Hals sich rote Flecken zeigten.

»Möchtest du etwas sagen?«, fragte ich aus einem Gefühl heraus. Doch das Mädchen schüttelte nur stumm den Kopf.

Marvin klatschte in die Hände. »Dann auf. Es gibt viel zu tun.«

Der Rest der Probe verlief ohne größere Katastrophen. Nach dem Einsingen nahmen wir uns Zeit, um an der englischen Aussprache zu arbeiten. Dafür ließ ich den

Chor den Text von *Shallow* langsam vom Blatt ablesen und ging herum, um hier und dort Tipps zu geben und Verbesserungsvorschläge zu machen. Zu meinem Erstaunen sprach Johanna im Gegensatz zu ihren beinahe zwanzig Jahre jüngeren Schwestern ein ausgezeichnetes Englisch. Es klang so vornehm, als hätte sie es auf einem englischen Eliteinternat erlernt. Da sie, wie ich vermutete, ihr ganzes Leben in Herzbach verbracht hatte, schied diese Möglichkeit allerdings aus. Ich traute mich aber auch nicht, sie danach zu fragen, ich war ja nicht verrückt. Marvin hatte weniger Bedenken.

»Dein Englisch ist perfekt«, lobte er sie. »Warst du eine Zeit im Ausland?«

Wie in Zeitlupe drehte Johanna Schulze-Zumkley den Kopf und sah ihn an.

»Junger Mann«, sagte sie. »Ich möchte dich bitten, deine Nase nur in Angelegenheiten zu stecken, die dich etwas angehen.« Damit wandte sie sich ab und fuhr fort, ihren Text zu lesen, als sei nichts geschehen.

Marvin fuhr sich in einer übertriebenen Geste an die Brust, um anzudeuten, dass er soeben einen Dolchstoß ins Herz kassiert hatte, was mich zum Lächeln brachte.

Nach der Probe wurde Stella wieder von ihrer Mutter abgeholt, während alle Choristen noch im *Kiepenkerl* blieben, um ein wenig miteinander zu plaudern. Das stimmte mich zuversichtlich. Vielleicht würde aus diesem Chor doch noch eine Gemeinschaft werden, dachte ich und machte mich auf den Weg zur Toilette. Ich hatte gerade in der Kabine die Spülung betätigt und mein Kleid gerichtet, als ich hörte, wie jemand den Raum betrat.

»Ich sehe doch genau, wie du ihn anschaust.« Die Frauenstimme gehörte Biene.

»Du spinnst doch!«, rief eine zweite Frau aufgebracht, die ich als Marion Schulze-Zumkley identifizierte.

Das hatte mir gerade noch gefehlt. Ein Streit auf der Damentoilette. Was sollte ich jetzt tun, mich bemerkbar machen oder lieber abwarten, bis die beiden verschwunden waren?

»Als wenn ich deinen Siggi haben wollte«, höhnte Marion weiter.

Ich unterdrückte ein Stöhnen und entschied mich für Letzteres. Jetzt ging Biene zum Gegenangriff über. »Tu nicht so scheinheilig. Du warst doch schon immer scharf auf ihn. Schon in der Schule hast du versucht, ihn mir abspenstig zu machen. Und jetzt probierst du es wieder.«

»Das ist absolut lächerlich«, gellte Marion. *Darum* ging es also. Ich hatte gleich gemerkt, dass zwischen den beiden etwas im Argen lag. Allerdings wäre ich nie darauf gekommen, dass Siggi der Grund für ihre Querelen war.

»Ach, ist es das?« Bienes Tonfall nach zu urteilen, stand sie kurz vor der Explosion.

Jetzt beschloss ich doch, aus der Kabine zu kommen, bevor es zu Handgreiflichkeiten zwischen den beiden kam. Entschlossen entriegelte ich die Tür.

»Hallo, die Damen«, sagte ich und stellte mich ans Waschbecken.

»Warst du etwa die ganze Zeit da drin?«, fragte Biene mit zusammengekniffenen Augen.

»Wo soll sie denn sonst gewesen sein?«, höhnte Marion.

Schweigend drückte ich auf den Seifenspender und schäumte meine Hände ein. Im Spiegel konnte ich sehen, wie sich die beiden Frauen ein Duell mit Blicken lieferten.

»Hör mal, Sara«, wandte sich Marion plötzlich an mich. »Ich will wirklich nichts von Siggi.«

»Von wegen«, kommentierte Biene sarkastisch.

Ich angelte nach den Papiertüchern und trocknete meine Hände. Dann drehte ich mich zu den Frauen um.

»Was da auch immer zwischen euch ist, klärt es bitte. Unser Chor wird nicht funktionieren, wenn ihr miteinander streitet.«

In diesem Moment kam ich mir sehr weise vor. Ich überlegte, ob ich noch eins draufsetzen sollte. Wäre es nicht eine schöne Geste, wenn sich die beiden Frauen hier vor meinen Augen die Hände reichten? Doch ein Blick in ihre störrischen Gesichter brachte mich wieder zur Besinnung.

»Für den Anfang würde es mir allerdings schon genügen, wenn ihr euch nicht die Köpfe einschlagt. Können wir uns darauf verständigen?«

Nach kurzem Zögern nickten beide.

»Gut.« Ich wandte mich zur Tür. Als ich merkte, dass weder Biene noch Marion Anstalten machten, mir zu folgen, drehte ich den Kopf. »Was ist mit euch?«

»Ich brauche noch einen Moment«, behauptete Biene.

»Geh ruhig schon vor, Sara«, fügte Marion verdächtig leutselig hinzu. Wie gerne hätte ich Johannas Mienenspiel beherrscht, um die beiden zur Räson zu bringen. Stattdessen bediente ich mich meiner Stimme.

»Das glaubt ihr doch wohl selber nicht. Als ob ich euch zwei hier alleine lassen würde. Los!«

Die beiden murrten noch ein bisschen, gaben aber schließlich nach. Ich hielt die Tür auf und wartete, bis sie an mir vorbeigegangen waren. Von wegen Gemeinschaft, dachte ich.

17

Sophie Der Samstag verging ohne besondere Vorkommnisse. Am Nachmittag war ich mit zwei Kolleginnen aus der Redaktion, mit denen ich auch privat befreundet war, in Münster zum Shoppen verabredet. In den Schaufenstern der Läden war bereits die neue Herbstkollektion ausgestellt. Bei tiefblauem Himmel und Temperaturen von knapp unter dreißig Grad hielt sich unsere Lust, Wollmäntel und dicke Stiefel anzuprobieren, allerdings in Grenzen. So setzten wir uns stattdessen auf dem Prinzipalmarkt in ein Café, tranken Lillet Wild Berry und unterhielten uns über dies und das. Die Stunden vergingen wie im Flug. Ich nahm den letzten Zug zurück nach Mondstein, und als ich mit meinem Fahrrad zu Hause angekommen war, fiel ich sofort ins Bett.

Am nächsten Morgen wurde ich von hellem Sonnenschein geweckt, der durch das Fenster auf mein Bett fiel und meine Nase kitzelte. Ich hatte vergessen, die Rollos herunterzuziehen. Es war erst halb sieben, aber schlafen konnte ich nicht mehr. Also stand ich auf, schlüpfte in Jeans und T-Shirt und spazierte zum Bäcker.

Normalerweise ging ich um diese Uhrzeit mit Jascha joggen. Doch er weilte zurzeit mit unserem Vater im italienischen Cremona, der europäischen Hochburg des Geigenbaus. Einmal im Jahr trafen sich dort die Besten der Zunft zu einer Versammlung, über deren Programm sie eisern Stillschweigen bewahrten. Ich hatte diese Heimlichtuerei immer als übertrieben empfunden, schließlich waren es Geigenbauer und keine Spione, doch wenn sie sich in dieser Rolle gefielen … bitte sehr.

In der Bäckerei wurde ich von Lisa bedient, die ihr brünettes Haar zu einem Pferdeschwanz hochgebunden hatte. Trotz der frühen Stunde wirkte sie frisch und ausgeruht.

»Ich habe dich vorgestern bei der Probe vermisst«, begrüßte sie mich, während sie die zwei üblichen Rosinenbrötchen für mich einpackte.

»Ich weiß«, antwortete ich. »Ich musste zu einer Veranstaltung. Wie ist es denn gelaufen?« Ich nahm ein Zweieurostück aus meiner Börse und legte es auf die Ladentheke.

Ein resignierter Ausdruck erschien um Lisas Mund. »Nicht so schlimm wie bei den letzten beiden Malen, aber gut war es auch nicht.«

»Das wird schon«, erwiderte ich aufmunternd.

Lisa reichte mir das Wechselgeld. Ihre Miene verriet, dass sie mir kein Wort glaubte. »Du willst nur nett sein. Die Wahrheit ist: Wir sind grottenschlecht.«

»Wer ist grottenschlecht?«, ertönte hinter mir eine asthmatisch klingende Stimme. Ich fuhr herum und erblickte Pfarrer Bertelsbeck. Der hatte mir gerade noch gefehlt.

»Niemand«, behauptete ich.

»Unser Chor«, rief Lisa im selben Moment.

Der Pfarrer nahm seine verspiegelte Sonnenbrille ab und musterte mich aufmerksam. Sofort war ich auf der Hut.

»Wo liegt das Problem?«, erkundigte er sich.

Wieder war es Lisa, die freiherzig antwortete. »Wir haben zu wenig gute Stimmen. Und die schlechten sind zu dominant. Außerdem hat von uns kaum jemand Chorerfahrung. Das fängt schon bei der Chorleitung an.«

Verärgert presste ich die Lippen zusammen. Es gefiel mir nicht, dass sie Sara vor dem Pfarrer bloßstellte, auch wenn es der Wahrheit entsprach.

»Jedenfalls«, fuhr Lisa fort, »hatte ich mich total gefreut, dass Herzbach nun endlich einen Chor hat. Mir ging es gar nicht um das ehemalige Gemeindehaus, ich wollte schlicht und einfach singen. Doch so macht es einfach keinen Spaß. Ich überlege, nicht mehr hinzugehen.« Sie zuckte mit den Schultern.

Vor Schreck ließ ich beinahe meine Brötchentüte fallen.

»Das kannst du nicht machen!«, rief ich entsetzt. Lisa war die beste Sängerin in der Gruppe. Wenn sie fortblieb, würde es nicht lange dauern, bis auch der Nächste aufgab. Der Chor würde auseinanderbrechen, noch bevor es richtig losgegangen war, und Sara wäre am Boden zerstört.

Die Bäckereiverkäuferin stützte die Hände in die Hüften. »Tut mir leid, Sophie«, sagte sie mit ehrlichem Bedauern. »Abgesehen davon, dass mir die Proben keine Freude machen, habe ich auch keine Lust darauf, mich auf dem Wettbewerb vor aller Welt zu blamieren. Das verstehst du doch sicher.«

In diesem Moment betraten Biene und Siggi die Bäckerei. Die beiden waren so in einen Streit vertieft, dass sie uns gar keine Beachtung schenkten.

»Warum kannst du dich nicht endlich mit Marion vertragen?«, verlangte Siggi von seiner Ehefrau zu wissen. »Dieser Zickenkrieg in unserem Chor ist unerträglich.«

»Hast du gerade Zickenkrieg gesagt?«, ereiferte sich Biene. »Auf wessen Seite stehst du eigentlich?« Ihre dunklen Augen blitzten. »Marion ist hinter Siggi her«, wandte sie sich nun an mich. »Und das schon seit der zehnten Klasse.«

»Das stimmt doch überhaupt nicht«, widersprach Siggi genervt.

»Willst du sagen, ich lüge?«

Aus den Augenwinkeln konnte ich sehen, dass die Mundwinkel des Pfarrers verdächtig zuckten. Wenigstens einer, der die Situation amüsant fand.

»Findet der Gottesdienst heute hier statt?«, fragte Johanna Schulze-Zumkley, die soeben die Bäckerei betreten hatte, süffisant. Zum Glück war sie alleine. Nicht auszudenken, was passiert wäre, wenn ihre Schwester Marion, Bienes vermeintliche Rivalin, sie begleitet hätte.

Ich sah zur Decke. In Momenten wie diesen wünschte ich mir die Anonymität der Großstadt zurück. In Berlin hatte ich nicht einmal die Namen aller Nachbarn gekannt, die in meinem Haus wohnten, geschweige denn, dass ich ihnen beim Einkaufen begegnet wäre.

Biene hatte sich wieder ihrem Ehemann zugewandt und fuhr fort, ihn zu beschimpfen. Ich nutzte die Gelegenheit, raffte meine Brötchentüte und verließ mit einem gemurmelten Abschiedsgruß fluchtartig die Bäckerei. Zu Hause angekommen, kochte ich mir als Erstes einen

Kaffee, den ich auf der Terrasse trank. Dazu pflückte ich kleine Stücke von meinen Rosinenbrötchen ab, die ich großzügig mit Erdbeermarmelade bestrich, bevor ich sie mir in den Mund schob. Kauend sah ich hinunter zum Fluss.

Offensichtlich war auch die dritte Probe kein Erfolg gewesen. Im Gegenteil: Wenn ich die Szene, die sich gerade in der Bäckerei abgespielt hatte, richtig deutete, schienen die Choristen nicht nur ernsthafte Konflikte untereinander zu haben, sie trugen sie auch noch offen aus. Und das während der Probe!

Sara tat mir unendlich leid. Sie gab ihr Bestes, doch ihr fehlte die Erfahrung, um die Situation in den Griff zu bekommen. Die Erfahrung und das nötige Handwerkszeug. Ich hatte meine Freundin während der Probe am Mittwoch erlebt. Sie hatte sich mit Lehrbüchern und YouTube-Videos vorbereitet und daraus einen Ablauf entwickelt. Nur, dass dieser sehr schablonenhaft wirkte. Das merkte der Chor natürlich auch. Die Mitglieder fühlten sich nicht abgeholt und brachen aus, wann immer sich ihnen eine Gelegenheit bot. Sie brauchten etwas Gemeinsames, hinter dem sie sich versammeln konnten. Eine gemeinsame Identität. Das klang vielleicht hoch gegriffen, doch an dem aufgeregten Kribbeln, das plötzlich meine Wirbelsäule entlanglief, merkte ich, dass ich auf dem richtigen Weg war. Ich sprang auf und lief ins Haus, um mir einen Notizblock zu holen. Anschließend setzte ich mich wieder auf die Terrasse und begann, mir Notizen zu machen.

Die Sonne stand schon hoch am Himmel, als ich den Stift niederlegte. Zufrieden griff ich nach meinem Smartphone. Sara nahm nach dem zweiten Klingeln ab. Ich schilderte ihr die Szene, die ich am Morgen in der Bäckerei erlebt hatte.

»Lisa will aussteigen?«, rief sie erschrocken.

»Noch ist die Messe nicht gelesen«, antwortete ich und schilderte ihr, was ich mir überlegt hatte. »Ich weiß, ich wollte einen Ablaufplan für *dich* schreiben«, schloss ich, »aber ich glaube, so ist es besser. Vertraust du mir?« Sara zögerte nicht eine Sekunde.

»Die nächste Probe gehört dir«, erwiderte sie aufgeregt.

∼

Erstaunlicherweise waren am Montagabend alle Chormitglieder pünktlich. Stella war die Letzte, die um 19:29 Uhr ins *Kiepenkerl* schlich und sich schweigend zu den anderen in den Stuhlkreis setzte. Zu meiner Erleichterung war auch Lisa erschienen. Falls die Bäckereiverkäuferin nur gekommen war, um den anderen ihren Austritt mitzuteilen, so hoffte ich, dass sie damit bis nach der Probe warten würde. Langsam ebbte das Gemurmel ab. Alle Blicke richteten sich auf mich, denn ich war die Einzige, die nicht Platz genommen hatte. Die Nervosität, die mich bis gerade erfüllt hatte, ließ nach, und eine tiefe Ruhe breitete sich in mir aus. So war es früher vor meinen Auftritten auch gewesen. Sobald ich auf der Bühne gestanden hatte, umhüllt von Scheinwerferlicht, war alles in mir still geworden. Still und konzentriert. Lächelnd schaute ich in die Runde.

»Ich habe Sara gebeten, die heutige Probe gestalten zu dürfen«, erklärte ich den Anwesenden.

Im Vorfeld hatte ich darüber nachgedacht, ob ich meinen Wunsch näher erläutern sollte, war dann aber davon abgerückt. Vielleicht vermuteten sie, dass ich für meinen Artikel in die Rolle der Chorleiterin schlüpfte. Vielleicht auch, dass ich Sara unterstützen wollte, nachdem die ersten Proben so chaotisch verlaufen waren. Was auch immer gerade in den Köpfen der Herzbacher vorging – entscheidend war, wie sie nachher darüber dachten.

»Steht bitte auf, räumt eure Stühle an die Seite und kommt dann in der Mitte des Raumes wieder zusammen«, forderte ich die Gruppe auf. Die Choristen taten wie geheißen.

»Jetzt stellt euch bitte so auf, dass ihr genügend Platz habt und mich anschauen könnt. Wenn ich den Finger hebe, atmen wir zusammen ein.«

Ich hob den rechten Arm und atmete geräuschvoll ein. Nach ein paar Sekunden ließ ich den Finger sinken, wobei ich laut ausatmete. Ein paar der Teilnehmer warfen sich zunächst skeptische Blicke zu, aber schließen machten alle mit. Sogar Johanna Schulze-Zumkley folgte dem Rhythmus meiner Hand. Finger hoch – einatmen. Finger runter – ausatmen.

»Nun fixiert einen Punkt an der Wand. Dabei atmet ihr weiter. Ein … und aus.«

Das Geräusch von dreizehn Menschen, die im Einklang miteinander Luft holten, erfüllte den Raum. Ich erhob meine Stimme.

»Und nun schaut wieder zu mir und macht genau das, was ich tue.«

Ich begann, Arme und Beine auszuschütteln, bis mein ganzer Körper vibrierte. Biene und Marion, die nicht weit auseinanderstanden, setzten kichernd ein. Ihre Blicke trafen sich in einer Sekunde geteilten Vergnügens. Als ihnen bewusst wurde, wen sie da so fröhlich angrinsten, wandten sie sich ruckartig ab. Schmunzelnd fuhr ich mit den Aufwärmübungen fort.

»Wer die besten Grimassen schneidet«, rief ich laut und verzog mein Gesicht, indem ich Augen und Mund weit aufriss.

Irene stand eine winzige Sekunde stocksteif da, dann öffnete sie den Mund, streckte ihre Zunge in Richtung linkes Ohr, ihre Augen rollten in die entgegengesetzte Richtung. So drehte sie den Kopf zu Hermann, der sich beinahe verschluckte, bevor er ihren Gesichtsausdruck spiegelverkehrt nachzuahmen versuchte und dabei so komisch aussah, dass selbst Stella lächeln musste. Erschrocken über sich selbst wurde sie augenblicklich wieder ernst, und ich bekam eine Ahnung der Kämpfe, die sich in ihrem Inneren abspielen mussten. Sie *wollte* die Übung mitmachen, so viel konnte ich ihr ansehen. Doch wann immer sie vorsichtig ihre Lippen bewegte oder ihre Nase krauszog, war es so, als würde eine unsichtbare Hand über ihr Gesicht wischen, bis es wieder ausdruckslos war.

Meine Aufmerksamkeit wurde von Marvin in Beschlag genommen, der Henning schielend die Zunge herausstreckte. Diesmal war ich diejenige, die kichern musste. Nun fühlte ich mich gefestigt genug, um zu Johanna Schulze-Zumkley zu schauen. Die alte Frau beobachtete das Treiben unter schweren, halb geschlossenen Lidern, die Arme vor der Brust verschränkt, die Mundwinkel kaum merklich nach unten gezogen. In diesem Moment stieß Stella versehentlich gegen sie. Das Mädchen wirbelte herum und blickte ängstlich zu Johanna hoch. Unwillkürlich schob sich das Bild vom Kaninchen vor der Schlange in meinen Kopf. Ich hielt den Atem an. Eine Sekunde lang passierte nichts. Dann hob Johanna wie in Zeitlupe die Hände und zupfte sich damit an den Ohrläppchen, die dünnen Lippen zu einem Fischmund gewölbt. Stellas Augen weiteten sich. Im nächsten Moment fing sie an zu lachen und klang dabei wie das Kind, das sie mit ihren sechzehn Jahren noch war. Johanna wandte sich ab, doch nicht so schnell, als dass ich nicht das kleine Lächeln gesehen hätte, das um ihre Mundwinkel spielte. Tief bewegt von der Szene, deren Zeugin ich gerade geworden war, schaute ich mich nach Sara um und stellte fest, dass sie mich beobachtete. Ein Meer von Gefühlen spiegelte sich in ihrem Gesicht. Ich konnte mir denken, was in ihr vorging. Einerseits freute sie sich, dass die Chormitglieder mich aufgrund meiner musikalischen Vergangenheit sofort in der Rolle der Leiterin akzeptierten und meine Übungen, und seien sie noch so albern, nicht nur mitmachten, sondern offensichtlich auch Spaß daran fanden. Andererseits war Sara gekränkt, dass die Herzbacher es mir dort, wo sie selbst auf Granit gebissen hatte, so einfach machten. Unsere Blicke trafen sich. Ich hob die Schultern und lächelte, und einen Herzschlag später lächelte Sara zurück.

Erleichtert fuhr ich mit meinem Aufwärmprogramm fort. Ich forderte die Gruppe auf, mit der Zunge links und rechts gegen die Innenseiten der Wangen zu schlagen. Anschließend stießen wir die Luft so aus, dass unsere Lippen flatterten, was für große Heiterkeit sorgte. Als wir fertig waren, waren die Gesichter der Versammelten gerötet. Viele lächelten.

»Das habt ihr gut gemacht«, lobte ich überschwänglich. »Als Nächstes lasse ich eine Melodie vom Band laufen, die wir gemeinsam mitsummen. Auf m, u, o, a und wieder von vorne. Bereit?«

Alle nickten, und ich gab Henning das verabredete Zeichen. Er trat hinter die Theke und machte sich an der Musikanlage zu schaffen. Die ersten Töne von *Conquest of Paradise* erklangen. Der griechische Komponist Evangelos Odysseas Papathanassiou, besser bekannt als Vangelis, komponierte das Lied als Filmmusik zu Ridley Scotts *1492 – Die Eroberung des Paradieses,* in dem es um die Entdeckung Amerikas ging. Doch zur Hymne wurde die Melodie erst, als der Boxer Henry Maske zu ihren Klängen in den Ring einlief. Was kaum jemand wusste: Die Ursprünge des Liedes reichten sehr viel weiter zurück, nämlich bis zu Georg Friedrich Händel. Dessen Sarabande aus der *Cembalo-Suite Nr. 4 in d-Moll* hatte Vangelis im Kopf, als er *Conquest of Paradise* komponierte. Ich hatte mit mir gerungen, ob ich ein klassisch anmutendes Stück zum Einsingen verwenden sollte, doch dann musste ich mir eingestehen, dass es für den Zweck perfekt war. Jeder kannte die Melodie. Sie war eingängig, imposant und majestätisch, sie ging direkt ins Blut, zauberte Bilder hervor und weckte Emotionen. Genau, wie es sein sollte.

Ich hob beide Hände, um den Chor auf den Einsatz vorzubereiten. Beinahe zeitgleich begannen alle auf *m* zu summen. Am Anfang ein wenig zögerlich, doch mit jeder Sekunde voller. Wir wechselten auf *u.* Die Chormitglieder schauten mich an. Sie schienen von sich selbst überrascht, wie gut sie zusammen klangen. Nachdem sich die Verblüffung gelegt und auch der Übergang zum *o* reibungslos funktioniert hatte, warfen sich die Herzbacher begeisterte Blicke zu. Ihre Mienen strahlten, selbst Johannas Gesicht wirkte beinahe wohlwollend. Nachdem das Lied zu Ende war, war es einen Augenblick lang still.

Schließlich rief Henning: »Wow!«, und sprach damit aus, was alle dachten.

Ich beschloss, die allgemeine Euphorie zu nutzen und zum nächsten Teil der Probe überzugehen. Dafür hatte ich mir in der Redaktion einen Beamer ausgeliehen und Henning um seine mobile Leinwand gebeten, die er nun entrollte. Ich schaltete den Beamer an und stellte das Bild scharf.

»Was ist das?«, fragte Siggi neugierig. Ohne meine Antwort abzuwarten, begann er laut vorzulesen. »Rada rada radadadada …«

Ich nickte. »Ganz genau. Marvin? Würdest du bitte?«

»Aber klar doch.« Während Marvin, den ich vorher eingeweiht hatte, zum Klavier lief und davor Platz nahm, wandte ich mich an den Chor, der mich aus großen Augen ansah.

»Wir beenden das Einsingen mit einem gemeinsamen Stück. Den Text könnt ihr ganz einfach ablesen.« Ich nickte Marvin zu, und er spielte die Melodie von *Im Wagen vor mir* an.

Schon nach wenigen Takten erkannten alle den Song und fielen mit ein. Ich dirigierte schwungvoll mit und warf zwischendurch Kommentare in die Runde, die reichlich bekloppt waren, aber die Gruppe zum Lächeln brachte.

Und genau darum ging es mir. Nach dem letzten gehauchten »Radadadada« waren alle in bester Laune. Lisas Augen blitzten, worüber ich mich besonders freute. Vielleicht führte die heutige Probe dazu, dass sie sich ihren Austritt noch einmal überlegte.

»Seid ihr warm?«, fragte ich in die Runde. Ein »Jaaa«, aus einem Dutzend Kehlen schallte zurück. »Sehr gut.

Doch bevor wir weitersingen, holt euch bitte eure Stühle und bildet einen Kreis.«

Während die Herzbacher mit der Aufgabe beschäftigt waren, nahm ich einen Stapel kleiner Blöcke und die passende Anzahl Bleistifte aus meinem Rucksack. Ich wartete, bis die Gruppe Platz genommen hatte, dann begann ich beides zu verteilen.

»Spielen wir jetzt Schiffe versenken?«, witzelte Hermann, als ich ihm Block und Stift in die Hand drückte.

»Lass dich überraschen«, erwiderte ich geheimnisvoll.

Nachdem alle ausgestattet waren, setzte ich mich ebenfalls in den Stuhlkreis und legte die Hände in den Schoß. Nach und nach richteten sich alle Blicke auf mich. Ich sah Neugier und freudige Erwartung, aber auch Nervosität bei Stella und ein leichtes Stirnrunzeln bei Johanna. Doch davon ließ ich mich nicht beirren, denn nun folgte der wichtigste Teil meiner Probe. Jetzt würde sich entscheiden, was für ein Chor wir waren. Ich räusperte mich.

»Heute trefft ihr zum vierten Mal zusammen. Es wird Zeit, dass ihr euch überlegt, wer ihr sein möchtet. Überlegt euch, warum ihr zusammen singt.«

»Um das ehemalige Gemeindehaus zu renovieren?«, warf Sara ein, die mir gegenüber im Stuhlkreis saß. Ihre Stimme klang irritiert. Du weißt doch, warum wir das machen, schien ihr Gesichtsausdruck zu sagen. Ich nickte, um sie zu beruhigen.

»Das ist der Grund, warum ihr den Chor ins Leben gerufen habt«, gab ich ihr recht. »Dennoch – ihr braucht ein Leitbild, eine Vision, hinter der ihr als Sänger steht. Was macht euch als Chor aus? Seid ihr besonders professionell?«, fragte ich, was die Anwesenden mit einem Schmunzeln verneinten. Ich schmunzelte ebenfalls.

»Nein«, wiederholte ich. »Vermutlich nicht. Was ist es dann? Was unterscheidet euch von den vielen anderen Chören, gegen die ihr Anfang Oktober in der Halle Münsterland antreten werdet?« Ich wies auf die Blöcke. »Ihr müsst es nicht sagen. Schreibt es auf.«

Stille kehrte ein, in der die Anwesenden ihre Gedanken sortierten. Einige fingen direkt an zu schreiben. Siggi drückte seinen Bleistift so fest aufs Papier, dass die Mine abbrach und Henning ihm mit einem Kugelschreiber aushelfen musste. Irene wiederum blickte zur Decke, wobei sie sich mit dem Ende ihres Stifts am Kinn kratzte, während Marion probierte, bei ihrer Schwester Barbara abzuschreiben, was diese verhinderte, indem sie demonstrativ ein Stück von ihr abrückte. Stella wiederum starrte auf ihren Block, als könne sie die Zeilen durch reine Gedankenkraft füllen, und Sara hielt ihren Stift wie ein Kind mit der Faust umklammert.

Marvin war als Erster fertig. Er legte Block und Stift vor sich auf den Boden und verschränkte die Arme lässig hinter dem Kopf. Unsere Blicke trafen sich, er lächelte mich an, und mein Magen machte den mir mittlerweile schon vertrauten kleinen Hüpfer. Schließlich waren alle so weit. Ich erhob mich und ließ einen Leinenbeutel herumgehen.

»Nun faltet eure Zettel zusammen und werft sie hier hinein.«

Als alle meiner Bitte nachgekommen waren, sagte ich: »Dann wollen wir mal sehen«, und fischte den ersten Zettel heraus. Ich entfaltete ihn und las vor:

»Wir sind Münsterländer.« Ohne die Botschaft zu kommentieren, legte ich das Blatt auf den Boden und griff nach dem nächsten Zettel.

»Nicht schön, aber selten«, lautete die Inschrift, was ein kollektives Kichern hervorrief. Die nächsten Zettel gingen in eine ähnliche Richtung.

»Wir sind nicht gut, aber laut«, las ich. »Schön kann jeder«, »Dabei sein ist alles« und »Schräg ist auch eine Richtung«. Danach wurde es erneut heimatverbunden. »Wir sind Herzbach« und »Herzbach, wie es singt und lacht«, stand auf den beiden folgenden Zetteln zu lesen. Nun fehlten noch vier.

»Alleine singen ist doof.« Grinsend sah ich von einem zum anderen, konnte aber aus den Gesichtern nicht ablesen, wer die Nachricht geschrieben hatte. Also entfaltete ich das nächste Blatt.

»Warum wir singen? Warum denn nicht?« Ja, dachte ich, warum denn eigentlich nicht?

Auf dem nächsten Zettel stand:

»Wir sind wie die Hummel, die nicht fliegen kann und es dennoch tut.« Ich schaute zu Marvin, und er zwinkerte mir zu. Schließlich war nur noch ein Zettel im Beutel. Amüsiert las ich die Botschaft vor.

»Wer singt, sündigt nicht. Zumindest nicht gleichzeitig.«

Lachend hob ich den Kopf. »Das hätte auch Pfarrer Bertelsbeck schreiben können.« Doch dann wurde ich wieder ernst. »Ich glaube, die Richtung des Chors ist eindeutig. Es geht euch nicht darum, die Besten zu sein. Ihr müsst nicht jeden Ton treffen. Ihr wollt singen, weil es Spaß macht, und ihr wollt es laut tun. Und zwar mit anderen, weil alleine singen doof ist. Doch nicht mit irgendwelchen anderen, sondern mit Freunden und Nachbarn.

Mit Herzbachern, wie ihr es seid. Habe ich etwas vergessen?« Die Anwesenden schüttelten den Kopf.

»Und was stellen wir jetzt mit der Erkenntnis an, dass schräg auch eine Richtung ist?«, erkundigte sich Barbara vergnügt.

Diesmal war es Marvin, der antwortete. »Jetzt sorgen wir dafür, dass wir genau das herüberbringen, wenn wir singen.«

Hermann wiegte den Kopf. »Dann sollten wir unsere Liederauswahl wohl doch noch einmal überdenken. Es gibt weiß Gott passendere Titel als *Shallow*. Und *Don't stop me now* klingt total bemüht. Als wollten wir sagen: Seht her, wie unglaublich fröhlich wir sind. Ihr glaubt uns nicht? Dann hört mal auf den Text.«

Henning nickte nachdenklich. »Du hast recht. Aber was wollen wir stattdessen singen?«

Die Herzbacher sahen einander ratlos an.

»Warum fangen wir nicht einfach mit *Cordula Grün* an und überlegen uns danach den Rest?«, meldete sich Lisa zu Wort. »Den Song müssen wir ohnehin einzustudieren.«

Eine Mischung aus Freude und Erleichterung überkam mich. Offenbar hatte Lisa beschlossen, dem Chor noch eine Chance zu geben. Die anderen stimmten zu. Als Irene fragte, was es mit dieser Cordula Grün denn nun auf sich habe, zückte Henning sein Handy. Zehn Sekunden später schallten die ersten Klänge durch den Raum. Irene beugte sich vor, um einen Blick auf das Musikvideo zu werfen, das auf dem Smartphone lief.

»Ach«, sagte sie, und dann sagte sie bis zum Ende des Liedes nichts mehr, doch ich registrierte genau, dass ihre winzigen Füße im Takt der Musik wippten.

Nach der Probe begleitete ich Sara nach Hause. Der Vollmond stand silbern am Himmel, eingebettet in ein Meer aus funkelnden Sternen. Zwischen uns herrschte ein Schweigen, das ich als unangenehm empfand. Die Probe war ein voller Erfolg gewesen, und trotzdem, oder auch gerade deswegen, verspürte ich ein schlechtes Gewissen. Hatte Sara das Gefühl, dass ich sie vorgeführt hatte? Ich warf ihr einen aufmerksamen Seitenblick zu. Wie auf Kommando blieb meine Freundin stehen.

»Hätten sie bei dir nicht auch anarchistisch sein können?«, machte sie ihrem Unmut Luft. »Nur ein kleines bisschen? Dann würde ich mir jetzt nicht so doof vorkommen.« Die Andeutung eines Lächelns erschien um ihren Mund, das ihren Worten die Spitze nahm. »Am besten, du nimmst mich gar nicht ernst«, stöhnte sie, hakte sich bei mir unter und setzte sich wieder in Bewegung. »Ich bin nur neidisch. Als du mit dem Grimassenschneiden angefangen hast, habe ich gedacht, jetzt ist alles aus, jetzt kippt die Stimmung. Aber Pustekuchen … selbst Johanna hat mitgemacht. Ich dachte erst, ich träume, doch dann habe ich mich in den Arm gekniffen und festgestellt, dass es real ist.«

Sara gab ein glucksendes Geräusch von sich. Eine Sekunde lang hatte ich die schreckliche Befürchtung, sie könne weinen, doch dann wurde mir klar, dass sie lachte. Erleichtert stimmte ich mit ein. Vor meinem inneren Auge erschien die Szene, wie Johanna Stella angesehen und einen Fischmund gemacht hatte, und ich musste gleich noch lauter lachen.

»Deine Idee mit den Zetteln war auch genial«, räumte Sara ein, nachdem wir wieder zu Atem gekommen waren. »Ich wäre nie darauf gekommen, dem Chor eine Vision zu geben, die nichts mit unserem zukünftigen Veranstaltungszentrum zu tun hat. Aber dir ist es gelungen, ein Wir-Gefühl zu erzeugen. Mit einem Bleistift und einem Stück Papier.« Sie sah mich bewundernd an, und ich merkte, wie Verlegenheit in mir aufstieg.

»Der Einfall stammt nicht von mir«, gab ich zu. »Als ich fünfzehn war, habe ich ein Konzert mit den Berliner Philharmonikern und einem Jugendchor gegeben. Es war ein Projekt des damaligen Dirigenten der Philharmoniker. Die Jungen und Mädchen kamen aus schwierigen Verhältnissen und hatten noch nie Klassik gesungen. Entsprechend haarig verliefen die ersten Proben, doch am Ende spendete das Publikum begeistert Beifall. Die Übung mit den Zetteln kommt aus dieser Zeit.«

Sara schwieg eine Weile. »Hast du es eigentlich jemals bereut, deine Karriere beendet zu haben?«, fragte sie plötzlich.

In meinem Kopf erschien ein Bild, und meine Brust wurde eng. Es war der Tag vor meinem siebzehnten Geburtstag, und ich lief durch enge, hell erleuchtete Flure. In einer Hand hielt ich meine Geige, mit der anderen wischte ich mir die Tränen ab, die unaufhaltsam über mein Gesicht rannen. Ich blinzelte ein paarmal, und das Bild begann an den Rändern zu verwischen, bevor es sich ganz auflöste.

»Nein«, entgegnete ich leise. Sara schien noch etwas fragen zu wollen, unterließ es dann aber, wofür ich ihr dankbar war.

Inzwischen hatten wir das Fachwerkhaus mit den grünen Fensterläden erreicht, in dem Sara wohnte. »Möchtest du noch auf einen Tee mit hereinkommen?«, erkundigte sie sich.

»Ein anderes Mal gerne«, lehnte ich dankend ab. »Es ist schon spät, und ich muss früh raus morgen.«

Sara nickte und unterdrückte ein Gähnen. »Ich auch. Dann komm mal gut nach Hause.«

Ich war noch keine fünf Meter weit gegangen, als Saras Stimme mich zurückrief.

»Sophie, warte.« Auf Socken eilte sie zu mir. »Wir haben noch gar nicht drüber gesprochen, aber könntest du vielleicht auch noch die nächsten ein, zwei Proben übernehmen?«

Überrascht sah ich sie an. »Möchtest du das wirklich?«

Sara nickte. »Ja. Ich habe Angst, dass ich alles wieder kaputt mache, wenn ich das Ruder zu früh an mich reiße. Bitte, Sophie. Ich verspreche dir auch, dich nicht dafür zu hassen, dass sie bei dir zahm wie Mäuschen sind.« Sie grinste, wobei sich zwei niedliche Grübchen in ihren Wangen bildeten. »Zumindest werde ich es dir nicht offen zeigen.«

Ich lachte. »Wenn du so charmant fragst ... wie könnte ich da Nein sagen.«

»Danke, danke, danke.« Sara fiel mir um den Hals und drückte mir einen Kuss auf die Wange, bevor sie auf dem Absatz kehrtmachte und zurück ins Haus lief. An der Tür winkte sie mir noch einmal zu. Ich winkte zurück und trat den Heimweg an.

Kopfschüttelnd versuchte ich, mir über den Aufruhr in meinem Inneren klar zu werden. Ich freute mich darauf, die nächste Probe zu gestalten, so viel stand fest. In der Sekunde, in der Sara mich darum gebeten hatte, waren lauter Ideen in meinen Kopf geströmt. Aber warum war das so?, fragte ich mich. Vor über zwölf Jahren hatte ich die Entscheidung getroffen, die Musik hinter mir zu lassen. Ich hatte Abitur gemacht, BWL studiert und ein Volontariat bei der *Berliner Zeitung* absolviert. Inzwischen lebte ich wieder in Herzbach und fühlte mich pudelwohl in meinem Haus mit dem fantastischen Garten und dem Blick auf die Stever. Mein Job beim *Münsterlandspiegel* machte mir Spaß, ich hatte nette Kollegen, mit denen ich zum Teil auch privat befreundet war. Sonntags ging ich mit meinem Bruder Jascha joggen, und meine Freundschaft mit Sara hatte mein Leben noch zusätzlich bereichert. Mir fehlte es an nichts. Zumindest hatte ich das immer geglaubt. Doch nun war mein Gleichgewicht irgendwie durcheinandergeraten, und ich war mir nicht sicher, woran das lag. Plötzlich hörte ich in mir die Stimme meiner Mutter: »Du bist Musik, Sophie, egal, wie sehr du dich dagegen wehrst.«

Unvermittelt begann ich zu frösteln. Ich zog meine Jeansjacke über, die ich bisher in der Hand gehalten hatte, und beschleunigte meine Schritte.

18

Sophie Ich schickte die WhatsApp ab, legte mein Smartphone zurück auf den Tisch und rieb mir zufrieden die Hände. Zwei Tage waren seit der letzten Probe vergangen. Heute war Mittwoch, und ich verbrachte meine Mittagspause auf der Dachterrasse des Cafés, das nur wenige Gehminuten von der Redaktion des *Münsterlandspiegel* entfernt lag. Meine Kollegin Anne, die bei uns die Rubrik *Schönes Leben* betreute, sah mich über ihren Cappuccino hinweg neugierig an.

»Du siehst aus wie die sprichwörtliche Katze, die von der Sahne genascht hat.«

»Ich habe unserem Chor geschrieben, dass die Probe heute Abend woanders stattfindet«, meinte ich und schmunzelte in mich hinein.

Dank der Hilfe von Marvin, Henning und Sara war es mir gestern gelungen, die Handynummern aller Chormitglieder herauszufinden. Zu meiner Freude besaßen nicht nur alle ein Smartphone, sie nutzten auch WhatsApp, selbst die älteren Semester, sodass ich eine Gruppe einrichten konnte, die ich *Schräg ist auch eine Richtung* genannt hatte.

Ich nahm einen Schluck von meiner Rhabarbersaftschorle, die in dickwandigen Gläsern mit Eiswürfeln und Minze serviert wurde. »Nicht aus dem Strohhalm trinken«, befahl Anne streng.

»Der ist nicht aus Plastik«, verteidigte ich mich. »Das Material ist total umweltfreundlich. Siehst du, es löst sich sogar schon auf.«

Wie zum Beweis hielt ich ihr den durchweichten Strohhalm hin, wobei ein paar Tropfen Schorle auf den Tisch fielen.

»Schnucki«, meinte Anne und schüttelte lachend den Kopf. »Doch nicht wegen der Umwelt.«

»Warum dann?«, fragte ich ratlos.

»Na wegen der Falten um den Mund.«

Ich lachte. »Darüber muss ich mir mit neunundzwanzig zum Glück noch keine Gedanken machen.«

»Natürlich musst du das«, widersprach Anne, deren Haut mit Mitte dreißig glatt und rosig wie die eines Pfirsichs war. »Wehret den Anfängen, sag ich dazu nur.«

Statt einer Antwort legte ich den Strohhalm beiseite und nahm den nächsten Schluck direkt aus dem Glas.

»Brav«, lobte meine Kollegin. Ihre blauen Augen funkelten amüsiert. »Aber jetzt erzähl mal von deinem Chor. Ich bin so neugierig! Was hast du dir für die Probe heute Abend überlegt?«

Reflexartig blickte ich über meine Schulter, um sicherzugehen, dass uns niemand belauschte. Dann berichtete ich Anne, was ich vorhatte. Nachdem ich geendet hatte, lehnte sich meine Kollegin in ihren Sitz zurück.

»Spannend«, entschied sie und lächelte.

»Das finde ich auch«, erwiderte ich. »Drück mir die Daumen, dass alles so klappt, wie ich es mir vorstelle.«

»Willst du für unseren Sieg beten?«, erkundigte sich Hermann belustigt, nachdem sich der Chor um 19:30 Uhr vollständig vor der Herzbacher Kirche eingefunden hatte.

»Das haben wir doch gar nicht nötig«, grinste Marvin. »Wir gewinnen auch so.«

»Dein Wort in Gottes Ohr«, brummte Siggi.

»Jetzt mal ein bisschen weniger reden und dafür ein bisschen mehr gehen«, drängte ich die Anwesenden zur Eile. Ich stemmte die schwere Tür auf, die niemals abgeschlossen war, nicht einmal nachts, und bedeutete den Chormitgliedern einzutreten.

Marion Schulze-Zumkley kicherte vergnügt. »Sag bloß, der Pfarrer weiß nicht, dass wir hier sind. Wie aufregend.«

Johanna legte ihrer Schwester eine Hand auf den Rücken. »Du hast Sophie gehört: Weniger reden, mehr gehen.« Sie wandte sich mir zu. »Ein kluger Spruch«, befand sie, und ich fühlte mich, als sei ich soeben zum Ritter geschlagen worden.

Offenbar sah ich auch so aus, denn Marvin, der hinter Johanna lief, blickte mich vielsagend an. »Ein Lob aus Johannas Mund. Dass ich das noch erleben darf«, flüsterte er mir zu, wobei mir der Duft seines Aftershaves in die Nase stieg.

Nachdem alle Mitglieder hineingegangen waren, sah ich mich noch einmal nach links und rechts um, dann zog ich die Tür hinter mir zu und folgte ihnen ins Innere von St. Andreas. Die Kirche war mit ihren fünfzehn Holzbänken zu beiden Seiten sehr geräumig. Vor dem prächtigen Hauptaltar befand sich der Taufstein, an dem Generationen von Herzbachern in den Schoß der katholischen Kirche aufgenommen worden waren, und auf der Empore auf der gegenüberliegenden Seite die kunstvoll gearbeitete Orgel. Durch das bunte Glas der Bogenfenster fiel die Abendsonne herein. Staubpartikel tanzten im Licht, und in der Luft hing der schwache Geruch von verbranntem Weihrauch. Ob man nun an Gott glaubte oder nicht, die Atmosphäre hatte etwas Erhabenes, anders konnte man es nicht beschreiben.

Ich bat den Chor, sich vor dem Altar im Kreis aufzustellen. In meiner WhatsApp-Nachricht hatte ich den Herzbachern nur den Treffpunkt mitgeteilt, sonst nichts. Dementsprechend neugierig und erwartungsvoll waren die Blicke, die mich streiften.

»Schließt die Augen, und haltet sie geschlossen«, bat ich, ohne eine weitere Erklärung abzugeben.

Ich wartete, bis sie meiner Aufforderung nachgekommen waren, dann schloss ich ebenfalls die Augen. Eine angenehme Dunkelheit umfing mich.

»Wenn ich einatme, atmet ihr mit«, sagte ich leise. Ich holte tief Luft und hörte, wie die Chormitglieder es mir gleichtaten. Für ein paar Sekunden bildete unser gleichmäßiger Atem das einzige Geräusch. Dann begann ich zu singen. Ich hatte mich für das Lied *Heute hier, morgen dort* von Hannes Wader entschieden, nicht nur, weil ich den Text und die Melodie schön fand, sondern auch weil ich davon ausging, dass es alle Anwesenden kannten. Vielleicht sogar Stella, auch wenn sie nicht mitsang. Und ich sollte recht behalten: Nachdem ich die erste Zeile gesungen hatte, stimmte der Chor mit ein. Anfangs jeder in seinem eigenen Tempo und Rhythmus, doch es dauerte nur ein paar Herzschläge lang, und wir sangen zusammen. Unsere Stimmen verschmolzen zu einer, die zur Decke emporstieg und zwischen den mächtigen Wänden der Kirche widerhallte. Mit schlafwandlerischer Sicherheit nahmen sich die, die sonst zu laut waren, zurück, während die anderen mehr Volumen in ihre Stimmen legten. Auch wenn es immer noch nicht perfekt klang und der ein oder andere falsche Ton herausstach, fühlte ich Gänsehaut am ganzen Körper.

Nachdem wir zum Schluss gekommen waren, sagte niemand ein Wort. Wir öffneten die Augen und lächelten einander an. Ein Blick in die Gesichter der Chormitglieder bestätigte mir, dass der Sinn der Übung angekommen war. Zusammen singen hieß aufeinander hören, und nichts anderes hatten wir heute getan.

19

Sara Ich schaffte es gerade noch von der Kirche bis nach Hause, bevor ich anfing zu weinen. Mit dem Rücken gegen die Tür gelehnt glitt ich im Flur zu Boden. Ich umfasste meine Knie und schaukelte wie ein Kind vor und zurück, während sich meine Brust vor Schmerz verkrampfte. Wann hört das endlich auf?, dachte ich. Die heutige Probe war so besonders gewesen, so einzigartig. Dort, in der Kirche, waren wir zu einem Chor geworden, zu einer Einheit. Während ich die Augen geschlossen hielt und sang, ohne zu wissen, wo meine Stimme aufhörte und die der anderen begann, hatte ich Glück empfunden. Eine überschäumende, irrationale Freude, die meinen Körper bis in den letzten Winkel erfüllt hatte. Doch als ich die Augen öffnete, musste ich an Noah denken. Ich wollte ihn sehen, in seinen Armen liegen, fühlen, wie seine Hand sanft über mein Haar streichelte, seine warmen Lippen auf meinen spüren, den Duft seiner Haut einatmen. Ich wollte ihm erzählen, was ich erlebt hatte, und den Moment mit ihm teilen. Aber das ging nicht, denn Noah war daheim bei seiner Frau. Der Gedanke drang in meinen Verstand und zermalmte jede

Freude in mir zu Staub. Ich verabschiedete mich nicht von den anderen, ich schlich einfach davon.

Jetzt, im Dunkel meines Hauses, hoffte ich, dass niemand meine überstürzte Flucht mitbekommen hatte. Ich wollte nicht, dass sich ein Schatten über das gemeinsame Erlebnis in der Kirche legte. Mit den Handballen wischte ich mir die Tränen aus den Augen. Dann stand ich auf und ging mit müden Schritten die Treppe hinauf ins Badezimmer. Ich hatte Noah so sehr geliebt und tat es immer noch, dass mein Herz das Ende unserer Beziehung einfach nicht akzeptieren wollte. Am meisten trug ich ihm nach, dass er bis zuletzt behauptet hatte, mich zu lieben. Denn ich verstand nicht, wieso er dann nicht mit mir zusammen war. Es waren nicht die Umstände, die uns trennten. Es war auch nicht irgendeine geheimnisvolle dritte Macht, die unser Zusammensein verhinderte. Es gab nur einen Menschen, der dafür verantwortlich war, dass wir unsere Tage und Nächte getrennt voneinander verbrachten, und das war … Noah.

Ich will, dass es aufhört, dachte ich erneut, als ich unter meine Decke schlüpfte und mein Gesicht in das Kopfkissen presste. Noah schaffte es, dass ich mich in einem Raum voller Leute wie der einsamste Mensch auf der Welt fühlte, und hier, allein in meinem Bett, kam es mir so vor, als wäre ich zudem der einzige auf diesem Planeten.

Als ich am nächsten Morgen erwachte, fühlte ich mich immer noch traurig und verloren. Um auf andere Gedanken zu kommen, beschloss ich, den Tag mit einer kurzen Yogaeinheit zu beginnen. In den letzten zwei Wochen hatte mich der Chor zeitlich und mental so in Beschlag genommen, dass ich kaum Gelegenheiten dafür gefunden hatte. Schon seltsam, dachte ich, als ich auf die Terrasse trat und die kühle Morgenluft tief in meine Lungen atmete. Da gründe ich einen Chor, weil ich mehr Yoga in meinem Leben möchte, und habe stattdessen weniger. Aber es sind ja nur noch wenige Wochen bis zum Wettbewerb, tröstete ich mich. Und jetzt, da Sophie die Proben leitete, waren sie auch nicht mehr so kräftezehrend für mich. Im Gegenteil, die Proben machten mir sogar Spaß.

Ich stellte mich gerade hin, streckte die Arme zum Himmel und begann mit dem ersten Sonnengruß. Als ich zwanzig Minuten später unter der Dusche stand, hatte sich meine Stimmung deutlich aufgehellt, und ich fühlte mich zuversichtlich und erfrischt. Zurück in meinem Schlafzimmer fand ich eine Sprachnachricht von Sophie auf meinem Handy vor. Während ich vor meinem Kleiderschrank stand und überlegte, was ich anziehen sollte, hörte ich die Nachricht ab.

»Hallo Sara, du warst gestern so plötzlich weg, wir hatten gar keine Gelegenheit mehr zu reden. Geht es dir gut? Meld dich doch mal, wenn es bei dir passt. Liebe Grüße!«

So viel dazu, dass niemand meinen Abgang bemerkt hatte, dachte ich reumütig und nahm mir vor, Sophie in meiner Mittagspause anzurufen.

Auch wenn mich die Sehnsucht nach Noah so wie gestern immer noch regelmäßig übermannte und außer Gefecht setzte, wurden die Phasen, die ich danach zur Regenerierung brauchte, kürzer. Das wertete ich als positive Entwicklung.

Als ich die Haustür hinter mir abschloss, hörte ich auf

einmal, wie jemand meinen Namen rief. Suchend blickte ich mich um und entdeckte zu meiner Überraschung Alexander Hoven, der vor meinem Gartentor stand. Er trug einen maßgeschneiderten, perfekt sitzenden schwarzen Anzug und dazu ein blütenweißes Hemd. Auf die Krawatte hatte er verzichtet, was seinem Äußeren einen entspannten Anstrich verlieh.

»Hallo, Sara«, sagte er und lächelte mich an.

»Hallo«, erwiderte ich perplex. Es war halb acht an einem Donnerstagmorgen. Was, um alles in der Welt, machte Alexander Hoven um diese Uhrzeit hier? Und dann auch noch vor meinem Haus? Unschlüssig, was ich tun sollte, sah ich zu ihm hinüber.

»Du arbeitest doch in Münster, oder?«, fragte er.

Ich runzelte die Stirn. Woher wusste er das denn? »Ja«, antwortete ich vorsichtig.

Alexanders Lächeln vertiefte sich. »Du bist meine Rettung. Kannst du mich vielleicht mitnehmen?«

Eine halbe Minute später liefen wir Seite an Seite in Richtung des großen Parkplatzes am Ortseingang, auf dem mein Wagen stand. Auf dem Weg erklärte Alexander mir, dass er mit einem Geschäftsfreund zum Frühstück verabredet sei.

»Ich bin gestern schon aus London gekommen und habe bei Jascha übernachtet. Eigentlich wollte ich in der Früh mit dem Zug nach Münster fahren, doch dann ist es gestern Abend reichlich spät geworden … na ja. Jedenfalls hat mir Jascha geraten, es bei dir zu probieren. Er meinte, wenn ich pünktlich vor deiner Tür stünde, hätte ich gute Chancen, dich zu erwischen.«

Ich sparte mir die Frage, woher Jascha seine Informationen bezog. In Herzbach waren die Dinge eben so, wie sie waren. Genauso wenig erkundigte ich mich, warum Alexander sich nicht einfach ein Taxi bestellte. Vielleicht war er deshalb so reich, weil er keinen Euro für Dinge ausgab, die er auch umsonst haben konnte?

»Du hast ein hübsches Lächeln«, meinte Alexander unvermittelt.

Ich hatte gar nicht bemerkt, dass ich gelächelt hatte, und spürte, wie ich nun rot wurde.

»Danke«, murmelte ich verlegen.

Als wir meinen Wagen erreicht hatten, machte er eine auffordernde Geste mit der Hand.

»Komm, gib mir den Schlüssel. Ich fahre.«

Hatte er sie noch alle? Ungläubig schaute ich ihn an.

»Warst du früher auch schon so ein Macho?«, entfuhr es mir.

Er lachte leise. »Die einen sagen so, die anderen so.«

Ich schüttelte den Kopf, konnte aber nicht verhindern, dass sich meine Mundwinkel nach oben bogen.

Alexander, der dies als Kapitulation zu deuten schien, hielt mir erneut seine Hand hin. Unbeeindruckt ließ ich ihn stehen, öffnete die Fahrertür und setzte mich hinters Steuer.

»Was ist mit dir?«, wandte ich mich ihm zu. »Oder möchtest du lieber laufen?«

Eine Sekunde lang stand er einfach nur da und schaute mich an. Dann grinste er, wobei er seine geraden weißen Zähne zeigte, und ging um das Auto herum.

»Komisch«, meinte er, während er auf dem Beifahrersitz Platz nahm und den Anschnallgurt umlegte. »Das funktioniert sonst immer.«

Ich sparte mir eine Antwort und startete den Motor. Wir rollten vom Parkplatz und bogen auf die Landstraße ein, die zur Autobahn nach Münster führte. Über den Feldern lag silberner Nebel.

»Kannst du mir bitte das Brillenetui aus dem Handschuhfach reichen?«, bat ich ihn.

Ich war ein wenig weitsichtig, und wenn die Sicht schlecht war, so wie heute, fühlte ich mich beim Autofahren mit Brille sicherer. Er öffnete die Klappe und reichte es mir. Dabei stieg mir sein Duft in die Nase. Alexander roch gut. Nach einem dezenten, männlichen Parfum. Er riecht erwachsen, schoss es mir durch den Kopf. Was für ein merkwürdiger Gedanke. Dennoch war es so. Alexander hatte mit seinen vierzig Jahren nichts Jungenhaftes an sich. Er war groß, mit breiten Schultern, sein schwarzes Haar war gut geschnitten, der Blick aus seinen grauen Augen fest und klar. Dazu verfügte er über eine schier unfassbare Präsenz. Das hatte ich schon letzten Monat auf dem Sommerfest des Seniorenstifts festgestellt, wo er als Eigentümer die Eröffnungsrede gehalten hatte. Alexander zog die Blicke der Menschen auf sich, einfach, indem er da war.

»Schau mich mal an«, riss er mich aus meinen Gedanken.

Ich drehte kurz das Gesicht in seine Richtung, bevor ich mich wieder auf die Fahrbahn konzentrierte.

»Die Brille steht dir«, lautete sein Urteil. »Du siehst damit richtig schlau aus.«

»Sonst etwa nicht?«, witzelte ich.

»Das wollte ich damit nicht sagen.« Ich hörte das Lächeln in seiner Stimme. Er sah aus dem Fenster. »Jascha hat mir gestern Abend erzählt, dass du extra für meinen Wettbewerb einen Chor gegründet hast. Und? Wie läuft es so bei den Proben?«

In mir blitzte die Erinnerung auf, wie wir gestern Abend in der Kirche zusammen gesungen hatten, und auf meinen Armen bildete sich eine wohlige Gänsehaut.

»Dank Sophie richtig gut. In nur zwei Proben hat sie es geschafft, aus uns eine Gemeinschaft zu formen.« Aus den Augenwinkeln bemerkte ich, wie Alexanders dichte Brauen in die Höhe schossen.

»Sophie?«, fragte er überrascht.

Ich nickte. »Nachdem ihr Artikel über *Hast du Töne?* bei den Lesern so gut angekommen ist, schreibt sie als Nächstes einen über unseren Chor. Dafür begleitet sie uns bis zum Wettbewerb. Dabei hat sie schnell gemerkt, dass wir professionelle Unterstützung gebrauchen können, und kurzerhand das Heft in die Hand genommen.«

Alexander schwieg eine Weile. Schließlich sagte er: »Ich freue mich für euch. Und für Sophie.«

Ich wollte nachhaken, was er damit meinte, als sein Smartphone zu klingeln begann.

»Entschuldige«, meinte er und nahm das Gespräch entgegen. Er wechselte ein paar Worte mit der Person am anderen Ende, wobei es offensichtlich um die Bestätigung einer Immobilienbesichtigung ging, die nächste Woche in London stattfinden sollte, dann beendete er das Gespräch und wandte mir wieder seine Aufmerksamkeit zu.

»Was macht eigentlich dein Mann?«, wechselte er das Thema.

Ich machte große Augen. »Mein Mann?« Die Frage schien mir reichlich intim. Auch wenn wir in derselben Straße aufgewachsen waren und ich damals rettungslos in ihn verliebt gewesen war, kannten wir einander schließlich kaum.

Alexander zuckte die Schultern. »Du hast auf dem Sommerfest erwähnt, dass du verheiratet bist.«

Ich streckte den Rücken durch. »Nicht mehr. Wir sind frisch geschieden. Allerdings habe ich seinen Namen behalten.«

Ich spürte, wie Alexander mich von der Seite ansah. Mich beschlich der Verdacht, dass er längst von meiner Trennung wusste. Aber warum hatte er mich dann nach Tim gefragt? Wollte er sehen, wie ich reagierte?

»Und bist du mit jemandem zusammen?«, erkundigte er sich freundlich.

Ich sog scharf die Luft ein. Das ging mir nun doch ein bisschen zu weit. »Was wird das? Ein Verhör? Warum willst du das alles wissen?«, fragte ich gereizt.

Ich erwartete, dass er mir etwas von höflicher Konversation erzählen würde, stattdessen war seine Miene entwaffnend ehrlich, als er erwiderte: »Ich möchte herausfinden, ob ich dich zum Abendessen einladen darf.«

Ich brauchte ein paar Sekunden, um seine Worte zu verdauen. Im ersten Moment fühlte ich mich geschmeichelt, dass ein Mann wie Alexander Hoven so offen sein Interesse an mir zeigte. Doch dann wurde ich misstrauisch. Das Jahr mit Noah hatte mich verändert. Es hatte mich härter gemacht. Und auch vorsichtiger.

»Hör mal«, setzte ich an.

»Oha«, unterbrach mich Alexander. »Das klingt nach einer Abfuhr.« Er hob die Hand. »Bevor du weitersprichst, warte bitte kurz.« Er machte sich an seinem Smartphone zu schaffen. »Wo ist es denn ... ah, da.«

Die Anfangsmelodie von Alec Benjamins *Let Me Down Slowly* erklang. In dem Lied ging es um einen Mann, der

208

verlassen wurde und seine Geliebte bat, es langsam zu tun und ihn behutsam fallen zu lassen.

Ich musste lächeln. »Ich wusste gar nicht, dass du so sensibel bist.«

Alexander lächelte ebenfalls. »Das wissen die wenigsten.« Er wurde wieder ernst. »Wir müssen nicht essen gehen, Sara. Wir können auch etwas anderes unternehmen, spazieren gehen zum Beispiel. Es ist nur so: Ich würde gerne Zeit mit dir verbringen. Dich näher kennenlernen.«

Mein Mund wurde mit einem Mal trocken. »Warum?«

Alexander fuhr sich mit der Hand durchs Haar. »Ehrlich? Ich weiß es nicht. Ich weiß nur, dass ich, seit ich dich auf dem Sommerfest wiedergesehen habe, häufig an dich denken muss.«

Sein Bekenntnis brachte mich so aus dem Konzept, dass ich eine Sekunde lang vergaß, mich auf die Fahrbahn zu konzentrieren. Der Wagen vor mir bremste unvermittelt ab, und es wäre beinahe zu einem Unfall gekommen. Im letzten Moment trat ich gewaltsam auf die Bremse und reduzierte die Geschwindigkeit.

»Und ich habe noch gesagt: Lass mich fahren«, murmelte Alexander. Als er merkte, dass ich halb unter Schock stand, entschuldigte er sich. »Tut mir leid, das war blöd.«

Ich atmete ein paarmal tief durch, bis sich mein Puls allmählich beruhigte.

»Ich will auch ehrlich zu dir sein«, hörte ich mich plötzlich sagen. »Es gab da jemanden. Ich dachte, das zwischen uns sei die große Liebe. Bei mir war es so. Bei ihm leider nicht, wie sich herausstellte. Wie auch immer … die Sache ist vorbei. Doch ich bin nicht frei im Herzen. Ich habe immer noch Gefühle für Noah, und ich befürchte, wenn er morgen vor meiner Tür stünde und mich bäte, mein Leben mit ihm zu verbringen, dann würde ich keine Sekunde zögern.«

Ich wusste selbst nicht, warum ich so offen mit Alexander redete. Warum ich ihm, einem beinahe Fremden, mein Innerstes offenbarte. Vielleicht war es seine direkte Art, die mich dazu brachte, vielleicht der Beinaheunfall, der mich gründlich durchgeschüttelt hatte, oder eine Kombination aus beidem. Jedenfalls fühlte es sich gut an, ihm die Wahrheit zu sagen. Denn aus irgendeinem Grund war ich mir sicher, dass sie bei ihm gut aufgehoben war.

»Nicht frei im Herzen …«, wiederholte Alexander nachdenklich. Er schwieg eine Weile. »Bei mir ist es andersherum«, bekannte er schließlich. »Ich bin vollkommen frei, vielleicht zu frei. Ich hatte in meinem Leben schon viele Beziehungen, die letzte ist gerade erst vorbei, doch mein Herz war nie involviert. Und jedes Mal denke ich: Bei der nächsten muss es anders sein.« Er atmete tief durch die Nase ein und ließ die Luft durch den Mund wieder entweichen. »Doch das ist es nie. Sobald ich mit einer Frau zusammen bin, merke ich, dass mir etwas fehlt. Und wenn es dann aus ist, denke ich nicht mehr an sie. Selbst wenn ich mich bemühe – ich kann es einfach nicht.« Er wirkte verdrossen, so als würde er mit dieser Erkenntnis schon länger hadern.

Ich warf ihm einen mitfühlenden Seitenblick zu. »Ein Mittelding aus uns beiden wäre wohl nicht schlecht.«

Plötzlich musste ich an etwas denken. »Als ich zwölf oder dreizehn war, gab es diese Märchenserie im Fernsehen: *Prinzessin Fantaghirò.* Die habe ich geliebt. Ich habe keine Folge verpasst. In meiner Lieblingsszene trifft der Prinz des verfeindeten Nachbarlandes im Wald auf die wunderschöne Fantaghirò. Sie versteckt sich vor ihm. Dennoch: Für einen kurzen Moment blickt er in ihre Augen und verliebt sich in sie. Allerdings hält er sie für eine Nymphe. Das hat ihm die weiße Hexe erzählt. Sie rät ihm, in einem Menschen nach diesen Augen zu suchen. Denn wenn er sie in einem Menschen fände ...«

»... dann fände er die Liebe«, vervollständigte Alexander meinen Satz.

Vor Verblüffung blieb mir der Mund offen stehen. »*Du* kennst *Prinzessin Fantaghirò?*«, fragte ich ihn halb amüsiert, halb fassungslos.

»Na, hör mal«, entgegnete er. »Ich habe eine kleine Schwester. Da musste ich mich doch vergewissern, dass sie keinen Schund sah, wenn unsere Eltern abends ausgingen und ich auf sie aufpassen sollte.«

Wir grinsten einander an, und ich stellte fest, dass ich Alexander Hoven wirklich mochte.

»Ich fand die Vorstellung so romantisch«, gestand ich ihm. »Sich in die Augen einer Nymphe zu verlieben und danach in dieser Welt nach ihrem Blick zu suchen. Vielleicht ist es bei mir auch so, und ich muss Noahs Augen in jemand anderem finden«, scherzte ich.

»Was hat er denn für eine Augenfarbe?«, wollte Alexander wissen.

Inzwischen hatten wir den Stadthafen von Münster erreicht, und ich hielt vor dem Café, dessen Adresse er mir genannt hatte. Ich sah in seine Augen, die von einem stürmischen Grau waren, und schluckte.

»Grau«, flüsterte ich.

Mit einem Schlag veränderte sich die Atmosphäre im Wagen, und ich fühlte, wie ich Herzklopfen bekam.

»Hmm«, sagte Alexander und schaute mich weiter an.

Hinter uns hupte ein Wagen, sodass ich erschrocken zusammenfuhr.

»Ich muss los, ich darf hier nicht stehen bleiben«, bemerkte ich verlegen.

Alexander nickte. Er beugte sich zu mir und gab mir zum Abschied einen Kuss auf die Wange. Und ehe ich wusste, was ich tat, umfasste ich sein Gesicht mit beiden Händen und legte meine Lippen auf seine. Einen Herzschlag lang passierte nichts. Dann begann er meinen Kuss zu erwidern. Meine Gedanken standen still, und ich gab mich ganz seiner Berührung hin. Seine Lippen waren warm und fest, und als seine Zunge sanft in meinen Mund eindrang, stöhnte ich leise auf. Ich reagierte auf diesen Mann in einer Weise, die ich so kurz nach der Beziehung mit Noah niemals für möglich gehalten hätte. Mir wurde schwindlig, und glühende Hitze schoss durch meinen Körper. Alexanders Finger verfingen sich in meinen Haaren, als er mich näher zu sich heranzog. In diesem Moment gab der Wagen hinter uns Gas und setzte mit aufheulendem Motor an uns vorbei. Das Geräusch brachte mich wieder zur Besinnung. Ich löste mich von Alexander und ließ mich schwer atmend in meinen Sitz fallen.

»Das war … interessant«, sagte ich nach einer kurzen Weile.

Alexander lächelte. »Das kann man wohl sagen.«

Mein Herz raste. Zwischen meinen Beinen fühlte ich ein lustvolles Ziehen, das es mir unmöglich machte, ihn anzuschauen.

»Wäre es möglich, dass wir die Sache einfach vergessen?«, murmelte ich, den Blick auf meine Knie gerichtet.

Alexander gab ein leises Lachen von sich. »Ganz sicher nicht.«

Seine Worte jagten mir einen weiteren Stromstoß durch den Körper.

Er holte eine Visitenkarte und einen Stift aus seinem Jackett, schrieb etwas auf die Rückseite und reichte mir die Karte. »Abendessen oder Spaziergang. Such dir etwas aus.« Dann öffnete er die Beifahrertür und stieg aus.

Wie paralysiert sah ich ihm hinterher, als er mit langen Schritten davonging. Ein stattlicher Mann, der in die Welt schritt, als gehörte sie ihm. Meine Kehle wurde eng, als ich mich fragte, ob ich im Begriff war, den nächsten großen Fehler meines Lebens zu begehen.

Zwanzig Minuten später erreichte ich den Büroturm, in dem ich arbeitete. Ich suchte mir auf meiner Etage einen freien Schreibtisch, schloss meinen Laptop an und begann meine E-Mails zu lesen. Dabei wanderte mein Blick immer wieder zum Fenster. Meine Wangen glühten, und ich war vollkommen durcheinander. Was war nur in mich gefahren? Warum hatte ich Alexander geküsst? Es war absurd – Noah war verheiratet, unsere Affäre beendet, und trotzdem fühlte ich mich, als hätte ich ihn hintergangen. Ich atmete tief durch. In diesem Moment gingen zwei Kolleginnen an meinem Schreibtisch vorbei.

»Ich habe heute Nachmittag einen Termin bei Noah Marten«, sagte die eine und strich sich über ihr langes blondes Haar. »Er möchte meine Meinung zu dem Frankreich-Deal wissen. Dabei könnte er genauso gut meinen Chef fragen, aber er will ausdrücklich mit mir sprechen.«

Der Stolz in ihrer Stimme war nicht zu verkennen, und

mir wurde beinahe schlecht vor Eifersucht. Die andere Frau nickte eifrig.

»Er weiß, dass du den Fall bearbeitest und viel tiefer in der Materie bist. Erst gestern an der Kaffeebar hat er mich vor meiner Chefin gebeten, ihm die Details zu dieser Gesetzesänderung zu erläutern, die ...«

Nun waren die beiden außer Hörweite, und ein vertrauter Ärger spülte in mir hoch. Am Ende unserer Beziehung hatte ich Noah einmal vorgeworfen, dass er mit jedem im Unternehmen sprach, nur nicht mit mir. Während ich voller Ungeduld darauf wartete, dass er auf eine WhatsApp von mir reagierte, oder sie zumindest las, bekam ich ringsherum mit, wie meine Kollegen zu Terminen mit ihm unterwegs waren oder von ihm angerufen wurden. Ich dagegen war zu passivem Warten verdonnert. Schließlich konnte ich nicht einfach in seinem Büro vorbeischauen, um die Aufmerksamkeit einzufordern, nach der ich mich so dringend sehnte.

Ich biss mir auf die Innenseite der Wangen und rief mir erneut Alexanders Gesicht vor Augen. Seinen überraschten Ausdruck, als ich ihn geküsst hatte, gefolgt von seinen leidenschaftlichen Berührungen, die mich verwirrt und atemlos zurückgelassen hatten. Warum eigentlich nicht?, dachte ich dann. Ich war Single, ich konnte tun und lassen, was ich wollte. Und Alexander war ein aufregender, gut aussehender Mann, der sich für mich interessierte und dies offen zeigte. Ich holte seine Visitenkarte aus meiner Handtasche und betrachtete sie. Auf der Rückseite hatte Alexander seine private Handynummer notiert. Darunter hatte er *XXX* geschrieben. Mein Puls beschleunigte sich, als ich überlegte, was ich tun sollte. Schließlich gab ich mir einen Ruck, speicherte ihn als neuen Kontakt ab und schrieb ihm eine WhatsApp-Nachricht.

> Ich entscheide mich
> für den Spaziergang.

Ich wollte mein Smartphone gerade zur Seite legen, als unter Alexanders Namen das kleine Wort *online* auftauchte, gefolgt von *schreibt* ...

Aufgeregt fixierte ich das Display und wartete darauf, dass seine Nachricht erschien. Endlich war es so weit.

> Wie wäre es mit Samstag
> um fünfzehn Uhr? Ich hole dich ab.

> Einverstanden.
> Bis Samstag dann.

Ich überlegte, ob ich noch ein *Ich freue mich* hinzufügen sollte, ließ es dann aber. Bei Noah hatte ich nie etwas zurückgehalten, hatte ihm meine Gefühle auf einem Silbertablett serviert, und was hatte es mir gebracht? Am Ende hatte mich das Gefühl der Zurückweisung noch härter getroffen.

Ein *Ping* kündigte eine neue Nachricht an.

> Ich freue mich. Sehr sogar.
> Bis Samstag, Prinzessin Fantaghirò.

Ich las den Text ein zweites Mal und grinste wie ein Honigkuchenpferd. Jetzt war ich froh, dass ich mich bei Alexander gemeldet hatte, denn seine Aufmerksamkeit legte sich wie Balsam auf die Wunde, die Noah in meinem Herzen hinterlassen hatte.

In der Mittagspause ging ich nicht mit den anderen Kollegen in die Kantine, sondern nutzte die Gelegenheit, um mir draußen die Beine zu vertreten. Nach der glühenden Sommerhitze der letzten Wochen war der Himmel heute verhangen, und mit knapp zwanzig Grad war es deutlich kühler. Ich sah zu den grauen Wolken hoch und hoffte, dass sie endlich den Regen brachten, nach dem die Natur so stark verlangte. Das Gras in dem kleinen Park, der an unser Büro grenzte, war trotz der Sprinkleranlage, die seit dem Frühjahr ständig in Betrieb zu sein schien, gelblich verfärbt. Ich setzte mich auf eine Bank und rief Sophie an. Nachdem wir einander begrüßt hatten, kam sie sofort zum Punkt.

»War gestern alles in Ordnung mit dir? Du warst so plötzlich weg, da habe ich mir Sorgen gemacht.« Ich hörte die Anspannung in ihrer Stimme.

Voller Scham dachte ich an meine Reaktion auf Sophies erste Probe im *Kiepenkerl*. Statt ihr dankbar zu sein und mich zu freuen, dass sie die Herzen der Chormitglieder im Sturm erobert hatte, war ich gekränkt gewesen. Weil ihr leichtfiel, was für mich so unendlich schwer war. Bestimmt hatte sie Angst, dass es sich diesmal genauso verhielt und ich meine Frustration auf sie projizierte. Was bist du nur für eine Freundin, schalt ich mich selbst.

»Es lag nicht an der Probe«, versicherte ich ihr. »Sie war wundervoll. Es war das erste Mal, dass wir aufeinander gehört haben. Wir haben *miteinander* gesungen. Ich hatte Gänsehaut am ganzen Körper! Nur leider ist es in den schönsten Momenten immer so, dass ich mich dann schrecklich einsam fühle. Weil ich sie mit Noah teilen möchte und begreifen muss, dass er nicht da ist und nie da sein wird.« Ich schluckte geräuschvoll. »Und dann fühle ich plötzlich einen solchen Schmerz in mir, dass ich nur noch weg und alleine sein möchte.«

Ich verstummte. Seit Sophie und ich uns angefreundet hatten, hatte ich meine Trennung von Noah immer ein Stück weit heruntergespielt. Ich hatte nicht gewollt, dass sie mich als bedauernswerten Trauerkloß sah, der keinen Ausweg aus seinem Liebeskummer fand. Doch in dieser Sekunde begriff ich, dass meine Scham über die Affäre, mein Schmerz über Noahs Verlust, meine Wut über seine Passivität und meine tief verwurzelte Angst, für ihn doch nur ein Körper gewesen zu sein, ebenso Facetten meiner Persönlichkeit darstellten wie meine Begeisterungsfähigkeit, meine Energie, meine Unbekümmertheit und Lebensfreude.

»Das verstehe ich. Und ich bin dir dankbar, dass du es mir gesagt hast«, erwiderte Sophie, und es fühlte sich wie eine Absolution an.

Mein Mund verzog sich zu einem Lächeln, und ohne Sophies Gesicht zu sehen, wusste ich, dass sie ebenfalls lächelte. »Übrigens habe ich heute Morgen Alexander Hoven im Auto mit nach Münster genommen«, wechselte ich das Thema, um wieder Leichtigkeit in unsere Unterhaltung zu bringen.

»Wie das?«, erkundigte sich meine Freundin verblüfft.

Und so erzählte ich ihr, wie Alexander vor meiner Haustür gestanden und um eine Mitfahrgelegenheit gebeten hatte. Unser intimes Gespräch und den leidenschaftlichen Kuss ließ ich allerdings unerwähnt. Nicht, weil ich Sophie nicht vertraute, sondern weil ich mir plötzlich grinsend eingestehen musste, dass ich etwas flatterhaft daherkommen würde. Schließlich hatte ich gerade erst in aller Aufrichtigkeit mit ihr über meine Gefühle für Noah gesprochen. Außerdem war mir selbst nicht klar, wo die Sache mit Alexander hinführen sollte. Zunächst einmal gingen wir am Samstag spazieren, und dann würden wir weitersehen.

»Hast du ihm erzählt, dass ich euren Chor begleite?«, holte mich Sophie in die Realität zurück.

»Ja. Und er hat geantwortet, dass er sich für dich freut«, kam mir Alexanders rätselhafte Bemerkung wieder in den Sinn.

»Jetzt fängt der auch noch damit an«, stöhnte Sophie.

»Womit?«

»Als ich mit Jascha joggen war, hat er behauptet, ich könne ein bisschen Musik in meinem Leben vertragen«, schnaubte sie. »Ich wette, die beiden haben sich abgesprochen.«

Ich lachte. »Zumindest hat Alexander gestern Abend bei deinem Bruder übernachtet.«

»Da hast du es. Männer!« Im Hintergrund hörte ich, wie jemand nach Sophie rief.

»Du, ich muss jetzt Schluss machen«, meinte sie. »Wir sehen uns morgen Abend zur Probe. Ich habe mir was Tolles ausgedacht. Da wird der Chor Augen machen. Mach's gut, Sara. Küsschen.« Sie legte auf. Versonnen schaute ich auf das iPhone in meiner Hand, und plötzlich kam mir der Gedanke, dass die Männer vielleicht recht hatten. Vielleicht war es nicht nur Sophie, die unserem Chor half, vielleicht halfen wir ihr genauso. Und das war auch gut so. Denn wenn wir ehrlich waren, konnten wir alle ein bisschen Musik in unserem Leben vertragen.

Wieder musste ich an Alexanders sturmgraue Augen denken, und die Erinnerung sandte ein angenehmes Prickeln über meine Haut.

20

Sophie Es klingelte an der Haustür. Irritiert schaute ich von dem Roman auf, den ich gerade las, und sah zu der Uhr auf dem Kaminsims. Es war schon kurz nach einundzwanzig Uhr. Wer mochte das sein? Vielleicht Sara, die nach unserem Telefonat heute Mittag noch Fragen zur nächsten Probe hatte? Ich hievte mich vom Sofa hoch und lief barfuß in den Flur. Doch als ich die Tür öffnete, war dort niemand. Stattdessen entdeckte ich ein längliches Paket auf der Fußmatte. Ich blickte verwundert nach links und rechts, dann bückte ich mich, um die Inschrift auf dem Paket zu studieren. Jemand hatte in Druckbuchstaben *Für Sophie* daraufgeschrieben.

Ein Geschenk für mich? Die Angelegenheit wurde immer mysteriöser. Vorsichtig hob ich das Paket hoch und schüttelte es leicht. Es war nicht besonders schwer. Aus dem Inneren ertönte ein dumpfer Klang. Ich schloss die Haustür mit dem Fuß und ging zurück ins Wohnzimmer. Dort legte ich das Paket auf dem Sofatisch ab und betrachtete es von allen Seiten. Schließlich holte ich eine Schere aus der Küche und löste das braune Klebeband, das jemand großzügig um den Karton gewickelt hatte.

Als ich den Deckel abnahm und hineinlugte, fuhr ich erschrocken zurück. Mir wurde eiskalt. Mein Herz fing an zu rasen, und in meinen Ohren setzte ein Rauschen ein, das lauter und lauter wurde. Es war ein Gefühl, als würde mein Kopf unter Wasser gedrückt.

Nach einer Minute, die mir wie eine Ewigkeit vorkam, fand ich die Kraft, mich aufs Sofa sinken zu lassen. Ich schlug eine Hand vor den Mund und starrte wie hypnotisiert auf das Paket. Mir war übel, und mein Herz hämmerte schmerzhaft gegen meinen Brustkorb. Schließlich gelang es mir, mich auf meine Atmung zu konzentrieren. Ich holte durch die Nase Luft und ließ sie langsam durch den Mund wieder entweichen. So wurde ich allmählich ruhiger, und das Chaos in meinem Gehirn lichtete sich.

Es dauerte weitere zehn Minuten, bis ich mich so weit im Griff hatte, einen zweiten Blick in den Karton zu werfen. Diesmal zuckte ich nicht zurück, als ich den schwarzen Geigenkoffer sah, auf dem das goldene Löwenstein-Siegel prangte. Ich bring dich um, dachte ich wütend. Nur wen von beiden? Meinen Vater oder Jascha?

Ich nahm den Koffer heraus, um nachzusehen, ob darunter eine Karte lag. Irgendetwas, das mir Aufschluss darüber gab, wer sich hier so eigenmächtig über meine Entscheidung hinweggesetzt hatte. Doch der Karton war leer. Ob sich die Karte im Geigenkoffer befand? Ich rang mit mir, ob ich ihn öffnen sollte. Mir graute vor dem Anblick des Instruments, das sich unweigerlich darin befand, aber schließlich überwog das Verlangen, den Absender herauszufinden, damit ich ihm das Paket noch heute Abend vor die Füße schmettern konnte.

Mit zitternden Fingern löste ich das Scharnier und schlug den Deckel auf.

Die Violine war wunderschön. Ein wahres Meisterstück. Sie erinnerte mich an die Geige, die ich früher gespielt hatte. Bevor ich sie am Tag nach meinem siebzehnten Geburtstag aus dem Fenster meines Zimmers auf die Terrasse geworfen hatte, wo sie in tausend Teile zerbrochen war. Mein Mund fühlte sich staubtrocken an. Wie in Trance streckte ich die Hand aus, um das glatte Fichtenholz zu berühren. Ich wollte es nicht tun, doch ich konnte nicht anders. Behutsam, ja beinahe liebevoll strichen meine Finger über die Saiten. Ich zupfte daran und erschauderte unter dem Ansturm von Gefühlen, den ihr Klang in mir auslöste. In meinem Nacken bildeten sich Schweißperlen, ob vor Aufregung oder Angst, konnte ich nicht genau bestimmen.

Mit Mühe erinnerte ich mich daran, warum ich den Geigenkoffer geöffnet hatte. Ich nahm die Violine heraus, und tatsächlich – darunter kam eine weiße Karte zum Vorschein. Darauf standen nur drei Wörter: *Es ist Zeit.* Streng genommen waren es fünf. Denn ihre Namen hatten mein Vater und Jascha ebenfalls hinzugefügt.

Ich schluckte. Obwohl ich mich bemühte, wollte sich meine Wut von eben nicht wieder einstellen. Natürlich würde ich das Geschenk immer noch zurückbringen, doch das hatte auch Zeit bis morgen. Und vor die Füße schmettern kam auch nicht infrage, wie ich mir eingestand. Ich hatte einmal eine Geige von unermesslichem Wert zerstört, ein zweites Mal brachte ich das nicht übers Herz.

Mein Blick glitt über das Instrument. Konnte ich es wagen, die Violine einmal anzusetzen? Nur um festzustellen, wie sie an meiner Schulter lag und sich an meinen Hals schmiegte?

Eine Sekunde später hatte ich die Antwort. Die Geige fühlte sich an, als wäre sie für mich gebaut worden. Das ist sie vermutlich auch, schoss es mir durch den Kopf. Die innere Stimme klang nicht hämisch, sie stellte lediglich eine Tatsache fest. Ich schluckte erneut. Ohne es zu wollen, bückte ich mich nach dem Koffer, um den Bogen herauszuholen, und richtete mich wieder auf. Die Zeit schien stillzustehen. Jeder Zentimeter meiner Haut vibrierte. Mit plötzlicher Klarheit wurde mir bewusst, dass dies ein bedeutsamer Moment in meinem Leben war. Ich hatte die Wahl: Ich konnte jetzt auf der Stelle Instrument und Bogen in den Koffer legen, den Deckel schließen und ihn morgen zurückgeben. Oder ich konnte spielen.

Als ich mit dem Bogen über die Saiten der Geige strich und die ersten Töne zur Decke emporstiegen, erkannte ich, dass ich mich geirrt hatte. Ich hatte nie eine Wahl gehabt.

～

Am nächsten Morgen fühlte ich mich wie verkatert. Nachdem ich angefangen hatte zu spielen, hatte ich nicht mehr aufhören können. Zwölf Jahre Abstinenz ließen sich nicht verleugnen, doch nach und nach hatte ich in mein Spiel hineingefunden und erst aufgehört, als meine Arme von der ungewohnten Anstrengung zu zittern begannen. Nun war ich müde, mein Kopf schmerzte, und meine Finger zierten hässliche Blasen. Du hast es übertrieben, schalt ich mich selbst, spürte aber im selben Moment, wie mich erneut Lust überkam. Das kann ja heiter werden, dachte ich ironisch.

Als ich im Zug nach Münster saß, bemühte ich mich, Ordnung in meine Gedanken zu bringen. Mit siebzehn hatte ich meine Karriere im wahrsten Sinne des Wortes mit einem Knall beendet und mir geschworen, niemals wieder Violine zu spielen. Damit hatte ich meine Mutter bestrafen wollen, was mir auch gelungen war. Doch jetzt fragte ich mich, ob ich mich selbst nicht noch viel mehr bestraft hatte. Wenn ich daran dachte, wie ich mich gestern Abend an die Geige geklammert hatte … wie eine Ertrinkende an die rettende Boje.

Vor meinem inneren Auge tauchte eine Erinnerung aus meiner Kindheit auf. Es war Heiligabend, draußen war es bereits dunkel. Vor den Fenstern tanzten Schneeflocken. Überall im Wohnzimmer brannten Kerzen. Ich war fünf Jahre alt, stand mit meiner Geige vor dem Weihnachtsbaum und wartete aufgeregt auf meinen Einsatz. Mama, die neben mir stand, trug ein elegantes, dunkelgrünes Kleid. Ihr dickes, kastanienbraunes Haar war mit einer silbernen Spange hochgesteckt, die die Form eines Schmetterlings besaß und mit funkelnden Steinen besetzt war. Ihre schönen braunen Augen ruhten auf mir. Mama presste ihre Geige gegen das Kinn und lächelte mich an. Das war das verabredete Zeichen. Ich begann zu spielen, Mama setzte ein, und zusammen musizierten wir, ohne auch nur einmal den Blick voneinander abzuwenden. Nach der Vorstellung nahmen wir uns an die Hand und verbeugten uns, während Papa und Jascha auf dem Sofa begeistert klatschten. Meine Mutter kniete sich vor mich und küsste mich auf die Stirn.

»Das war bezaubernd«, flüsterte sie. »Ich bin sehr stolz auf dich.«

Vor Freude fingen meine Wangen an zu glühen, und ich schlang meine Ärmchen um Mamas Nacken und schmiegte mein Gesicht an ihres.

»Wenn ich groß bin, möchte ich so spielen wie du«, erklärte ich feierlich.

Meine Mutter löste sich von mir und sah mir ernst in die Augen. »Das wirst du, mein Schatz. Und noch viel besser. Wenn du groß bist, werden die Leute dir zujubeln. Und ich werde in der ersten Reihe sitzen und am lautesten applaudieren.«

Das Bild in meinem Kopf verblasste. Ich bemerkte, dass meine Handflächen feucht waren, und strich über meine Jeans, um sie abzuwischen. Wenn ich an meine Mutter dachte, vergaß ich gerne, dass sie auch eine andere, liebevolle Seite gehabt hatte. Meistens erinnerte ich mich nur an die Perfektionistin, die mir mit ihrem maßlosen Ehrgeiz das Leben zur Hölle gemacht und am Ende mich und unsere Familie verraten hatte. Ein bitterer Schmerz durchfuhr mich, als ich daran dachte, was hätte sein können. Ich habe dich geliebt, Mama. Warum hat dir das nicht gereicht? Ich musste an Jascha denken. Wie oft hatte er mich gebeten, meine Mutter zu besuchen? »Du musst dich mit ihr aussöhnen, Sophie«, hatte er gesagt. »Deinetwegen.« Doch mit den Jahren waren seine Appelle leiser geworden, und schließlich waren sie ganz verstummt.

Es ist Zeit. Das hatte auf der Karte gestanden, die mein Vater und Jascha in den Geigenkoffer gelegt hatten. Automatisch hatte ich die Bemerkung auf die Musik bezogen. Es war Zeit, dass ich meinen Widerstand aufgab und endlich wieder Geige spielte. Nicht um an meine Karriere anzuknüpfen, sondern um meine Freude am Spielen wiederzuentdecken. Um an den Ursprung zurückzukehren, als noch nicht meine Leistung im Vordergrund gestanden hatte, sondern nur mein Glück. Doch vielleicht hatten die Männer meiner Familie mit ihrer Botschaft noch mehr im Sinn.

Eine weitere Erinnerung flog wie aus dem Nichts herbei. Ich war acht Jahre alt und ging mit Marvin von der Schule nach Hause. Der Tag war warm, wir trugen beide kurze Hosen und T-Shirts. Auf meinem war eine Mickymaus abgebildet.

»Wollen wir heute Nachmittag zusammen spielen?«, fragte Marvin, als wir vor meinem Haus angekommen waren. »Wir könnten im Wald eine Hütte bauen.«

Meine Mutter, die in der Tür auf mich wartete, schüttelte den Kopf. »Tut mir leid, Marvin, aber Sophie muss üben.«

Ich sah sie flehend an. »Das kann ich doch auch später. Bitte, Mama.«

Die Züge meiner Mutter wurden unerbittlich. »Nein, Sophie. Und jetzt geh bitte ins Haus.«

Ich verabschiedete mich traurig von Marvin und schlich mit hängenden Schultern hinein. Als ich mich noch einmal nach ihm umwandte, beobachtete ich, wie meine Mutter etwas zu ihm sagte. Was auch immer es war, es bewirkte, dass Marvin einen halben Schritt zurückwich, bevor er sich umdrehte und davonrannte.

»Was hast du zu ihm gesagt?«, wollte ich wissen, als Mama zu mir in den Flur trat und mir meinen Schulranzen abnahm.

»Hm?«

»Da draußen gerade. Was hast du Marvin erzählt?«

Mama strich mir über die Wange. »Wir haben nur über das Wetter gesprochen«, behauptete sie. »Und jetzt wasch dir bitte die Hände, und dann ab mit dir in die Küche. Das Essen steht schon auf dem Tisch.«

Am nächsten Tag erfuhr ich, was meine Mutter wirklich zu Marvin gesagt hatte.

»Du verlässt die Schule?«, fragte er mit belegter Stimme, als er mich wie jeden Morgen zu Hause abholte.

Ich fing an zu lachen. »Wie kommst du denn darauf? Jedes Kind muss in die Schule.«

»Du bald nicht mehr, hat deine Mama gesagt.«

Lächelnd zeigte ich ihm einen Vogel. »Jedes Kind muss in die Schule«, beharrte ich. »Dagegen kann nicht einmal meine Mama etwas tun.«

Wie sich herausstellte, konnte sie das doch. Und damit fing der Schlamassel erst richtig an.

Der Zug fuhr in den Bahnhof von Münster ein. Ich stieg aus und machte mich auf den Weg zu den Fahrradständern. Weil ich gerne an der frischen Luft war – noch eines der vielen Dinge, die in meiner Kindheit zu kurz gekommen waren –, hatte ich mir extra für die Stadt ein gebrauchtes Fahrrad gekauft. Das Teuerste an dem Gefährt war das stabile Kettenschloss, das ich dazuerworben hatte. So alt und hässlich mein Fahrrad auch sein mochte: In Münster war alles, was zwei Räder hatte, heiß begehrt, deshalb war ein gutes Schloss Gold wert. Ich reihte mich in den morgendlichen Berufsverkehr ein und genoss die frische Brise, die mir um die Nase wehte. Wie gestern war auch heute ein eher kühler Tag, doch für morgen hatten die Meteorologen schon wieder Temperaturen bis dreißig Grad angesagt. Ich konnte mich an keinen anderen Sommer in meinem Leben erinnern, an dem das Wetter so lange so gut gewesen war. Meine Kollegin Anne, die das Ressort *Schönes Leben* betreute, gab seit dem Frühling in jeder Ausgabe Tipps für Gartenfeste und Grillabende mit Freunden, für kleine, große, rauschende oder relaxte Feiern im Freien.

»Du bist schuld, dass ich in diesem Jahr schon drei Kilo zugenommen habe«, hatte Charlotte in der letzten Redaktionssitzung augenzwinkernd zu ihr gesagt. »Du spielst mit der Angst der Menschen, es könne das letzte Grillwürstchen der Saison sein.«

Anne trug es mit Humor und gab fleißig weiter Anregungen für sommerliche Rezepte und Tischdekorationen.

Ich hatte mir in der Redaktion gerade einen Kaffee zubereitet, als mich Charlotte in ihr Büro bat. Sie machte eine einladende Geste, und wir nahmen auf dem Sofa Platz.

»Ich habe mir diese Dokumentation angeschaut, von der du erzählt hast – *Young@heart* –, und war restlos begeistert«, begann sie. »Und jetzt erzähl mir, wie du mit deinem Artikel vorankommst. Hast du schon Material, das ich mir anschauen kann?«

Ich schüttelte den Kopf. »Noch nicht. Im Moment bin ich damit beschäftigt, meine Freundin Sara bei den Proben zu unterstützen.«

Ich berichtete Charlotte von den Herausforderungen, die ich bei meiner ersten Chorprobe beobachtet hatte, und was ich unternahm, um ihnen zu begegnen. Als ich ihr von der Szene in der Kirche berichtete, seufzte meine Chefin.

»Das klingt wunderbar«, schwärmte sie. »Überhaupt die ganze Story: vom hässlichen Entlein zum stolzen Schwan. Das sind genau die Geschichten, die unsere Leser hören wollen.«

Plötzlich musste ich an Marvin denken. »Wir sind eher

die Hummel, die nicht fliegen kann und es dennoch tut. Und das mit anrührendem Selbstverständnis.«

Charlotte machte eine wegwerfende Handbewegung. »Schwan. Hummel. Wen interessiert das schon? Hauptsache, Heldenreise.«

Ich schmunzelte. Eine Heldenreise ... wenn das keine schöne Überschrift für meine Dokumentation war.

»Und heute Abend findet die nächste Probe statt?«, unterbrach Charlotte meine Gedanken. Ihre Stimme klang plötzlich aufgeregt wie die eines kleinen Mädchens. »Sag schon, was hast du dir diesmal überlegt? Brecht ihr ins Schwimmbad ein? Oder ins Stadion? Fangesänge haben ein sehr verbindendes Element. Lass dich von Henry das nächste Mal mitnehmen, wenn er zu einem Spiel von *Preußen Münster* geht, dann siehst du, was ich meine.«

Ich nahm einen Schluck von meinen Kaffee und verzog das Gesicht, weil ich zu wenig Milch hineingegeben hatte.

»Ich war vor zwei, drei Jahren mal im *Preußenstadion*«, verriet ich ihr. »Es hat in Strömen geregnet, danach hatte ich eine Woche lang Schnupfen. Nein, die Stadien dieser Welt überlasse ich den *Hamburger Goldkehlchen,* bei denen wirkt das auch viel authentischer.«

Fragend runzelte Charlotte die Stirn. »Wer sind denn jetzt schon wieder *Die Hamburger Goldkehlchen?*«

»Das ist ein Männerchor aus der Hansestadt, der ziemlich bekannt ist. So richtige Kerle eben. Ich habe sie im Internet entdeckt, als ich etwas für unseren Chor recherchiert habe. Sie werben mit dem Slogan *70 Männer – Ein Chor – Keiner kann singen.*« Ich grinste. »Das fand ich sehr sympathisch. Schau dir ihre Videos im Netz mal an. Die

Jungs verbreiten eine Wahnsinnsstimmung. Im Stadion und auch so.«

»*Hamburger Goldkehlchen*«, murmelte Charlotte. »Alles klar, mach ich. Aber jetzt zurück zu *deinem* Chor. Was hast du für heute Abend geplant?«

Ich lehnte mich zurück und umfasste meine Tasse mit beiden Händen. »Heute geht es darum, zu überlegen, mit welchen Liedern wir beim Wettbewerb antreten wollen. Das Pflichtstück ist klar, aber wir brauchen noch zwei weitere Titel, und das ist gar nicht so einfach. Die Lieder dürfen nicht zu kompliziert sein, und vor allem müssen sie zu uns passen.«

»Hm«, machte Charlotte. »Hast du schon eine Idee?«

Ich grinste. »Nicht die geringste. Die Musiker, mit denen ich mich auskenne, sind alle seit Jahrhunderten tot. Deshalb steht heute Abend *Brainwriting* auf dem Programm.«

Brainwriting war eine Kreativmethode, die Charlotte eingeführt hatte, als sie vor zwei Jahren zum *Münsterlandspiegel* kam. Wir verwendeten sie in der Redaktionssitzung, wenn wir schnell viele Ideen zu einem Thema produzieren wollten, ohne uns gleich zu Beginn in endlosen Diskussionen zu verlieren. Anfangs hatten wir über das Vorgehen gelächelt, weil es Stillarbeit, bunte Zettel, rote Klebepunkte und eine Art Stoppuhr beinhaltete, doch die Ergebnisse hatten uns überzeugt. Viele der Ideen, die wir aufschrieben, waren zwar unbrauchbar, aber es leuchtete uns ein, dass mit der Quantität die Wahrscheinlichkeit, einen richtig guten Ansatz zu finden, stieg. Dabei zitierte Charlotte gerne den Erfinder Thomas Alva Edison, der mit seiner Kohlefadenglühlampe Weltruhm erlangt hatte. Über seine vielen Fehlversuche bis dorthin hatte Edison pointiert gesagt, er sei nicht gescheitert, er habe nur zehntausend Wege gefunden, die nicht funktionierten. Ich hoffte stark, dass unser Chor nicht *so* viele Versuche brauchte, um sich für die richtigen zwei Lieder zu entscheiden, doch ich hatte genügend Klebezettel gekauft, um für jede Eventualität gerüstet zu sein.

Als sich der Chor um 19:20 Uhr, und damit zehn Minuten vor der Zeit, vollständig im *Kiepenkerl* versammelt hatte, waren alle in bester Laune. Das gemeinsame Erlebnis in der Kirche hallte noch nach. Der Raum vibrierte förmlich vor Energie, und als Biene wie selbstverständlich davon sprach, direkt im Anschluss an den Wettbewerb mit den Renovierungsarbeiten für das ehemalige Gemeindehaus beginnen zu wollen, lachte niemand der Anwesenden sie aus. Es machte mir Freude, die ausgelassene Stimmung der Choristen zu beobachten. Gleichzeitig fragte ich mich, während ich auf einem Barhocker saß und an meinem Wasserglas nippte, ob es nicht doch in meiner Verantwortung lag, diese zu dämpfen und in realistische Bahnen zurückzuführen.

Vorgestern Abend in der Kirche St. Andreas hatten wir es geschafft, aufeinander zu hören und in einem gemeinsamen Tempo und Rhythmus zu singen, nur gewann man damit noch keinen Wettbewerb. Vor allem nicht, wenn ich an die Konkurrenz dachte. Auch wenn es ein regionaler Wettbewerb war, bei dem nur Chöre aus dem Münsterland antreten durften – die Region war groß. Und das Preisgeld so attraktiv, dass es viele Ensembles anlocken würde.

Marvin setzte sich neben mich an die Bar. »Warum so ernst?«, fragte er.

Ich zuckte mit den Schultern. »Ich habe darüber nachgedacht, wie schnell sich Erwartungen verändern. Letzte Woche wäre der Chor damit zufrieden gewesen, sich beim Wettbewerb nicht zu blamieren. Heute ist er schon dabei, die dreißigtausend Euro Preisgeld auszugeben.« Ich seufzte. »Kennst du den Spruch mit dem Bären? Darin heißt es: Erst das Tier erlegen, dann sein Fell verteilen. Wenn ich Biene so zuhöre, habe ich das Gefühl, ich sollte sie an die Reihenfolge erinnern.«

Marvin lächelte, was meine Aufmerksamkeit auf das hinreißende Muttermal über seinem rechten Mundwinkel lenkte.

»Gönn uns die Freude. Die Realität wird uns noch schnell genug einholen.«

»Du hast recht«, erwiderte ich, leerte mein Glas und stellte es auf die Theke. »Und zwar spätestens dann, wenn Biene, Barbara und Irene mit den Gesangsübungen beginnen, die ich mir für heute überlegt habe.«

Ganz so schlimm wie befürchtet wurde es dann zum Glück doch nicht. Zwar waren aus den dreien über Nacht keine guten Sängerinnen geworden, aber zumindest gaben sie sich Mühe. Sie hörten auf das, was ich sagte, und verloren auch dann nicht die Geduld, als ich sie zum wiederholten Male korrigierte, während alle anderen die Übungen weitgehend unbehelligt durchliefen. Zum Abschluss der Aufwärmphase sangen wir *Ohne Dich* von der Band Münchener Freiheit. Marvin spielte die Melodie am Klavier, den Text projizierte ich wieder über den Beamer auf die Leinwand, damit sich die Choristen nicht von Notenblättern in den Händen ablenken ließen. Henning und Hermann schmetterten das Lied mit ihren tiefen Bassstimmen mit, Siggi sang im Tenor, bei den Frauen hielten sich die Alt- und Sopranstimmen die Waage. So unauffällig wie möglich trat ich näher an Stella heran und lauschte. Täuschte ich mich, oder sang das Mädchen diesmal mit? Unsere Blicke trafen sich, und die Andeutung eines Lächelns erschien um Stellas Mund. Dann sah sie wieder zu der Leinwand mit dem Text. Ja, dachte ich, ich hatte mich nicht getäuscht. Stella sang. Zwar sehr leise, aber ziemlich gut, soweit ich das heraushören konnte.

Ein warmes Glücksgefühl durchlief mich, das allerdings nur kurz anhielt. Denn als ich zu Marvin schaute, um diesen besonderen Moment mit ihm zu teilen, stand dort Sara, mit der Hüfte gegen das Klavier gelehnt, und hielt seine Aufmerksamkeit gefangen. Sie blickten einander lächelnd in die Augen, während sie zusammen den Refrain sangen.

In meinem Magen bildete sich ein stacheliger Knoten. Plötzlich legte sich eine Hand auf meinen Arm. Es war Irene. Verdutzt schaute ich zu der alten Frau hinunter, die mir mit ihren ein Meter fünfzig gerade bis zur Nasenspitze reichte.

»Der Schmerz wird nie vorbeigehen«, sagte sie leidend.

Ich legte die Stirn in Falten. Hatte sie *nie* gesagt? Oder hatte ich mir das nur eingebildet?

»Niemals«, sagte Irene und löschte damit jeden Zweifel aus, dass ich mich verhört haben könnte. Hektisch sah ich mich um, doch die anderen Sänger waren so in den Song vertieft, dass sie keine Notiz von uns nahmen.

»Ich bin nicht in Marvin verliebt«, flüsterte ich entrüstet. »Nur, falls du das andeuten willst.«

Irene schüttelte mitleidsvoll den Kopf. »Natürlich bist du das. Und bisher dachte ich, er würde deine Gefühle erwidern.« Sie sah in Richtung des Klaviers. »Aber jetzt bin ich mir da nicht mehr sicher.«

In diesem Moment wehte Saras glucksendes Lachen herüber. Der Knoten in meinem Bauch zog sich enger zusammen, und ich ließ resigniert die Schultern hängen.

»Okay, vielleicht bin ich doch ein klitzekleines bisschen in Marvin verliebt.« Es war das erste Mal, dass ich mir meine Gefühle eingestand, und jetzt, wo es heraus war, fühlte ich mich nicht verblüfft oder verwirrt, sondern einfach nur erschöpft und traurig. Ich konzentrierte mich wieder auf Irene. »Aber wie heißt es so schön?«, versuchte ich die Situation aufzulockern. »Andere Mütter haben auch schöne Söhne.«

Irene schaute zu mir hoch, als wäre ich ein wenig zurückgeblieben. »Ja«, sagte sie leise. »Aber die heißen nicht Marvin.« Sie tätschelte erneut meinen Arm. »Der Schmerz wird nie vorbeigehen«, wiederholte sie ihr Mantra. »Also rechne auch nicht damit.«

Ich biss mir auf die Innenseite der Wangen. »Das meinst du nicht ernst, oder?«

Echte Verwirrung zeigte sich auf Irenes Weihnachtsengelgesicht. »Natürlich meine ich das ernst. Gegen das Schicksal kann man nicht gewinnen. Am besten, man versucht es gar nicht erst.« Mit diesen Worten ließ sie mich stehen und kehrte auf ihren Platz neben Hermann zurück, der sie fragend anschaute, was sie mit einem kummervollen Schulterzucken abtat.

»Was wollte Irene?«, erkundigte sich Marvin, der sein Klavierspiel beendet hatte und plötzlich neben mir aufgetaucht war. »Hat sie dich geärgert?«

»Herrgott«, entfuhr es mir. »Müsst ihr euch alle so anschleichen?«

Mir wurde bewusst, dass ich ziemlich laut gesprochen hatte. Das Lied war zu Ende, und alle Choristen blickten zu mir herüber. In Irenes braunen Augen lag ein wissender Ausdruck. Schnell senkte ich meine Stimme.

»Nein. Wir haben uns nur über die Unabänderlichkeit der Dinge unterhalten.«

Marvin grinste. »So, so, über die Unabänderlichkeit der Dinge. Na ja, ich schätze, wenn sich jemand damit auskennt, dann Irene.«

»Womit kennt sich Irene aus?«, wollte Sara wissen.

Aufgrund des Haarbands zwischen ihren Zähnen nuschelte sie ein wenig. Mit den Händen zwirbelte sie ihr Haar am Hinterkopf zu einem Knoten, den sie anschließend mit dem Band fixierte. Sie hatte nicht alle Strähnen erwischt, was ihrem entzückenden Aussehen jedoch keinen Abbruch tat. Im Gegenteil, der etwas nachlässige Look stand ihr hervorragend. In Verbindung mit den erhitzten Wangen sah meine Freundin aus, als wäre sie soeben leidenschaftlich geküsst worden. Eifersucht bohrte sich in mein Herz. Jetzt ist aber Schluss, rief ich mich selbst zur Ordnung.

»Mit der Unabänderlichkeit der Dinge«, teilte Marvin Sara mit vielsagendem Unterton mit.

»Ach«, erwiderte Sara schmunzelnd. »Darauf hätte ich auch von selbst kommen können.«

Entnervt ließ ich die beiden stehen und trat vor die Chormitglieder, die sich nach dem Einsingen mit neuen Getränken versorgt hatten. Nun standen sie vor der Bar und unterhielten sich miteinander. Ich fing einen giftigen

Blickwechsel zwischen Biene und Marion auf. Dem Chor zuliebe hatten sie während der letzten Proben Waffenstillstand gehalten, aber ich ahnte, dass ein Funke genügte, um ihren Streit aufs Neue zu entfachen. Ich klatschte in die Hände, um mir Gehör zu verschaffen.

»Ihr Lieben«, rief ich. »Wie ihr wisst, sind es nur noch fünf Wochen bis zum Wettbewerb.« Sofort hatte ich die ungeteilte Aufmerksamkeit der Gruppe. »Wir sind auf unserem Weg schon ein gutes Stück vorangekommen, doch so langsam müssen wir uns darüber klar werden, mit welchen Stücken wir antreten wollen.«

Zu meiner Überraschung hob Stella die Hand. Ermutigend nickte ich ihr zu.

»Ich habe mir dazu schon ein paar Gedanken gemacht«, sagte sie schüchtern. Als niemand Einwände erhob, sprach sie weiter. »Ich finde, wir sollten es mit *Zu dir* von LEA versuchen. In dem Lied geht es um Freundschaft, um *echte* Freundschaft.«

Sie betonte das Wort »echt« auf eine Weise, die mich vermuten ließ, dass sie in dieser Hinsicht schon einige Enttäuschungen erlebt hatte. Ich selbst kannte den Song nicht, was jedoch nicht verwunderlich war. Was Musik anging, hatte ich die letzten zwölf Jahre auf einer einsamen Insel verbracht.

Marvin schenkte Stella ein warmes Lächeln. »Das Lied ist wunderschön.« Er wandte sich an die anderen: »Wer von euch kennt es?«

Henning und Sara meldeten sich sofort, Biene überlegte kurz, dann hob sie ebenfalls die Hand. Sie sah ihren Ehemann an, doch der schüttelte bedauernd den Kopf. Dafür meldete sich Henning zu Wort.

»Ich schlage vor, wir hören uns das Stück gemeinsam

an. Es hat eine tolle Botschaft und würde zu uns passen, aber es muss allen gefallen.«

Die anderen nickten, und so holte Stella ihr Handy hervor und spielte den Song ab.

Marvin hatte nicht übertrieben. Der Song *war* wunderschön. Wie Stella erwähnt hatte, ging es um Freundschaft. Darum, sich bedingungslos auf den anderen verlassen zu können und füreinander da zu sein, in den guten Zeiten, aber auch, wenn es im Leben einmal nicht so rundlief.

Während sie zuhörten, begannen die Chormitglieder zu lächeln und sich gegenseitig aufgeregte Blicke zuzuwerfen. Ich spürte ein Kribbeln auf der Haut. Normalerweise war das bei mir ein Zeichen, dass ich einer spannenden Story auf der Spur war, doch hier sagte es mir, dass wir unseren ersten Song gefunden hatten.

»Lasst uns abstimmen«, rief Sara, sobald der letzte Ton verklungen war. »Wer dafür ist, dass wir mit *Zu dir* auftreten, hebe die Hand.«

Sofort gingen alle Arme in die Höhe.

»Das nenne ich einstimmig«, meinte sie zufrieden.

Stella errötete. Ich konnte ihr ansehen, wie sehr sie sich freute, dass der Chor ihrem Vorschlag gefolgt war.

»Prima«, meinte Marvin. »Ich kümmere mich um die Chornoten.«

Ich nickte. Eigentlich hatte ich heute *Brainwriting* im Sinn gehabt, um die Lieder für den Wettbewerb auszuwählen, doch Stellas Beispiel hatte mich auf eine andere Idee gebracht.

»Heute ist Freitag«, erhob ich deshalb meine Stimme. »Bitte macht euch über das Wochenende Gedanken, welches dritte Lied wir neben *Cordula Grün* und *Zu dir* bei dem Wettbewerb singen möchten.« Plötzlich meldete sich ein kleiner Schelm in meinem Kopf, und so fuhr ich fort: »Und zwar immer zu zweit. Stellt euch bitte auf. Die Männer auf die linke Seite, die Frauen auf die rechte. Stella, du brauchst nicht mehr mitzumachen, Marvin und Sara auch nicht. Ihr drei bleibt einfach hier bei mir.«

In die Gruppe kam Bewegung, und nach einigem Hin und Her hatten sich zwei ordentliche Reihen gebildet. Ich schritt durch den Gang in der Mitte und runzelte scheinbar nachdenklich die Stirn.

»Dann wollen wir doch mal sehen.«

Ich fasste Henning am Arm und schob ihn zu Irene. Anschließend führte ich Siggi und Johanna sowie Hermann und Barbara zusammen. Jetzt blieben noch Lisa und die beiden Streitvögel Biene und Marion übrig.

»Ich möchte mit Lisa in eine Gruppe«, riefen die zwei Frauen wie aus einem Mund.

»Nichts da«, erwiderte die Bäckereiverkäuferin bestimmt. »Ihr beiden geht schön zusammen in ein Team, dann hört ihr vielleicht auch auf, euch ständig giftige Blicke zuzuwerfen. Außerdem bin ich dieses Wochenende gar nicht da, ich besuche eine Freundin in Amsterdam.«

Ich unterdrückte ein Lächeln. Besser hätte ich Lisa den Text nicht vorgeben können. Marion und Biene maulten noch ein wenig herum, gaben aber schließlich Ruhe. An diesem Wochenende würden die Fetzen fliegen, so viel war sicher, aber meine Hoffnung war, dass die Stimmung zwischen den beiden danach besser werden würde. Wie bei einem reinigenden Gewitter, nach dem die Luft wieder frisch und klar war.

»Am Montagabend stellt jedes Team sein Lied vor, und dann stimmen wir ab«, rief ich.

Marvin sah von Sara zu mir. »Was ist mit uns? Wollen wir nicht doch mitmachen? Morgen Nachmittag hätte ich Zeit.«

Für eine winzige Sekunde starrte Sara ihn an, dann schüttelte sie heftig den Kopf. »Ich kann morgen nicht.« Sie verstummte, und ein Hauch von Farbe legte sich auf ihre Wangen. Manchmal wurde ich aus meiner Freundin wirklich nicht schlau.

»Und du?«, erkundigte sich Marvin, bevor ich mir einen Reim auf Saras seltsames Verhalten machen konnte. »Hast du Lust?«

»Ich finde, wir sollten uns da nicht einmischen«, meinte ich nach kurzem Zögern. »Es ist besser, wenn die Sänger die Liedauswahl unter sich ausmachen.«

»Wie du meinst«, erwiderte Marvin und zuckte mit den Schultern.

Ein wenig ärgerte ich mich über mich selbst. Natürlich hätte ich Lust gehabt, den Samstagnachmittag mit ihm zu verbringen. Aber nicht als zweite Wahl. Da wir noch Zeit hatten, bat ich Marvin ans Klavier, damit der Chor an *Cordula Grün* weiterarbeiten konnte. Der Text war lustig, der Rhythmus schmissig, wir lachten viel, und so verging der Rest der Probe wie im Flug.

»Kommt deine Mutter dich heute nicht abholen?«, erkundigte ich mich bei Stella, nachdem sich alle außer Henning, Marvin und Sara verabschiedet hatten. Normalerweise konnte man nach Frau Brandt die Uhr stellen.

»Nein«, antwortete Stella und lächelte so strahlend, dass ich unwillkürlich mitlächeln musste. »Heute holt mich mein Papa ab. Ich bin dieses Wochenende bei ihm.«

Wie auf Kommando betrat ein mittelgroßer, schlanker Mann Ende vierzig das Restaurant, der Stella mit seinem dunkelblonden Haar und den goldbraunen Augen sehr ähnlich sah. Er rief uns einen freundlichen Gruß zu, breitete die Arme aus, und Stella flog hinein, als wäre sie sechs und nicht sechzehn Jahre alt. Der Ausdruck auf ihrem Gesicht war pures Glück, das sich in den Zügen ihres Vaters widerspiegelte.

Nachdem die beiden gegangen waren, standen Henning, Marvin, Sara und ich noch ein paar Sekunden schweigend da und starrten auf die Tür, durch die Vater und Tochter soeben verschwunden waren.

»Jetzt wissen wir auch, warum Stella heute so gute Laune hatte«, meinte Marvin. »Sie hat sogar mitgesungen. Und ein Lied für den Wettbewerb eingebracht.«

Henning brummte etwas Unverständliches. »Irgendwie hatte ich mir Stellas Vater anders vorgestellt. Nicht so sympathisch. Doro hat mir erzählt, er habe seine Familie verlassen, nachdem seine Hausärztin von ihm schwanger geworden sei.«

Saras Kopf ging ruckartig in seine Richtung. »Ach, und da hast du gedacht, ihm wachsen zwei Hörner auf der Stirn, oder was? Er hat sich in eine andere Frau verliebt und ist jetzt mit ihr zusammen. Das ist für seine Ehefrau nicht schön, und für Stella mit Sicherheit auch nicht, aber solche Dinge passieren eben. Das nennt man Leben.« Sie holte tief Luft. »Und außerdem muss ich jetzt los.« Mit diesen Worten schulterte sie ihre Handtasche und stapfte davon.

»Habe ich etwas Falsches gesagt?«, fragte Henning verwirrt. Bevor ich antworten konnte, kam Sara ins Restaurant zurück.

»Entschuldigung«, meinte sie kleinlaut. »Ich wollte dich nicht so anfahren, Henning.« Sie umarmte ihn kurz.

»Kein Problem«, erwiderte der ehemalige Sternekoch und grinste bereits wieder. »Das nennt man dann wohl Leben.«

21

Sara »Hast du in den letzten Tagen bei Jascha übernachtet?«, fragte ich Alexander, als wir am nächsten Nachmittag durch den Dülmener Wildpark spazierten. Es war ein
herrlicher Tag. Auf dem See, an dessen Ufer wir gerade
entlanggingen, schwammen die Enten, auf der Wiese davor spielten Kinder fangen, und über allem spannte sich
ein tiefblauer Spätsommerhimmel, der nur hier und da
von ein paar harmlosen Schleierwolken durchbrochen
wurde.

Alexander wandte sich mir zu. »Nein, ich musste am
Donnerstag zurück nach London. Ich habe die letzte
Maschine genommen und bin heute Mittag wiederge-
kommen.«

Vor uns liefen zwei kleine Jungen über den Weg, die
lachend einem Bernhardinerwelpen hinterherjagten. Der
bellte vor Vergnügen, und seine flauschigen Ohren flogen
im Wind. Wir hielten an, um den Kindern Platz zu machen.

»Dann hast du später noch Termine in der Gegend?«

Ein amüsiertes Funkeln trat in Alexanders Augen.
»Nein.«

Ich brauchte einen Moment, um den Sinn seiner Aussage zu verstehen. Fassungslos schaute ich ihn an.

»Willst du damit sagen, du bist heute nur nach Deutschland geflogen, um mit mir spazieren zu gehen?«

»Was heißt hier *nur?*«, erwiderte er.

Mein Mund verzog sich zu einem seligen Lächeln. Ich konnte mich immer noch nicht daran gewöhnen, dass Alexander mir offen zeigte, wie gern er mit mir zusammen war, doch ich genoss es in vollen Zügen. Besonders weil er es nicht durch Worte tat, sondern durch Taten.

Als er meinen entrückten Gesichtsausdruck bemerkte, wurde er ernst. »Ich mache das nicht, um dich zu beeindrucken, Sara. Oder um dich ins Bett zu bekommen.« Er hielt kurz inne. »Zumindest ist das nicht der Hauptgrund«, fügte er mit einem Lächeln hinzu, das einen Stromstoß durch meinen Körper sandte.

»Warum dann?«, fragte ich mit klopfendem Herzen.

Alexanders Blick glitt über den See, bevor er sich wieder auf mich richtete.

»Es ist so, wie ich auf unserer Autofahrt nach Münster gesagt habe. Seit dem Sommerfest gehst du mir nicht mehr aus dem Kopf, und das ist für mich absolut besonders. Tatsächlich kann ich mich an keine Frau in meinem Leben erinnern, bei der es mir ähnlich ergangen wäre. Und jetzt will ich herausfinden, warum das so ist. Damit ich mich wieder auf meine Arbeit konzentrieren kann. Denn ich arbeite wirklich gerne, musst du wissen.«

Bei den letzten Worten sah er mich beinahe vorwurfsvoll an, was mich zum Lachen brachte. Er schüttelte den Kopf und lachte ebenfalls.

»Entschuldige. Ich bin es nicht gewöhnt, dass jemand in meinem Kopf herumspukt. Bei mir ist es sonst ganz einfach. Ich lasse einen Gedanken in mein Gehirn, bearbeite ihn und lasse ihn wieder heraus. Dann kommt der nächste und immer so weiter. Und nun habe ich plötzlich keinen Einfluss mehr auf die Vorgänge, die sich in meinem Kopf abspielen, weil ich ständig an dich denken muss.« Er atmete tief durch. Ich sah die Verwirrung in seinen Augen und glaubte ihm jedes Wort.

Mein Herz öffnete sich, und ohne nachzudenken, stellte ich mich auf die Zehenspitzen und küsste ihn auf den Mund. Alexander legte seine Arme um mich und zog mich an sich. Er vertiefte unseren Kuss, biss sanft in meine Unterlippe, liebkoste meine Zunge mit seiner, bis ich das Gefühl hatte, dass mein ganzer Körper in Flammen stand. Nach einer Weile ließen wir schwer atmend voneinander ab. Aus den Augenwinkeln nahm ich eine Bewegung wahr. Immer noch durcheinander drehte ich den Kopf und bemerkte ein paar Meter weiter einen jungen Mann, der mit einem eigentümlichen Gesichtsausdruck zu uns herüberschaute. In seinen Händen hielt er ein Handy. Als er registrierte, dass ich ihn ansah, steckte er sein Smartphone weg und ging mit schnellen Schritten davon. Wahrscheinlich hatte sein Verhalten nichts zu bedeuten, doch merkwürdig erschien es mir dennoch.

Alexander streichelte meinen Nacken. »Alles in Ordnung?«, erkundigte er sich zärtlich.

Ich nickte, er küsste mich erneut, und im nächsten Moment hatte ich den jungen Mann vergessen.

Hand in Hand setzten wir unseren Spaziergang fort. Eine Zeit lang hingen wir beide unseren Gedanken nach. Seit Alexander am Donnerstagmorgen vor meinem Haus auf mich gewartet hatte, entwickelten sich die Dinge zwischen uns auf eine Weise, die mich atemlos machte. Er hatte gesagt, er wolle Zeit mit mir verbringen, um herauszufinden, warum ich ihm nicht mehr aus dem Kopf ging. Doch was war, wenn er sich dabei in mich verliebte? So gerne ich ihn um mich hatte, so attraktiv ich ihn fand und so leidenschaftlich ich auf seine Berührungen reagierte, gehörte meine Liebe doch Noah. War es da nicht unfair, auf Alexanders Wunsch nach weiteren Treffen einzugehen und ihm damit das Signal zu senden, aus uns könne ein Paar werden? Andererseits … wenn er feststellte, dass sein Zustand nur vorübergehender Natur war, würde *er* die Sache mit mir beenden, egal, wie es mir damit gehen sollte. Er würde es mit Anstand tun, mit Würde, das bestimmt, aber er würde es tun. Insofern brauchte ich kein schlechtes Gewissen zu haben, wenn ich mich weiter mit ihm traf. Ich durfte ihn nur nicht anlügen, aber das hatte ich auch nicht vor. Im Gegenteil. Auf der Fahrt nach Münster hatte ich ihm von Noah erzählt. Alexander wusste, wie es um mich bestellt war, die Verhältnisse waren geklärt. Und wenn ihn das nicht hinderte, mich zu küssen, dann ließ ich es gerne geschehen. Denn dabei konnte ich Noah für einen Moment vergessen, und das hatte ich mir nach den vielen scheußlichen Monaten der Einsamkeit wahrlich verdient.

»Du siehst aus, als wärst du gerade zu einer wichtigen Erkenntnis gelangt«, stellte Alexander mit einem Schmunzeln in der Stimme fest.

Ich musste über mich selbst lächeln. Dass man mir auf hundert Meter Entfernung ansehen konnte, was in mir vorging, hatte ich schon häufiger gehört. Also versuchte ich gar nicht erst, es zu leugnen.

»Das bin ich auch.«

Alexander zog mich an sich. »Da bin ich jetzt aber gespannt«, flüsterte er mit dem Mund an meinem Haar.

Ich seufzte leise. »Ich habe mir überlegt, dass ich es sehr schön fände, wenn wir mehr Zeit miteinander verbringen.«

Seine Lippen streiften mein Ohr. »Das freut mich«, erwiderte er mit rauer Stimme. »Sogar sehr.«

Nach unserem Spaziergang brachte ich Alexander mit meinem Wagen zum Bahnhof, von wo aus er den ICE zum Flughafen nehmen wollte. Ich war enttäuscht, dass er nicht blieb, aber auch gerührt, als er mir seine Gründe erläuterte.

»Du bist mir wichtig, Sara«, sagte er aufrichtig, als er sich am Bahnsteig mit einem innigen Kuss von mir verabschiedete. »Lass es uns nicht versauen, indem wir es überstürzen.«

Ich sah ihm hinterher, wie er in den Zug stieg. Dann machte ich mich auf den Weg zurück zum Auto. Meine Lippen prickelten noch von unserem Kuss, und ein Blick in den Rückspiegel verriet mir, dass sie genauso geschwollen aussahen, wie sie sich anfühlten. Beschwingt stellte ich das Radio an und musste lächeln, als *Zu dir* von Lea ertönte. So laut, wie ich konnte, sang ich mit.

～

Zurück in Herzbach lief ich nicht auf direktem Weg vom Parkplatz nach Hause, sondern machte einen Abstecher am ehemaligen Gemeindehaus vorbei. In den letzten Wochen hatte mich der Chor so vereinnahmt, dass meine Ursprungsidee, aus dem Gebäude einen Veranstaltungsort zu machen und dort Yoga zu unterrichten, vorübergehend in den Hintergrund gerückt war. Als ich nun davorstand, erwachte der Traum zu neuem Leben. Vor meinem geistigen Auge sah ich den großen Raum im Erdgeschoss, wie er nach der Renovierung aussehen würde. Ich fühlte eine solche Energie in mir, dass ich am liebsten auf der Stelle ein paar Dorfbewohner zusammengetrommelt hätte, um hier und jetzt eine Yogastunde zu geben. Dann wanderten meine Gedanken erneut zum Chor. Wie die Mitglieder wohl mit der Hausaufgabe zurechtkamen, die Sophie ihnen aufgegeben hatte? Sie hatte die Teams so zusammengesetzt, dass nicht immer die gleichen Herzbacher zusammenkamen. Das war vom Grundsatz her gut, doch was Biene und Marion anging, hatte ich so meine Befürchtungen. Entweder waren die beiden Frauen nach diesem Wochenende beste Freundinnen, oder sie hatten sich gegenseitig umgebracht. Dazwischen gab es nichts. Plötzlich musste ich an Marvin denken. Als er Sophie und mich gefragt hatte, ob wir nicht auch mitmachen wollten, war mir meine Verabredung mit Alexander in den Sinn gekommen, und ich hatte wie eine Irre den Kopf geschüttelt, während meine Wangen angefangen hatten zu brennen. Bei der Erinnerung musste ich kichern. Seltsam dagegen fand ich Sophies ablehnende Reaktion auf Marvins Vorschlag. Ihre Begründung, der Chor solle die Liederauswahl unter sich ausmachen, hatte in meinen Ohren wie eine Ausrede geklungen. Marvin war in Sophie verliebt, da war ich mir sicher, und so wie Sophie ihn während der Proben ansah, wenn sie sich unbeobachtet glaubte, konnte man durchaus den Eindruck gewinnen, dass sie ihn auch mochte. War seitdem etwas vorgefallen, das ich nicht mitbekommen hatte? Ich beschloss, Sophie bei nächster Gelegenheit danach zu fragen.

Eigentlich könnte ich das auch gleich tun, ging es mir durch den Kopf. Es war noch früh an diesem schönen Abend, vielleicht war sie zu Hause und freute sich über meinen Besuch. Pfeifend schlug ich den Weg in Richtung Stever an. Auf einer Parkbank am Fluss entdeckte ich Siggi und Johanna, die miteinander diskutierten. Sie waren eines der Teams, die Sophie gebildet hatte. Bestimmt saßen sie an ihrer Hausaufgabe. Die beiden bemerkten mich erst, als ich vor ihnen stand. Siggi schenkte mir ein freundliches Begrüßungslächeln, während Johanna mir durch ein Heben ihrer schweren Augenlider zu verstehen gab, dass sie mich gesehen hatte. Doch das tat meiner guten Laune heute keinen Abbruch.

»Na, kommt ihr voran?«, erkundigte ich mich herzlich.

»Sobald sich der junge Mann hier meiner Meinung angeschlossen hat«, versetzte Johanna spitz.

Siggi wischte sich mit dem rechten Handballen über die Stirn. In seiner dunkelbraunen Cordhose und dem weißen Anzughemd musste ihm schrecklich warm sein.

»Liebe Johanna«, erwiderte er mit Verzweiflung in der Stimme. »Ich mag die Comedian Harmonists auch, aber sie liegen stimmlich außerhalb unserer Reichweite.«

Johanna schnaubte. »Bitte sprich nur für dich.«

Ich verbiss mir ein Grinsen und verabschiedete mich. Während ich mich Sophies Haus näherte, sog ich in tiefen Zügen die duftende Luft ein. In mir stieg ein Gefühl von Zufriedenheit auf, das ich lange nicht empfunden hatte.

Als ich gerade auf die Klingel drücken wollte, vernahm ich plötzlich die zarte Melodie einer Geige. Ich erstarrte mitten in der Bewegung. Eine Minute lang stand ich einfach nur da und lauschte. Die Klänge waren von einer solchen Schönheit, dass meine Kehle eng wurde. War das Sophie, die da spielte? Nein, das konnte nicht sein. Meine Freundin hatte seit zwölf Jahren keine Violine mehr in der Hand gehabt. Es musste sich um eine Aufnahme handeln. Die Musik schwoll an. Die Töne trafen mich mitten ins Herz. Sämtliche Härchen auf meinen Unterarmen stellten sich auf. Dann hörte es abrupt auf, und es fühlte sich an wie ein kleiner Verlust. Doch schon im nächsten Moment wehten erneut die Klänge der Geige zu mir herüber. Nein, das war keine Aufnahme! Da spielte wirklich jemand. Und dieser jemand konnte nur Sophie sein. Tränen der Rührung traten mir in die Augen. Langsam drehte ich mich um und schlich auf Zehenspitzen davon.

⌣

Die Erinnerung an Sophies Geigenspiel ließ mich auch den ganzen Sonntag über nicht los. Was war geschehen, dass sie nach so vielen Jahren ihre ablehnende Haltung aufgegeben hatte? War es der Chor, der sie zurück zur Musik hatte finden lassen? Während ich in meinem Garten den Rasen mähte, kam mir in den Sinn, was Alexander am Donnerstag auf der Autofahrt nach Münster gesagt hatte. Ich hatte ihm erzählt, dass Sophie mich bei der Leitung des Chors unterstützte, und er hatte geantwortet, dass er sich für sie freue. Als ich Sophie davon berichtete, hatte sie eingeräumt, dass ihr Bruder genauso dachte. Offensichtlich hatten die beiden Männer schon früh erkannt, was mir jetzt erst so richtig klar wurde: Die Musik war ein Teil von Sophie, und ihr Leben war unvollständig, solange sie sich dagegen wehrte.

Wieder musste ich an die zauberhafte Melodie denken, die ich gestern Abend vor Sophies Haustür vernommen hatte, und in meinem Kopf meldete sich ein kleines Teufelchen. Warum hatte sie mir nicht gesagt, dass sie wieder Geige spielte? Das war schließlich keine Kleinigkeit, und wir waren doch Freundinnen. Andererseits hatte ich ihr auch nichts von der Sache zwischen Alexander und mir erzählt. Vielleicht war unsere Freundschaft einfach noch zu frisch, um einander alles anzuvertrauen. Der Gedanke stimmte mich nachdenklich, schließlich lag mir viel an Sophie, und ich beschloss, ab sofort mit gutem Beispiel voranzugehen.

Ich hatte gerade den Rasenmäher zurück in die Garage gestellt, als mein Handy klingelte. Das Display zeigte Alexanders Namen, und sofort fing mein Herz an, schneller zu klopfen.

»Was machst du gerade?«, erkundigte er sich mit weicher Stimme.

»Ich habe den Rasen gemäht«, erwiderte ich und verdrehte im selben Moment die Augen. Ich habe den Rasen gemäht ... das klang ungefähr so aufregend wie *Ich habe eine Wassermelone getragen.*

Alexander lachte leise. »Dann wäre jetzt genau der richtige Zeitpunkt für ein Picknick.«

Ich hielt den Atem an. War er etwa hier? In Herzbach? Die Freude überfiel mich so heftig und unerwartet, dass meine Knie weich wurden. Im nächsten Moment rief ich mich selbst zur Vernunft. Natürlich ist er nicht hier, Sara, erinnerte ich mich streng. Als wenn er heute schon wieder aus London hergekommen wäre, nur um mit dir zu picknicken ... Ich hatte den Gedanken noch nicht zu Ende geführt, da klingelte es an der Haustür.

»Willst du nicht aufmachen?«, fragte Alexander an meinem Ohr.

So schnell mich meine Beine trugen, rannte ich in den Flur. Ich öffnete die Haustür und lag im nächsten Moment in seinen Armen. Er roch wunderbar männlich, und ich verlor mich in seinem Kuss.

»Was ist mit ›Wir lassen es langsam angehen‹?«, flüsterte ich mit meinen Lippen an seinen.

Alexanders Hände glitten meinen Rücken entlang. »Ich habe es mir anders überlegt.«

22

Sophie »Irgendwann wirst du mit mir reden müssen, Schwesterherz«, meinte Jascha, nachdem wir zwanzig Minuten lang schweigend durch den morgendlichen Wald gejoggt waren.

Wie jeden Sonntag hatte er mich zu Hause abgeholt, doch anders als sonst hatte ich ihn nicht begrüßt, sondern war an ihm vorbeigegangen und direkt in einen leichten Trab verfallen. Ich wusste, dass ich mich albern verhielt, gerade auch, weil ich sein und Papas Geschenk inzwischen kaum noch aus der Hand legen konnte, doch ich konnte mich nicht gegen das Gefühl wehren, von den beiden überrumpelt worden zu sein. Jahrelang hatte meine Mutter über mein Tun bestimmt, darüber, was ihrer Ansicht nach das Beste für mich war, und nun nahmen Papa und Jascha ihren Platz ein. Das war natürlich Quatsch und noch dazu ausgesprochen ungerecht von mir, aber ganz so leicht wollte ich es meinem Bruder nicht machen. Ich brummelte etwas Unverständliches und wich einer Wurzel aus. Sonnenstrahlen fielen durch das Blätterdach über unseren Köpfen und brachen sich in den Tautropfen, die auf den Büschen lagen.

»Papa hat nächste Woche Geburtstag«, fuhr Jascha in unbeschwertem Plauderton fort. »Ich wollte abends für ihn kochen. Kommst du auch? Er würde sich sehr darüber freuen.«

Ich blieb abrupt stehen. »Was sollte das mit der Geige?«, herrschte ich ihn an, ohne auf seine Frage einzugehen.

Jascha sah mich schweigend an. Dann antwortete er sanft: »Ich habe es auf die Karte geschrieben, Sophie. Es war Zeit. Dennoch ist es nur ein Angebot. Du kannst es annehmen, heute, morgen oder dann, wenn du den Zeitpunkt für richtig hältst. Oder eben auch nicht. Es liegt ganz bei dir.«

»Du wusstest genau, dass ich nicht widerstehen kann. Deshalb hast du die Karte *unter* die Geige gelegt. Damit ich sie in die Hand nehmen muss. Dir war vollkommen klar, dass ich spielen würde.«

Jascha lächelte. »Hat es dir Freude gemacht?«

»Ja, aber …«

»Dann ist doch alles gut«, fiel er mir ins Wort. »Wirklich, Sophie. Die Sonne scheint, es wird ein toller Tag, du lebst in Herzbach, dem schönsten Fleckchen Erde, das es auf der Welt gibt. Du bist gesund, hast einen Job, der dir Spaß macht, Freunde, mich. Und jetzt haben Papa und ich dir also eine Geige geschenkt. Nicht, um dich zu ärgern, sondern um dir eine Freude zu bereiten. Und wie du gerade selber zugegeben hast, ist uns das gelungen. Natürlich kannst du dich trotzdem beschweren. Dies ist ein freies Land. Du könntest aber auch einfach *Danke* sagen.«

Wie vom Blitz getroffen starrte ich ihn an. Er hat recht, sagte eine Stimme in meinem Kopf. Ich räusperte mich und blickte etwas betreten zu Boden.

»Danke.«

»Wie bitte? Ich habe dich nicht verstanden.«

Ich hob den Kopf, bemerkte sein breites Grinsen, und meine Mundwinkel hoben sich ebenfalls.

»Danke, habe ich gesagt. Du Idiot.«

Jascha nahm mich in den Arm und verwuschelte mein Haar. »Gern geschehen, Fräulein Sturkopf.«

Wir setzten uns wieder in Bewegung.

»Was ist jetzt mit Papas Geburtstag?«, erkundigte er sich mit einem Seitenblick.

»Solange ich dir nicht beim Kochen helfen muss«, scherzte ich.

»Gott bewahre«, entgegnete Jascha mit gespieltem Entsetzen. »Wir wollen das Ergebnis schließlich essen.«

⌣

Auf dem Weg zum *Kiepenkerl* fragte ich mich gespannt, für welche Lieder sich die Choristen entschieden haben mochten. Es war Montagabend, und in zwanzig Minuten würde die Probe beginnen. Aus einem Fachwerkhaus mit wunderschönen, in allen Farben leuchtenden Blumen im Vorgarten trat plötzlich Stella heraus. Ich wollte ihr schon zuwinken, um sie auf mich aufmerksam zu machen, als ihre Mutter in der Tür erschien.

»Ich komme dich dann um 21:30 Uhr abholen«, rief sie ihrer Tochter hinterher.

Stella wirbelte herum. »Du musst mich nicht abholen. Ich bin doch kein kleines Kind mehr. Das ist so peinlich, Mama!«

»Jetzt bin ich dir also peinlich?«, fauchte Frau Brandt. »Hat dir das dein Vater eingeredet? Willst du vielleicht zu ihm ziehen, wenn ihr zwei euch so gut versteht?«

In ihrer Stimme schwang eine solche Verbitterung mit, dass ich unwillkürlich den Kopf einzog. Stella ließ ihre Mutter wortlos stehen, worauf diese zurück ins Haus stürmte und dabei die Tür hinter sich zuknallte.

Als das Mädchen aus dem Vorgarten kam, bemerkte es mich, wie ich mit verlegener Miene auf dem Bürgersteig stand.

»Tut mir leid«, sagte ich und wusste selbst nicht so genau, was ich meinte: dass ich unfreiwillig Zeuge der unschönen Szene geworden war oder dass sie überhaupt stattgefunden hatte.

Stella zuckte traurig mit den Schultern. »Das Schlimmste ist gar nicht, dass sie sich getrennt haben. Sie haben sich ständig gestritten, auch vor mir, und das war furchtbar. Aber jetzt ist Mama dermaßen verletzt, weil Papa mit dieser anderen Frau ein Baby bekommen hat, dass sie nur noch auf ihn schimpft. Und auf mich ist sie auch sauer, weil ich ihn trotz allem sehen möchte. Am liebsten wäre es ihr, ich würde ihm die kalte Schulter zeigen. Aber das kann ich nicht. Er ist doch immer noch mein Papa ...«

Stella verstummte, und ich drückte kurz ihren Arm. Wenn die Gerüchte stimmten, die man sich im Dorf erzählte, hatte ihr Vater ihre Mutter betrogen und schließlich verlassen, als seine Freundin schwanger geworden war. Es war verständlich, dass Frau Brandt davon tief getroffen war. Doch als ich den Schmerz in Stellas Augen sah, fragte ich mich, ob das Verhalten ihrer Mutter gerechtfertigt war.

»Hast du mal versucht, mit ihr darüber zu reden?«, fragte ich vorsichtig.

Stella stieß einen frustrierten Seufzer aus. »Immer,

wenn ich es versuche, fängt sie entweder an zu weinen, oder sie wirft mir vor, dass ich lieber bei meinem Vater wohnen würde.«

»Und? Würdest du das gerne?«

Sie schüttelte den Kopf. »Nein. Ich lebe gerne bei meiner Mutter. Papa hat sehr viel gearbeitet. Es war Mama, die immer für mich da war.«

Inzwischen hatten wir das *Kiepenkerl* erreicht.

»Wie wäre es, wenn du deiner Mutter einen Brief schreibst?«, schlug ich vor. »Dann kannst du ihr genau das sagen. Darüber würde sie sich bestimmt freuen. Und überhaupt: In einem Brief kannst du alles, was du fühlst, aufschreiben, ohne unterbrochen zu werden.«

Einen Moment lang schaute mich Stella überrascht an, dann hellten sich ihre Züge auf. »Das ist eine gute Idee, das mache ich. Danke!«

»Keine Ursache«, erwiderte ich und freute mich, dass ich ihr hatte helfen können.

Das *Kiepenkerl* füllte sich rasch. Bald war der Chor komplett. Sara und ich hatten nicht explizit darüber gesprochen, aber da sie keine Anstalten machte, wieder in die Rolle der Chorleiterin zu schlüpfen, übernahm ich die Begrüßung. Nachdem wir das Einsingen beendet hatten – heute mit dem Lied *Skandal im Sperrbezirk* der Spider Murphy Gang –, machte sich fröhliche Aufregung unter den Anwesenden breit. Die Chormitglieder fanden sich in ihren Teams zusammen und blickten mich erwartungsvoll an. Ich entschied, dass Henning und Irene anfangen sollten. Die beiden nickten einander zu. Irene drückte Marvin ein Notenblatt in die Hand und gesellte sich dann zu Henning, der bereits in der Mitte des Raumes auf sie wartete. Mit einer Handbewegung forderte er uns auf, einen Kreis um sie herum zu bilden. Marvin nahm am Klavier Platz, legte seine Finger auf die Tasten und begann zu spielen.

Henning und Irene hatten das Lied *Sauerland* zum Vorbild genommen, es kurzerhand in *Münsterland* umbenannt und den Text so angepasst, dass er auf Herzbach und Umgebung passte. Irene sang wie gewöhnlich reichlich hoch und dazu alles andere als gerade, Hermann legte seinen dröhnenden Bass darunter, und zusammen verbreiteten die beiden eine solch gute Stimmung, dass wir alle aus voller Kehle mitsangen, als sie zum zweiten Mal den Refrain anstimmten.

Münsterland, ich gehöhöre ins Münsterland,
besucht mich mal am Steverstrand,
wo Herzbach liegt, da gibt's keine Autos.
Münsterland, ich gehöhöre ins Münsterland
und bau eine Sandburg im Steversand,
wo die Luft noch frischer als im Norden ist.

Als sie geendet hatten, setzte tobender Applaus ein. Henning verbeugte sich, und Irene deutete in einem Moment der Koketterie, der mich und alle Übrigen sprachlos machte, einen Knicks an. Nachdem Ruhe eingekehrt war, verkündete Johanna: »Nicht schön, aber selten«, was sich aus ihrem Mund beinahe wie ein Lob anhörte.

Als Nächstes waren sie und Siggi an der Reihe. Sie hatten ebenfalls Klaviernoten für Marvin mitgebracht. Später erfuhr ich, dass das Stück *Guten Tag, liebes Glück* hieß und von Max Raabe war. Siggi schlug sich tapfer, doch es war Johanna, die alle in ihren Bann schlug. Sie sang das Lied mit der Vornehmheit eines Filmstars aus vergangener Zeit. Wieder war ich von ihrem Minenspiel überwältigt. Sie veränderte nur Nuancen, und doch drückte sie mit dem Zucken einer Braue, dem Anheben eines Lids, dem Weiten der Nasenflügel oder dem winzigen Zittern der Mundwinkel mehr aus, als tausend Worte es vermochten. Sie ernteten mindestens genauso viel Applaus wie Henning und Irene vor ihnen. Siggi strahlte über das ganze Gesicht, als wir die beiden hochleben ließen, Johanna nickte gnädig.

»Ich glaube, ich möchte nicht mehr auftreten«, sagte Barbara und hatte damit die Lacher auf ihrer Seite.

Zusammen mit Hermann gab sie *One Moment in Time* von Whitney Houston zum Besten, das mit den Olympischen Spielen 1988 in Seoul zur Mutter aller Sportveranstaltungshymnen geworden war. An das Original kamen die zwei bei Weitem nicht heran, nicht zuletzt, weil Barbara nicht einen Ton traf, aber darum ging es auch gar nicht. Das Gefühl, dass man im Leben alles erreichen konnte, kam dennoch herüber und sorgte dafür, dass wir, die wir um sie herumstanden, einander umfassten und im Takt der Musik zu schunkeln begannen, bis die letzten Töne verklungen waren.

Jetzt fehlten nur noch Biene und Marion. Sara und ich warfen uns einen Blick zu und tauschten eine stumme Botschaft. *Hoffentlich geht das gut* ... Die beiden Rivalinnen nahmen im Kreis Aufstellung. Bienes schwarzer Betty-Geröllheimer-Bob war wie immer perfekt frisiert und mit Unmengen an Haarspray in Form gebracht. Marion dagegen hatte ihren Pony mit einer kindlich wirkenden Spange nach hinten gesteckt. Ihre Gesichter gaben nichts von ihren Gefühlen preis. Im Raum war es mit einem Mal totenstill.

»Eigentlich«, durchbrach Bienes Stimme das Schweigen, »wollte ich *Er gehört zu mir* singen.« Sie warf Marion einen vielsagenden Blick zu, die daraufhin die Augen verdrehte. »Aber dann haben wir uns für etwas anderes entschieden. Marvin, würdest du bitte?«

Was dann folgte, war so denkwürdig, dass die Herzbacher bestimmt in fünfzig Jahren noch davon erzählen würden. Marion und Biene schlüpften gleichzeitig aus ihren Strickjacken. Darunter kamen überdimensionale schwarze T-Shirts zum Vorschein, zu denen sie glitzernde Ketten trugen, um die sie jeder Gangster-Rapper beneidet hätte. Vor Überraschung riss ich die Augen auf. Sara stand mit leicht geöffnetem Mund da. Doch das Outfit der beiden war nichts im Vergleich zu dem Song, den sie nun präsentierten und den sogar ich kannte. *Zusammen* von den Fantastischen Vier und Clueso war *das* Gute-Laune-Partylied schlechthin. Den Refrain sangen sie gemeinsam, bei den Strophen wechselten sie sich ab. Eine rappende Biene im Wechsel mit einer rappenden Marion – was schnell ins Lächerliche hätte abgleiten können, war auf skurrile Weise so mitreißend genial, dass ich nicht anders konnte, als die Arme in die Luft zu werfen und mitzufeiern. Den anderen Choristen ging es genauso, und innerhalb von Sekunden führten wir uns auf wie eine Horde Jugendlicher bei ihrem ersten Konzertbesuch.

Der Beifall danach war so stürmisch, dass die Flaschen über der Theke bedenklich zu klirren begannen. Marion und Biene fielen sich lachend in die Arme. Zuerst wirkte ihre Umarmung ein wenig hölzern, doch dann rief Biene: »Ach, was soll's?«, und drückte Marion so fest an sich, dass der fast die Luft wegblieb.

»Wollen wir jetzt abstimmen?«, fragte ich in die Runde, nachdem sich die Stimmung ein wenig beruhigt hatte.

»Was gibt es denn da noch abzustimmen?«, lachte Henning, trat wie ein Preisrichter zwischen die beiden Frauen und riss Bienes rechten und Marions linken Arm in die Höhe.

Die Chormitglieder brachen erneut in Applaus und Jubelrufe aus, und damit war die Sache entschieden. Auf dem Wettbewerb würden wir rappen.

Der Rest der Probe verlief in übermütiger Stimmung. Die Aussicht, dass unser Programm für unseren Auftritt in der Halle Münsterland stand, beflügelte uns. Nun konnten wir uns die restlichen Wochen aufs Üben konzentrieren. Eines stand fest: Wir würden dem Publikum eine großartige Show liefern.

Nach der Probe begleitete mich Sara zu Fuß nach Hause. Es war ein Umweg für sie, doch sie meinte, sie sei zu aufgekratzt, um jetzt schon ins Bett zu gehen. Während wir schweigend nebeneinander herliefen, beschlich mich das Gefühl, dass sie mir etwas sagen wollte. Ob es dabei um Marvin ging? Wollte sie mir mitteilen, dass sie sich ineinander verliebt hatten und nun zusammen waren? Mein Herz wurde schwer, gleichzeitig bemühte ich mich, mir meine Gefühle nicht anmerken zu lassen. Wie hatte Jascha es so schön formuliert? Dies war ein freies Land, und wenn Marvin sich für Sara interessierte, dann musste ich mich damit abfinden und versuchen, mich für die beiden zu freuen. Wobei *freuen* vielleicht doch zu viel verlangt war. Schließlich war ich ein Mensch und keine Heilige, aber ich würde zumindest versuchen, meine Eifersucht für mich zu behalten. Sara und Marvin waren meine

Freunde, mir lag viel an den beiden, und ich hatte nicht vor, ihnen aus dem Weg zu gehen, nur weil aus ihnen ein Paar wurde. In einem Anflug von schlechtem Gewissen musste ich mir eingestehen, dass ich bereits begonnen hatte, mich von Sara zurückzuziehen. Im Grunde trafen wir uns nur noch zu den Proben. Doch damit war jetzt Schluss, denn so viel stand fest: Menschen wie sie wuchsen nicht auf Bäumen, und ich konnte froh sein, sie in meinem Leben zu haben.

Nachdem ich das für mich geklärt hatte, sah ich Sara von der Seite an. Ihre Stirn war gefurcht, und ihre Körperhaltung verriet Anspannung. Also beschloss ich, ihr eine Brücke zu bauen.

Doch bevor ich ansetzen konnte, platzte Sara heraus:

»Ich habe dich Geige spielen hören!«

Perplex starrte ich sie an. Beinahe hätte ich angefangen zu lachen. Hatte sie etwa *darüber* die ganze Zeit gegrübelt? Sara, die offenbar befürchtete, mich schockiert zu haben, begann sich wortreich zu entschuldigen.

»Ich wollte nicht lauschen, Sophie, bestimmt nicht. Wir haben nur in den letzten Tagen so wenig miteinander gesprochen, da bin ich am Samstagabend spontan auf die Idee gekommen, dir einen Besuch abzustatten. Als ich gerade klingeln wollte, habe ich dich gehört. Beziehungsweise eine Geige. Das warst doch du, die da gespielt hat, oder?«

Sie brach ab und sah mich mit einem so hilflosen Ausdruck in den meergrünen Augen an, dass ich sie aus einem Impuls heraus an mich drückte. Voller Erleichterung erwiderte Sara meine Umarmung.

»Ich wusste nicht, wie ich es ansprechen sollte«, gab sie zu, nachdem wir uns wieder voneinander gelöst hatten.

»Ich dachte, vielleicht hat es einen Grund, dass du mir nichts davon erzählt hast.«

Inzwischen waren wir bei meinem Haus angekommen. Ich bat Sara herein, und wir setzten unsere Unterhaltung auf der Terrasse fort. Der Abend war ein wenig kühl, deshalb hatte ich uns zwei Decken geholt. Während wir an unseren Weingläsern nippten, erzählte ich Sara von dem unverhofften Paket, das ich auf meiner Türschwelle vorgefunden hatte.

»Anfangs habe ich mich geärgert, weil sich Papa und Jascha mit ihrem Geschenk über meine Entscheidung hinweggesetzt haben, nie wieder Geige spielen zu wollen. Aber inzwischen habe ich ihnen großmütig verziehen.« Lächelnd sah ich zum Fluss, in dessen Wasser sich der Mond spiegelte. »Seit dem Ende meiner Karriere als Violinistin ist so viel Zeit vergangen. Manchmal kommt es mir so vor, als wäre das alles jemand anderem passiert. Wenn ich die Geige jetzt in die Hand nehme, denke ich nicht mehr an das Schlechte, das die Musik in meinem Leben verursacht hat. Ich spiele einfach. Das, was ich möchte, und auch nur so lange, wie ich Lust habe. Und wenn es mir irgendwann keine Freude mehr machen sollte, höre ich wieder auf. Doch ich muss zugeben, dass es im Moment nicht danach aussieht.«

Sara erwiderte mein Lächeln. »Ich freue mich für dich«, sagte sie.

Eine Zeit lang hingen wir unseren Gedanken nach. Ich genoss es, hier mit ihr zu sitzen, eingekuschelt in meine Decke, und mit einer Distanz auf meine Vergangenheit zu blicken, die jeden Schrecken, darüber zu sprechen, in Staub auflöste.

»Es gab einen konkreten Auslöser dafür, dass ich damals mit dem Spielen aufgehört habe«, vertraute ich Sara schließlich an.

Meine Freundin erwiderte nichts, sondern blickte mich nur abwartend an.

»Außer Jascha und meinem Vater weiß niemand davon. Es war der Vortag meines siebzehnten Geburtstags«, fuhr ich fort. »Ich gab ein Konzert mit den Wiener Philharmonikern, auf das ich mich lange und intensiv vorbereitet hatte. Meine Mutter war den ganzen Tag über seltsam aufgeregt, und ich schob es auf die Hochachtung, die sie diesem Orchester von jeher entgegenbrachte. Nach der Aufführung war ein großer Empfang geplant. Meine Mutter und ich wollten uns direkt im Anschluss dort treffen.« Ich horchte in mich hinein, und weil ich mich sicher fühlte, sprach ich weiter. »Das Konzert wurde ein großer Erfolg. Das Publikum hielt es nicht auf den Plätzen. Der Applaus war ohrenbetäubend und schien ewig zu dauern. Doch noch während wir auf der Bühne standen und uns immer wieder verneigten, verließ meine Mutter den Saal. Jedes Triumphgefühl, das ich verspürt hatte, löste sich in Luft auf. Stattdessen überkamen mich Angst und lähmendes Entsetzen. Dass meine Mutter vor der Zeit ging, konnte nur eines bedeuteten: Sie war mit meiner Leistung nicht zufrieden. Und das bedeutete, ich würde in den nächsten Monaten noch härter arbeiten müssen. Bis zur völligen Erschöpfung.«

Ich hielt inne und gestattete mir einen großen Schluck von meinem Wein. Bei meinen letzten Worten hatte sich mein Puls beschleunigt, und meine Handflächen waren feucht geworden, doch eine innere Kraft trieb mich an, jetzt nicht den Mut zu verlieren. Ich räusperte mich.

»Nachdem sich das Orchester hinter die Bühne zurückgezogen hatte, ging ich nicht mit den anderen Musikern zum Empfang. Der Abgang meiner Mutter hatte mich bis ins Mark getroffen. Ich wollte alleine sein. Also lief ich zu meiner Garderobe. Doch als ich die Tür öffnete, fand ich den Raum nicht wie erwartet leer vor. Meine Mutter war dort, und sie war nicht alleine. Sie lag in den Armen eines Mannes, den ich als Intendanten des Wiener Konzerthauses erkannte.«

Ich biss mir auf die Unterlippe. Das Bild, wie ich meine Mutter in flagranti ertappt hatte, hatte sich für immer auf meine Netzhaut gebrannt. Mein ganzes Leben lang hatte ich getan, was sie verlangt hatte, und jeden Wunsch nach Freiheit und Selbstbestimmtheit aufgegeben, um von ihr Liebe und Anerkennung zu erhalten. Wie ein kleiner Soldat war ich den Weg gegangen, den sie für mich vorherbestimmt hatte. Meine Mutter war meine Welt gewesen, und bis dahin hatte ich angenommen, dass es sich andersherum genauso verhielt. Nur deshalb ertrug ich, was sie mir abverlangte. Nur deshalb spornte ich mich selbst zu immer neuen Höchstleistungen an. Weil ich sie glücklich machen wollte. Und stolz. Ich schluckte hart.

»Die beiden haben mich nicht einmal bemerkt. Ich machte auf dem Absatz kehrt und rannte davon. Als meine Mutter mich später in unserem Hotelzimmer vorfand, war sie außer sich vor Zorn, weil ich nicht auf dem Empfang erschienen war. Sie tobte regelrecht. Doch ich unterbrach sie. Mit Eiseskälte in der Stimme teilte ich ihr mit, dass ich von ihrem Liebhaber wisse, unser gemeinsames Leben beendet sei und ich nie wieder eine Geige in die Hand nehmen würde. Danach ließ ich ihr die Wahl: Entweder sie sagte meinem Vater die Wahrheit, wenn wir morgen zurück nach Herzbach kamen, oder ich übernahm das. Meine Mutter entschied sich für die erste Variante. Nach dem Gespräch mit meinem Vater packte sie zwei Koffer und ging. Es war mein siebzehnter Geburtstag und das letzte Mal, das ich sie sah. Als ich am Morgen danach erwachte, nahm ich meine Geige, öffnete das Fenster meines Schlafzimmers und warf sie hinaus, wo sie auf den Fliesen der Terrasse zerbarst. Und damit war die Karriere der Violinistin Sophie Löwenstein beendet.«

Ich verstummte und sah Sara an. In ihren Augen schimmerten Tränen. Nach einer Weile begann sie mit belegter Stimme zu sprechen.

»Ich würde gerne etwas Bedeutsames sagen, aber ich weiß nicht, was.«

Meine Mundwinkel verzogen sich zu einem Schmunzeln. »Man muss nicht immer reden. Manchmal kann ein gemeinsames Schweigen viel bedeutsamer sein.«

Sara nickte. Sie beugte sich zu mir herüber und tastete nach meiner Hand. Ihre Finger waren warm, ihre Berührung fest und tröstend. Und so saßen wir gemeinsam da und schauten in stillem Einvernehmen auf den Fluss, auf dessen Oberfläche das Mondlicht glitzerte – um uns herum nur die Geräusche der Nacht, die sich sternenfunkelnd über Herzbach gesenkt hatte.

23

Sara Knapp zwei Wochen später, am Samstag, saß ich mit Alexander bei einem entspannten Mittagessen auf meiner Terrasse und dachte darüber nach, ob sich an diesem Wochenende eine Gelegenheit ergeben würde, um Sophie von uns zu erzählen. An dem Abend, an dem ich es eigentlich hatte tun wollen, war ich zunächst damit herausgeplatzt, dass ich Sophie hatte Geige spielen hören. Daraufhin hatte sie mir von den Ereignissen um ihre Mutter berichtet, und ich hatte meine Neuigkeiten als nicht so wichtig abgetan und stillschweigend auf später vertagt. Doch in den Tagen danach war ich in Arbeit versunken. Eine in Münster ansässige Bank liebäugelte mit dem Kauf eines niederländischen Finanzinstituts und hatte unsere Gesellschaft beauftragt, die steuerlichen Implikationen zu bewerten. Zu den Chorproben war ich dennoch gegangen, nur um danach zu Hause den Laptop hochzufahren und weiterzuarbeiten.

»Ein Penny für deine Gedanken«, drang Alexanders Stimme in mein Bewusstsein.

Ich hob den Kopf und schmolz dahin, als ich seinen zärtlichen Blick sah. Er war heute Morgen aus London angereist, um mit mir den Tag zu verbringen. Wir hatten uns seit zwei Wochen nicht gesehen, aber täglich telefoniert und zahlreiche WhatsApp-Nachrichten ausgetauscht. Geschlafen hatten wir bisher nicht miteinander, auch wenn bei seinem letzten Besuch nicht viel gefehlt hätte, und auch heute konnten wir kaum aneinander vorbeigehen, ohne uns zu küssen und zu berühren. Alexanders Nähe tat mir gut, er brachte mich auf andere Gedanken, daran gab es keinen Zweifel.

»Ich habe darüber nachgedacht, wann ich Sophie von uns erzählen soll«, teilte ich ihm offenherzig mit und nahm eine Gabel von den Spaghetti, die Alexander für uns aus den Zutaten zubereitet hatte, die er in meiner Küche vorgefunden hatte. Sie schmeckten himmlisch – nach Olivenöl und Peperoni und ganz viel Knoblauch.

Alexander griff nach seinem Weinglas und schwenkte es. »Versteh mich nicht falsch, Sara. Wenn es nach mir ginge, könntest du es auch Biene erzählen oder einen Aushang am Schwarzen Brett machen, was ungefähr auf dasselbe herauskäme. Aber ich denke, es wäre besser, wenn du damit noch bis nach dem Wettbewerb wartest.«

Ich hatte bereits die nächsten Spaghetti auf meine Gabel gerollt und hielt nun auf halben Weg zum Mund inne. »Warum?«

Ein Lächeln erschien um seinen Mund. »Ich habe den Wettbewerb *Hast du Töne?* gestiftet und bezahle das Preisgeld. Dein Chor nimmt am Wettbewerb teil, und nach allem, was du mir in den letzten Tagen erzählt hast, werdet ihr den Zuschauern eine tolle Show bieten. Falls ihr gewinnen solltet, könnte das seltsam aussehen. Nach einem abgekarteten Spiel. Und wenn ihr nicht gewinnt, kommen deine Chorkollegen nachher noch auf die Idee, die Jury hätte euch absichtlich verlieren lassen. Damit niemand denkt, dass ich dich bevorzuge.«

Vor Verblüffung vergaß ich nun ganz zu essen und legte die Gabel zurück auf den Teller. Der Gedanke war mir vorher nie gekommen, aber er war nicht von der Hand zu weisen.

»Du hast recht«, räumte ich nach einer kurzen Pause ein. Davon abgesehen hatte ich gar kein Interesse, die Sache mit ihm und mir an die große Glocke zu hängen – nicht, bevor ich mir nicht darüber im Klaren war, was *die Sache* zwischen uns überhaupt war. Nachdenklich wiegte ich den Kopf.

»Sophie möchte ich trotzdem von uns erzählen. Sie ist meine Freundin, und du bist so etwas wie ihr großer Bruder. Sie hat die Wahrheit verdient. Du kennst sie: Sie wird nichts sagen, wenn ich sie darum bitte. Und ich will auf jeden Fall verhindern, dass sie es von jemand anderem erfährt.«

Alexander griff nach seiner Gabel und begann nun ebenfalls Spaghetti aufzurollen. Von ihm hatte ich mir abgeschaut, es so zu machen wie die Italiener, also ohne Löffel, nur mit der Gabel, doch ich musste zugeben, dass die Bewegung bei ihm sehr viel eleganter aussah. Allerdings hatte ich auch erst heute angefangen zu üben.

»Wie du meinst«, erwiderte er weich. »Ich habe sowieso keine Chance gegen dich.«

Lächelnd beugte ich mich zu ihm hinüber und gab ihm einen Kuss auf die Wange. Seine Bartstoppeln kitzelten angenehm. Langsam wanderten meine Lippen weiter zu seinem Hals. In tiefen Zügen atmete ich seinen herrlichen Duft ein. Mit einem leisen Stöhnen schob Alexander seinen Teller beiseite und zog mich auf seinen Schoß. Er umfasste meinen Hinterkopf mit einer Hand und küsste mich so lange und intensiv, dass mir schwindelig wurde. Seine andere Hand liebkoste meinen Nacken. Durch den Stoff seiner Jeans konnte ich seine Härte spüren, und die Berührung jagte heiße Schauer meinen Rücken hinab.

Alexander hielt mich fest und stand langsam mit mir auf. Reflexartig schlang ich meine Beine um seine Hüften. Seine Hände legten sich auf meinen Po und drückten ihn sanft, während er mit seiner Zunge weiter meinen Mund erforschte. So trug er mich ins Wohnzimmer und legte mich auf dem Sofa ab. Ich streckte die Arme nach ihm aus und zog ihn zu mir herunter.

»Bin ich dir nicht zu schwer?«, flüsterte er zwischen zwei Küssen.

»Nein«, beruhigte ich ihn. »Ich mag es, dein Gewicht zu spüren.«

Er legte eine Hand auf meinen Oberschenkel und begann mit beinahe unerträglicher Langsamkeit, mein Kleid nach oben zu schieben. Ich seufzte vor Lust und vergrub meine Finger in seinem dichten schwarzen Haar. Seine Hand wanderte weiter zum Bündchen meines Slips, und plötzlich veränderte sich Alexander in meiner Fantasie und wurde zu Noah. Mein Körper wurde starr. Alexander merkte es und hielt inne.

»Was ist los?«, fragte er.

Ich schob ihn von mir und setzte mich auf. Dabei strich ich mein Kleid herunter.

»Es tut mir leid«, murmelte ich. »Es geht nicht.«

Alexander setzte sich neben mich, hielt aber aus Rücksicht auf mich so viel Abstand, dass unsere Körper sich nicht berührten. Mit einer Hand fuhr er sich übers Gesicht.

»Du hast an Noah gedacht, stimmt's?«

Ich nickte stumm.

Eine Zeit lang schwieg er, dann setzte er ein Lächeln auf, das ein wenig schief geriet. »Jetzt gerade würde ich ihm gerne eins auf die Nase geben«, erklärte er mit einer so komischen Grimasse, dass ich trotz allem schmunzeln musste. »Andererseits«, fuhr er fort und sah mich dabei so liebevoll an, dass mein Herz schwer wurde, »sitze ich nur deshalb hier mit dir zusammen, weil er nicht Manns genug ist, um dich für sich zu beanspruchen. So gesehen muss ich Noah dankbar sein.«

Das musste ich erst mal verdauen. Nicht wegen der Worte an sich, sondern wegen des Tonfalls. Er war anders als sonst. Alexander hatte nie einen Hehl aus seinem Interesse an mir gemacht, aber bisher war immer ein *Vielleicht*, ein *Ich bin gespannt, wie es sich entwickelt* mitgeschwungen. Doch nun klang er … bestimmt. So, als sei er sich seiner Sache hundertprozentig sicher. Aber wenn es wirklich so war – was bedeutete das für mich? Konnte ich mich guten Gewissens weiter mit ihm treffen, wenn er sich ernsthaft in mich verliebt hatte und eine feste Beziehung wollte? In meinem Kopf herrschte Chaos. Die Gedanken wirbelten nur so durcheinander.

Alexander stand langsam auf und sah zu mir herunter. Wiederstreitende Gefühle spiegelten sich in seinen Zügen.

»Ich kenne mich mit einer solchen Situation nicht aus«, meinte er, »und noch weniger weiß ich, was richtig ist oder angemessen. Am liebsten würde ich bei dir bleiben, dich im Arm halten und jede Erinnerung an Noah wegküssen. Doch irgendetwas sagt mir, dass das vermutlich nicht funktionieren würde.« Er steckte die Hände in die Taschen seiner Jeans. »Deshalb werde ich jetzt gehen. Es sind noch drei Wochen bis zum Wettbewerb ... viel Zeit, um nachzudenken. Danach werden wir uns wiedersehen, und ich werde dich fragen, wie es mit uns weitergeht.« Er schien noch etwas hinzufügen zu wollen, beugte sich aber stattdessen zu mir herunter und gab mir einen feder-leichten Kuss aufs Haar.

»Auf Wiedersehen, Sara«, flüsterte er heiser. »Und wenn irgendetwas ist ... Wenn es dir schlecht geht, du Hilfe brauchst oder einfach nur reden möchtest – bitte zögere nicht, dich bei mir zu melden. Ich bin immer für dich da. Egal, wie spät es ist. Egal, was los ist.« Ein merk-würdiger Ausdruck trat in seine Augen, so als sei er über sich selbst überrascht, dass er auf diese Weise empfand. Er senkte den Kopf und drehte sich um.

»Alexander?«, rief ich und stand auf. Er wandte sich mir erneut zu. Ein paar Sekunden lang schauten wir ein-ander in die Augen, und meine Brust wurde eng. »Danke«, murmelte ich.

Statt einer Antwort lächelte er nur. Dann ging er, und ich war alleine.

Eine Zeit lang lief ich im Wohnzimmer auf und ab, ohne etwas wahrzunehmen. Mein Blick war nach innen gerichtet. Ich musste daran denken, wie ich Noah im Mai vor zwei Jahren zum ersten Mal gesehen hatte. Er war neu in unser Unternehmen gekommen und hatte eine Runde durch die Abteilungen gedreht, um seine Mit-arbeiter kennenzulernen. Seine Liebenswürdigkeit und sein humorvoller Charme hatten mich von der ersten Se-kunde an bezaubert. Wenn wir uns danach auf dem Flur oder in der Kantine begegneten, machte mein Herz jedes Mal einen kleinen Hüpfer. Doch ich ging meinen Gefühlen nie auf den Grund, schließlich waren wir beide verheiratet und Noah zudem mein Vorgesetzter, wenn auch nicht mein direkter. Etwa ein Jahr lang lächelten wir uns aus der Ferne an und wechselten hier und da – wenn es sich beruflich ergab – ein paar Sätze. Dann gab er mir einen Fachartikel zu lesen, von dem er schon bei unserem Kennenlernen gesprochen hatte, und bat um meine Meinung. So fing es an. Zu dem Zeitpunkt waren mein Mann und ich frisch getrennt, und ich wohnte wieder in Herzbach.

Unsere Beziehung entwickelte sich rasant. Ich hatte mich von Beginn an zu Noah hingezogen gefühlt, und nachdem er den ersten Schritt unternommen hatte, gestand er mir, dass es ihm ebenso gegangen sei. Zwar hatte er sich lange gewehrt, aber schließlich doch erkannt, dass er gegen seine Gefühle keine Chance hatte. Dass wir uns nur selten sehen konnten, höchstens einmal in der Woche, steigerte meine Sehnsucht nach ihm ins Unermessliche. Es mussten Tausende WhatsApp-Nachrichten gewesen sein, die wir uns in dieser Zeit schrieben. Wenn ich in Noahs Armen lag, sprachen wir von der großen Liebe und malten uns unsere Zukunft in leuchtenden Farben aus.

So gingen die Monate ins Land, ohne dass Noah Anstalten machte, mit seiner Frau zu sprechen. Er habe keine Gefühle mehr für sie, versicherte er mir, aber er habe ihr ein Versprechen gegeben, und daran fühle er sich gebunden. Ich weiß noch nicht, wie ich es löse, sagte er und küsste mich, aber ich werde es lösen, Sara, denn du bist die Frau, die ich liebe und mit der ich alt werden möchte.

Ich hörte seine Worte und glaubte ihm. Ich wollte ihm glauben, denn der Gedanke, ohne diesen wunderbaren Mann leben zu müssen, war unerträglich.

Doch irgendwann musste ich einsehen, dass Noah mir ein entscheidendes Detail verschwiegen hatte. Die wunderschönen Bilder, die er von unserem Leben gemalt hatte, die sich in meinem Kopf festgesetzt hatten und an denen ich mich festhielt, wenn ich nachts alleine in meinem Bett lag, waren nur Träume. Träume, die Noah mir als Realität verkauft hatte und die zerplatzten, als ich ihn zu einer Entscheidung drängte. Und Noah entschied sich. Nicht mit Worten. Er meldete sich schlicht nicht mehr, und ich begriff auf die harte Tour: Noah war niemand, der Versprechen brach, und die Versprechen, die er mir gegeben hatte, zählten nicht, denn sie waren reine Fantasiegebilde.

Und nun war da Alexander, in den ich als Zwölfjährige verliebt gewesen war. Der mich auf einem Fest wiedergesehen und Wochen später vor meiner Haustür gestanden hatte, um herauszufinden, warum ich ihm seitdem nicht mehr aus dem Kopf ging. Der sich ins Flugzeug setzte und nach Herzbach kam, nur um mit mir spazieren zu gehen, und der mich mit einer Intensität küsste, die mich willenlos machte. Alexander hatte sich zurückgezogen, damit ich in Ruhe nachdenken konnte. Nach dem Wettbewerb wollte er mich fragen, wie es mit uns weiterging, und ich nahm mir vor, bis dahin eine Antwort gefunden zu haben.

～

»Auf keinen Fall trage ich dieses T-Shirt«, sagte Johanna und verschränkte mit Nachdruck die Arme vor der Brust.

Es war Montagabend, der 17. September und das letzte Mal, das unser Chor im *Kiepenkerl* proben durfte. Die Sommerpause war vorbei, ab morgen würde das Restaurant seine Türen wieder für Gäste öffnen. Henning hatte schon mit Bedauern angekündigt, dass er deshalb nicht mehr bei jeder Probe vor dem Wettbewerb dabei sein konnte, doch da er seine Texte und Einsätze beherrschte, empfand ich das nicht als dramatisch. Die Leitung überließ ich weiterhin Sophie, die die Rolle nicht nur mit einer bewundernswerten Professionalität, sondern auch mit viel Freude und Einfallsreichtum ausfüllte. Ihre Begeisterung war ansteckend. Jedes Mal, wenn sie vor uns stand und voller Elan mit beiden Händen dirigierte, freute ich mich wie ein Schneekönig, dass wir sie hatten.

Nun wandte sich meine Freundin mit einem Lächeln an Johanna und hielt ihr erneut das schwarze T-Shirt hin, das Biene und Marion für uns alle gekauft hatten, damit wir beim Wettbewerb einheitlich auftraten.

»Zieh es doch wenigstens einmal über. Nur um zu schauen, wie es aussieht.«

Johannas Augen verengten sich. »Abgesehen davon, dass ich zu alt für dieses … *Kleidungsstück* bin, ist es auch viel zu klein.« Sie drehte sich um und fixierte Marion, die unter dem strengen Blick ihrer älteren Schwester zusammenzuckte. »Wo habt ihr es gekauft, in der Kinderabteilung?«

Marion lief rot an. »Bei den Erwachsenen gab es nicht mehr genügend von der Sorte, und wir wollten auf keinen Fall mit zu wenig T-Shirts nach Hause kommen, schließlich sind wir extra nach Münster gefahren, weil es dort einen H & M gibt«, verteidigte sie sich kleinlaut.

Johanna schnaubte. »Und was soll ich jetzt eurer

Meinung nach tun? Zwei Kinder-T-Shirts zusammennähen?«

Ich musste kichern und hielt mir schnell die Hand vor den Mund. Ein Blick auf die anderen Chormitgliedern zeigte mir, dass diese ebenfalls Mühe hatten, ernst zu bleiben. Henning und Siggi tauschten ein heimliches Grinsen, Lisa biss sich mit Gewalt auf die Lippen und Hermann und Barbara schauten mit einer Konzentration zu Boden, als ob sie soeben eine außerordentlich spannende Entdeckung zu ihren Füßen gemacht hätten. Nur Sophie blieb die Ruhe selbst. Sie hielt das T-Shirt eine Armeslänge von sich entfernt und betrachtete es.

»Du hast recht«, stellte sie fest, »es ist wirklich zu klein.«

Stella trat einen Schritt vor und bedachte Johanna mit einem schüchternen Lächeln. »Du kannst meines haben. Es ist mir zu groß, und wenn du magst, können wir tauschen.« Sie reichte der alten Frau ihr T-Shirt, und nach kurzem Zögern griff Johanna danach.

»Ausnahmsweise«, sagte sie, und ihre Mundwinkel hoben sich ein winziges Stück.

Ich wusste nicht genau, was es war, doch irgendetwas hatte das Mädchen an sich, das Johannas eisernen Panzer durchdrang. Vielleicht war es die Verletzlichkeit, die es ausstrahlte. Wenn man Stella sah, bekam man unweigerlich das Bedürfnis, sie in eine flauschige Decke zu packen und vor den Widrigkeiten des Lebens zu beschützen.

Marion atmete erleichtert aus und stupste Biene in die Seite, die schmunzelnd nickte. Es war kaum zu glauben, aber aus den beiden Frauen waren tatsächlich Freundinnen geworden. Sie zankten sich zwar immer noch ab und zu, aber wenn sie es jetzt taten, dann glich es mehr einer Neckerei.

»Gut«, meinte Sophie zufrieden. »Dann hätten wir das ja geklärt. Ich schlage vor, wir machen weiter.«

Wir stellten uns in Position und warteten darauf, dass Marvin auf dem Klavier die ersten Töne von *Zu dir* anstimmte. Doch Sophie gab ihm ein Zeichen, dass er warten sollte. Dann wandte sie sich erneut an den Chor.

»Es ist an der Zeit, dass wir die Noten aus der Hand legen. Legt die Hefte bitte zur Seite, ihr braucht sie nicht, ihr kennt den Song jetzt.«

Sofort erhob sich Widerspruch.

»Können wir sie nicht bitte behalten?«, jammerte Irene. »Ich fühle mich viel sicherer, wenn ich den Text vor mir habe.«

Wir anderen nickten, doch Sophie schüttelte bedauernd den Kopf. »Ich verstehe euch ja, aber beim Wettbewerb wollen wir das Publikum bewegen. Wir wollen die Menschen mitreißen. Sie sollen jedes Wort, das wir singen, glauben.«

Sie nahm Hermann das Notenheft aus der Hand, sah darauf hinunter und vertiefte sich in den Text. Dann sang sie mit gesenktem Kopf die erste Zeile von *Zu dir*. Als sie fertig war, sagte niemand ein Wort. Sophie gab Hermann das Notenheft wieder, nahm die Schultern zurück und streckte den Rücken durch. Erneut begann sie mit ihrer schönen, klaren Stimme zu singen. Für einen Moment sah sie mir direkt in die Augen, dann wanderte ihr Blick weiter zu den anderen. Es war dasselbe Lied, doch die Wirkung war eine völlig andere. Sophie war da, sie war präsent, in ihren Zügen spiegelten sich die Emotionen wider, die sie besang, und ich glaubte ihr jedes Wort. Als sie verstummte, war es ein paar Sekunden lang still im Raum. Hermann war der Erste, der vortrat und sein Notenheft zur Seite legte. Wir anderen folgten seinem Beispiel.

Den Rest der Probe sangen wir ohne die Blätter, und Sophie behielt recht. Wir brauchten die Hefte nicht, wir kannten den Text. Nachdem ich mich daran gewöhnt hatte, dass meine Hände keine Beschäftigung mehr hatten, fing ich an, mich freier zu fühlen, und das machte sich nicht nur in meiner Haltung, sondern auch in meiner Stimme bemerkbar. Den anderen ging es genauso. Ich hatte unseren Chor schon vorher als dynamisch empfunden, doch was wir heute zustande brachten, war so berauschend, dass wir nach dem letzten Lied in spontanen Jubel ausbrachen. Wir lachten und schlugen uns gegenseitig auf die Schulter, und Siggi sprach aus, was alle dachten:

»Wir können es schaffen!«

Nach der Probe räumten wir zusammen auf und spülten die Gläser.

»Ich werde das *Kiepenkerl* vermissen«, sagte ich zu Henning, als er die Restauranttür von außen abschloss.

»Dann musst du eben häufiger zum Essen vorbeikommen«, witzelte er, wurde aber schlagartig wieder ernst. »Ich weiß, was du meinst. Die letzten Wochen waren ganz besonders. Auch für mich.«

Marvin legte mir beide Hände auf die Schultern. »In unserer Scheune wird es auch kuschelig, versprochen. Noch ist es ja zum Glück warm draußen.«

Während ich lachte, fing ich einen Blick von Sophie auf. Ihr Gesichtsausdruck hatte etwas Trauriges. Als sie bemerkte, dass ich sie anschaute, verzog sie ihren Mund zu einem Lächeln. Doch besonders fröhlich wirkte sie dabei nicht. Ob sie etwas über Alexander und mich gehört hat?, schoss es mir durch den Kopf. Obwohl ich mir fest vorgenommen hatte, ihr von uns zu erzählen, hatte ich bisher nicht den passenden Zeitpunkt gefunden. Nein, dachte ich dann. Bei der Probe hatte sich Sophie mir gegenüber normal verhalten. Vermutlich sah ich Gespenster. Und tatsächlich … im nächsten Moment kam Sophie zu mir und verabschiedete sich mit einer festen Umarmung.

»Ich mache mich auf den Heimweg. Es hat großen Spaß gemacht heute. Tschüss.« Sie winkte in die Runde und stieg auf ihr Fahrrad. Die anderen Chormitglieder verabschiedeten sich ebenfalls.

Als nur noch Marvin und ich übrig waren, sagte er: »Ich werde aus Sophie nicht schlau. Manchmal habe ich das Gefühl, sie mag mich, doch im nächsten Moment ist sie wieder vollkommen reserviert.«

Selbst wenn ich noch Zweifel gehabt hätte, dass Marvin in Sophie verliebt war, löschte die Frustration in seiner Stimme diese restlos aus.

»Du bist neunundzwanzig und hast noch nie dein Herz an jemanden verloren?«, hatte ich Sophie an jenem Nachmittag im Wald gefragt, und sie hatte mit »Nein« geantwortet. Vielleicht war das der Grund für ihr unbeständiges Verhalten Marvin gegenüber. Vielleicht hatte sie sich ebenfalls in ihn verliebt und war nun mit ihren Emotionen überfordert. Schon deshalb musste ich ihr dringend von Alexander erzählen. Es gab keinen besseren Aufhänger, um mehr über Sophies eigenes Gefühlsleben herauszufinden. Weil ich Marvin keine Hoffnungen machen wollte, die sich nachher zerschlugen, hob ich nur mitfühlend die Schultern.

»Kommt Zeit, kommt Rat.«

Marvin grinste. »Kommt Zeit, kommt Rat? Wer bist du, meine Großmutter?«

In diesem Moment bemerkte ich Pfarrer Bertelsbeck, der quer über den Dorfplatz auf uns zusteuerte. Ich tippte Marvin auf die Schulter und wies mit dem Kinn in Richtung der herannahenden Gestalt.

»Wir bekommen Besuch.«

Der Pfarrer begrüßte uns mit einem kräftigen Händedruck.

»Hattet ihr gerade Probe?«, erkundigte er sich jovial.

Wir nickten.

»Und? Wie läuft das Singen? Wie ich gehört habe, macht ihr große Fortschritte.«

Sieh an, dachte ich amüsiert. Jemand hatte ihm verraten, dass wir nicht mehr die hoffnungslose Truppe vom Anfang waren.

»Zumindest freuen wir uns alle schon sehr auf den Wettbewerb«, antwortete Marvin unverbindlich.

Der Pfarrer betrachtete uns mit dieser betont freundlichen Miene, bei der ich sofort auf der Hut war.

»Schade, dass ihr nicht mehr im *Kiepenkerl* üben könnt. Wenn es in der Scheune nicht funktionieren sollte, dann sprecht mich an. Vielleicht kann ich euch die Kirche zur Verfügung stellen.« Er hob beide Hände. »Natürlich nur, falls euch das Gotteshaus nicht zu langweilig sein sollte. So ganz offiziell, meine ich.« Mit diesen Worten verabschiedete er sich und zog von dannen.

Marvin und ich tauschten einen schnellen Blick.

»Er weiß, dass wir eingebrochen sind«, stellte Marvin trocken fest.

»Jep«, antwortete ich.

Wir fingen beide an zu lachen.

»Woher nimmt er nur immer seine Informationen?«, fragte ich kopfschüttelnd. »Vom lieben Gott?«

Immer noch lachend setzten wir uns in Bewegung.

»Ich wette, der Pfarrer hat einen Hintergedanken«, rätselte Marvin. »Der gibt uns die Kirche doch nicht einfach so.«

Nachdenklich sah ich ihn an. »Aber was könnte das sein? Vielleicht will er, dass wir für ihn singen. So ein Chor würde dem Gottesdienst am Sonntag gut zu Gesicht stehen.« Noch während ich die Worte aussprach, überkam mich das Gefühl, ins Schwarze getroffen zu haben.

Marvin grinste. »Das sollte er sich gut überlegen. Wir kommen nur, wenn wir *Cordula Grün* singen dürfen.«

24

Sophie Auf dem Weg von der Probe nach Hause musste ich daran denken, wie Marvin seine Hände auf Saras Schultern gelegt hatte, und fühlte den mittlerweile schon vertrauten Schmerz in meiner Brust. Ich trat schneller in die Pedalen. Daheim ließ ich mein Fahrrad einfach vor der Tür stehen, anstatt es wie sonst in die Garage zu bringen, und lief auf direktem Weg ins Wohnzimmer. Erst, als ich meiner Geige die ersten Töne entlockt hatte, wurde ich ruhiger. Die Musik entspannte mich, und bald schon war mein Herz von nichts als Freude erfüllt.

Ich lächelte vor mich hin. Die Probe heute war ein wichtiger Meilenstein, den wir mit Bravour gemeistert hatten. Wie entsetzt die Chormitglieder reagiert hatten, als ich ihnen ihre Notenhefte wegnehmen wollte … Doch nachdem sie verstanden hatten, wie groß der Unterschied in der Wirkung war, hatten sie sie selbst zur Seite gelegt. Schmunzelnd stellte ich mir die Gesichter von Theaterbesuchern vor, wenn die Schauspieler plötzlich mit Textbüchern die Bühne betraten. Auf die Idee würde niemand kommen, und ich begriff nicht, warum es bei Chören anders sein sollte.

Meine Gedanken wanderten weiter zum Wettbewerb. Ich erinnerte mich daran, wie mir meine Chefin Charlotte zum ersten Mal von *Hast du Töne?* erzählt hatte. Allein die Vorstellung, ein Wochenende zwischen Dutzenden Ensembles in der Halle Münsterland eingesperrt zu sein, hatte kaltes Entsetzen in mir hervorgerufen. Und nun, fünfeinhalb Wochen später, freute ich mich darauf. Mehr noch – ich dirigierte einen der Chöre! Hätte mir das damals jemand gesagt, ich hätte ihn für verrückt erklärt.

Aber zu dem Zeitpunkt hatte ich auch noch fest daran geglaubt, nie wieder Geige zu spielen. Behutsam legte ich das kostbare Instrument zurück in den Koffer mit dem Löwenstein-Siegel, den mir Papa und Jascha dazugeschenkt hatten.

Ich hatte mich revanchiert, indem ich meinem Vater zu seinem Geburtstag letzte Woche ein Ständchen gespielt hatte. Danach hatte er Tränen in den Augen, und zum ersten Mal seit vielen Jahren zuckte ich nicht nach wenigen Sekunden zurück, als er mich umarmte. Wir verbrachten einen schönen Abend zu dritt. Jascha hatte gekocht. Es gab Papas Lieblingsessen, Rinderrouladen mit Salzkartoffeln, und dazu den leckeren Rotwein, den ich mitgebracht hatte. Während wir bei Kerzenlicht am Esstisch saßen, über dieses und jenes sprachen und dazu lachend mit den Händen gestikulierten, überkam mich ein Gefühl, das ich lange nicht empfunden hatte. Das Gefühl, eine Familie zu haben.

25

Sara Am nächsten Morgen sah ich die Schilder, sobald ich die Eingangshalle betreten hatte. Von den drei Fahrstühlen des Büroturms, in dem ich arbeitete, waren zwei außer Betrieb. Und der einzige intakte Lift schloss soeben seine Türen. Bis der wieder unten war, konnte es ewig dauern. Entschlossen spurtete ich los und drückte im Stakkato auf den Knopf. Zu meiner Erleichterung glitten die Türen wieder auseinander.

Doch meine Freude währte nur kurz, denn im Inneren des Fahrstuhls stand Noah und blickte mich an. Mein Herz setzte einen Moment aus, nur um dann in rasender Geschwindigkeit weiterzuschlagen. Übelkeit stieg in mir auf, und mir wurde eiskalt. Gleichzeitig waren meine Glieder wie gelähmt, ich konnte nur dastehen und ihn anstarren.

»Möchten Sie mitfahren?«, fragte er sanft.

Das förmliche »Sie« riss mich aus meiner Schockstarre. Ohne ein Wort zu sagen, stieg ich ein. Mein Herz hämmerte jetzt so laut, dass ich überzeugt war, er müsse es hören. Er und ganz Münster.

»Wie geht es dir?«, erkundigte er sich, nachdem sich die

Türen geschlossen hatten und wir alleine im Aufzug waren.

Ich war mir seiner Nähe so deutlich bewusst, dass ich kaum atmen konnte. Innerlich verfluchte ich mich, dass er immer noch diese Wirkung auf mich ausübte.

»Letztens hätte ich beinahe dein Motorrad umgeschubst«, sagte ich, denn es war das Erste, was mir in den Sinn kam.

In Noahs graue Augen trat Verblüffung. Dann verzog sich sein Gesicht zu einem Lächeln, das so vertraut war, dass mir erneut die Luft wegblieb.

»Das hätte ich dann wohl verdient«, erwiderte er.

In meinem Magen bildete sich ein Knoten. All die Gefühle, die seit Monaten in meinem Inneren tobten, bahnten sich ihren Weg an die Oberfläche.

»Warum hast du dich nicht gemeldet?«, brach es aus mir heraus.

Noah sah mich ernst an. »Du hast mit mir Schluss gemacht, Sara.«

Bei seiner Antwort brodelte heißer Zorn in mir hoch. »Ja«, versetzte ich. »Weil ich es nicht mehr ertragen habe. Weil ich dich ganz wollte. Aber offenbar hat dir das wenige, was wir hatten, gereicht.«

Noah zuckte zusammen. Er wollte etwas entgegnen, doch in dieser Sekunde legte der Fahrstuhl einen Zwischenstopp ein. Ein Kollege aus dem Konferenzmanagement stieg ein und nickte uns grüßend zu. Er schob einen Wagen, auf dem mehrere Kaffeekannen standen. Am liebsten hätte ich ihn angefahren, dass der Fahrstuhl besetzt sei.

So lange hatte ich es vermieden, Noah bei der Arbeit alleine zu begegnen – genau wie er mir aus dem Weg gegangen war –, doch nun, wo es doch geschehen war, wollte ich ihm all den Schmerz, all die Enttäuschung, die er mir zugefügt hatte, entgegenschreien. Das Bedürfnis war dermaßen übermächtig, dass ich nicht wie sonst in der sechsten Etage ausstieg, sondern mit ihm und dem Kollegen weiterfuhr. Aus den Augenwinkeln konnte ich sehen, wie Noahs Gesichtsausdruck leicht panisch wurde. Sicher fragte er sich, was ich vorhatte. Das wusste ich selber nicht. Mir war schwindelig, und in meinen Ohren rauschte das Blut. In diesem Moment war ich zu allem fähig.

Der Fahrstuhl hielt in der achten Etage, in der es noch Einzelbüros gab, und ich folgte Noah nach draußen. Der Mann mit dem Kaffee stieg zum Glück nicht mit uns aus. Nachdem sich die Fahrstuhltüren geschlossen hatten, wandte Noah sich mir zu. Ich sah die Überforderung in seinem Blick.

»Bitte, Sara. Hier können jeden Moment Kollegen vorbeikommen.«

Ich verschränkte die Arme vor der Brust. »Das ist mir egal.«

Noah warf einen Blick über seine Schulter und senkte seine Stimme. »Wir können später reden. Ich melde mich bei dir.«

Wütend schüttelte ich den Kopf. Wie viele Abende hatte ich daheim auf dem Sofa auf mein Handy gestarrt und verzweifelt darauf gewartet, dass das erlösende *Ping* erklang, das seine Nachricht ankündigte. Wie oft waren diese Abende in Nächte übergegangen, in denen ich das Smartphone neben meinem Kopfkissen platzierte. Wenn ich dann morgens wie erschlagen aufwachte, ging mein erster Blick zum Handy. Nur um das Display leer vorzufinden. Ich dachte an die Enttäuschung, die jedes Mal wie eine schwarze Welle durch meinen Körper geschwemmt war. An die Tränenmeere, die ich unter der Dusche vergossen hatte, an die Unmengen von Concealer, die ich verbraucht hatte, um mich für den Arbeitstag zurechtzumachen.

»Wir reden jetzt.«

Noah runzelte die Stirn. An seiner Miene konnte ich ablesen, dass er drauf und dran war, mich stehen zu lassen.

Ein wütendes Zittern lief durch mich hindurch. Er maß mir keine Priorität zu. Das hatte er nie getan, auch nicht, als wir noch zusammen waren. In seinem Leben zählten andere Dinge. Seine Arbeit. Seine Mitarbeiter. Das Versprechen, das er seiner um Jahre älteren Ehefrau gegeben hatte, sie niemals wegen einer Jüngeren zu verlassen.

»Hallo, Herr Marten, hallo, Frau Wissmann. Einen schönen Tag für Sie beide.«

Noah und ich fuhren gleichermaßen herum, als Marianne Paulsen, die Partnerin in unserer Gesellschaft war, an uns vorbeilief. Wie immer hatte sie die Treppe genommen, und obwohl sie bereits Dutzende Stufen erklommen hatte, war ihrer Stimme keinerlei Anstrengung anzuhören.

»Guten Morgen, Frau Paulsen«, entgegnete ich und drehte mich dann wieder zu Noah. »Vielen Dank noch mal, dass Sie sich Zeit für mich nehmen, Herr Marten«, sagte ich so laut, dass sie es hören musste. »Ich verspreche Ihnen auch, ich fasse mich kurz.«

In Noahs Miene spiegelten sich widerstreitende Gefühle. Da war Ärger, weil ich ihn überrumpelt hatte, aber auch Belustigung.

»Gerne, Frau Wissmann«, erwiderte er betont liebenswürdig. »Dann kommen Sie mal mit in mein Büro.«

»Möchtest du etwas trinken?«, brach Noah das Schweigen, als wir in seinem Büro alleine waren. »Ein Wasser vielleicht?«

Ich nickte, und er öffnete eine der kleinen Flaschen, die auf seinem Besprechungstisch standen, und goss mir ein. Mit einer Geste forderte er mich auf, Platz zu nehmen, und setzte sich dann mir gegenüber. Unsere Blicke trafen sich.

»Ich vermisse dich«, sagte er unvermittelt.

Und plötzlich fühlte ich mich völlig entwaffnet. Innerhalb einer Millisekunde war die Wut, die mich angetrieben hatte, verraucht. Stattdessen spürte ich, wie mir Tränen in die Augen stiegen.

»Ich vermisse dich auch«, flüsterte ich.

Noah sah mich weiter an. Über den Tisch streckte er seine Hand nach mir aus. Ich ergriff sie, und wir verschränkten unsere Finger so selbstverständlich miteinander, wie wir es immer getan hatten. Mein Herz zog sich zusammen.

»Es tut mir so leid, dass ich dir wehgetan habe«, entschuldigte er sich mit leiser Stimme. »Ich wollte das nicht. Und ich habe mich nicht bei dir gemeldet, weil ich dich nicht wieder enttäuschen wollte. Jeden Tag habe ich gedacht: Vielleicht schaffe ich es heute. Vielleicht trenne ich mich heute von meiner Frau. Dann hätte ich mich bei dir melden können, um dir zu sagen, dass ich frei bin. Frei für uns. Für unsere gemeinsame Zukunft.« Er schluckte hart. »Aber ich habe es nicht geschafft.« Sein Blick wanderte zu seiner Hand, die meine umschlossen hielt, und heftete sich auf den goldenen Ehering an seinem Finger. »Es tut mir leid, dass ich nicht stärker für uns sein kann.«

Nach ein paar Sekunden entzog ich ihm meine Hand, und es fühlte sich wie ein Abschied für immer an. Nun flossen die Tränen, die ich so mühsam zurückgehalten hatte. Sie strömten über meine Wangen, liefen meinen Hals hinunter und sickerten in den Kragen meines Kleides.

»Ach, Süße«, sagte Noah hilflos. Er stand auf, holte eine Packung Taschentücher aus seinem Schreibtisch und reichte mir eines. Seine Augen waren ebenfalls feucht. »Darf ich dich sehen?«, fragte er.

Ich schniefte in mein Taschentuch. »Warum?«

»Weil ich dich liebe.«

Ein ersticktes Keuchen entrang sich meiner Brust. So sehr hatte ich mich nach diesen Worten gesehnt, und jetzt, wo er sie sagte, in dieser ausweglosen Situation, fühlte ich mich so überfordert, dass ich erneut hemmungslos zu schluchzen begann. Es dauerte eine Weile, bis ich wieder sprechen konnte.

»Noah?«

Noah – die Ellenbogen aufgestützt, die Hände vor Mund und Nase geschlagen – hob den Kopf.

»Ja?«, fragte er, und ich hörte die Traurigkeit in seiner Stimme.

Ich schluckte mehrmals und räusperte mich. »Es funktioniert nicht, Noah. Du würdest mir doch nur wieder das Herz brechen. Du kannst nicht anders, du bist wie dieses kleine blaue Monster aus dem Disneyfilm, den wir zusammen gesehen haben, das auf Zerstörung programmiert ist.«

Ein kleines Lächeln erschien um Noahs Mund. »Du meinst das aus *Lilo & Stitch?*«

Obwohl mir nicht danach zumute war, musste ich ebenfalls lächeln. »Ja. Du bist Stitch.«

Noahs Züge wurden unendlich weich. »Ich liebe dich, Sara«, wiederholte er.

Ich schluckte erneut. Ein paar Sekunden lang rang ich innerlich mit mir, doch dann sah ich die Situation mit einem Mal ganz klar und wusste, dass es das einzig Richtige war, wenn ich jetzt ging. Langsam erhob ich mich.

»Mach's gut, Noah«, flüsterte ich und wandte mich zur Tür.

»Mach's gut, Sara«, hörte ich seine Stimme in meinem Rücken.

Auf dem Gang vor seinem Büro atmete ich ein paarmal tief durch. Ich sah bestimmt furchtbar aus mit meinem verquollenen Gesicht, dennoch hatte ich keine Angst, dass jemand vorbeikommen und mich sehen könnte.

Wie ich so vor Noahs Bürotür stand, breitete sich ein merkwürdiges Gefühl in mir aus. In nur wenigen Minuten hatte sich etwas in mir verändert. Ich konnte es nicht richtig in Worte fassen, aber ich hatte meinen Frieden mit Noah gemacht. Mit seinem Unvermögen, für uns zu kämpfen, obwohl er mich liebte. Ich hatte ihm vergeben, und im selben Augenblick war mein Zorn auf ihn verschwunden. Natürlich war ich traurig, wie alles gekommen war, doch ich konnte nun akzeptieren, dass unser Weg zu Ende war. Dass es nicht *sein* Lächeln war, das mein Leben begleitete.

Mit dem Gefühl, als wäre eine zentnerschwere Last

von meiner Brust genommen, suchte ich die nächste Damentoilette auf. Mein Spiegelbild blickte mir entgegen. So verheult ich auch aussah, in meinen Augen erkannte ich einen Ausdruck, den ich viel zu lange nicht mehr an mir entdeckt hatte: Ich war wieder ich selbst. Mit einem leisen Lächeln griff ich nach einem Papiertuch und entfernte die schwarzen Schlieren aus meinem Gesicht. Als ich fertig war, vergewisserte ich mich, dass sich niemand in den Toilettenräumen aufhielt, dann rief ich Sophie an. Sie meldete sich nach dem zweiten Klingeln.

»Ich habe Noah getroffen«, sagte ich schlicht.

»Oh!«, erwiderte sie überrascht. »Und? Wie geht es dir?«

Ich berichtete von unserer Begegnung und schloss mit den Worten: »Ich habe das Gefühl, mich wiedergefunden zu haben. Jetzt kann ich endlich nach vorne schauen.«

Am anderen Ende war es still. Schließlich antwortete Sophie:

»Das klingt gut. Da wird sich Marvin freuen.«

Verständnislos runzelte ich die Stirn. Hatte sie Marvin gesagt?

»Du«, fuhr Sophie fort. »Nimm es mir bitte nicht übel, Sara, aber ich muss jetzt leider los. Wir reden ein anderes Mal. Und wirklich: Ich freu mich für dich!«

Sie legte auf, und ich schaute verdattert auf mein Smartphone. War sie tatsächlich nur im Stress, oder hatte ich etwas Falsches gesagt?

Plötzlich machte es so heftig Klick in meinem Kopf, dass ich mir mit der flachen Hand auf die Stirn schlug: Sophie dachte, ich sei in Marvin verliebt und umgekehrt! Aber wie kam sie bloß darauf? Natürlich hatten wir uns seit der Gründung des Chors oft gesehen und viel Zeit miteinander verbracht, aber doch nur als Freunde.

Mir kam in den Sinn, wie wir vor ein paar Wochen abends bei Sophie im Wohnzimmer gesessen hatten. Als sie rausging, um die DVD über den Seniorenchor zu holen, hatte Marvin mir verraten, dass er nur Klavierspielen gelernt habe, um sich ihr nah zu fühlen. In dem Moment war Sophie mit dem Film in der Hand zurück ins Wohnzimmer gekommen. Marvin und ich bemerkten sie erst, als sie unmittelbar vor uns stand. Wie erschrocken wir geschaut haben mussten! Jetzt erst wurde mir klar, welchen Eindruck das bei Sophie hinterlassen hatte. Sie musste gedacht haben, sie hätte uns beim Turteln überrascht, und später auch andere Situationen dementsprechend falsch gedeutet haben. Gedankenverloren nahm ich den Kamm aus meiner Handtasche und fuhr mir damit durchs Haar. Anschließend band ich es zu einem lockeren Knoten hoch. Wenn Sophie die Vorstellung missfiel, dass Marvin und ich uns näherkommen könnten, dann nur, weil sie selber Gefühle für ihn hatte. Das erklärte auch, warum sie gestern Abend bei der Probe so traurig geschaut hatte, als Marvin seine Hände auf meine Schultern gelegt hatte. Sophie war eifersüchtig! Dabei wusste sie ja gar nicht, wie sich verliebt sein anfühlte … Mein Mund verzog sich zu einem Schmunzeln. Sophie und Marvin also. Plötzlich hatte ich Alexanders Gesicht vor mir. Wer weiß, sagte eine Stimme in meinem Kopf, vielleicht ist es Zeit für mehr als nur ein Happy End.

»Hallo«, sagte Sophie verblüfft, als ich am späten Nachmittag in der Redaktion des *Münsterlandspiegel* auftauchte.

Eine Kollegin von ihr, die gerade ging, hatte mich
nicht nur hereingelassen, sondern mir auch erklärt, dass
ich Sophie in der Küche fand. In meiner Firma machte
man es Besuchern nicht so einfach, aber es gefiel mir.
Das Verhalten hatte etwas Freundliches und Vertrauensvolles an sich, das in der heutigen Zeit selten geworden
war. Sophie stellte das Wasserglas ab, das sie gerade hatte
füllen wollen. Über ihr Gesicht glitt ein Ausdruck von
schlechtem Gewissen. Sie öffnete den Mund, um etwas
zu sagen, doch ich kam ihr zuvor.

»Marvin liebt nicht mich«, teilte ich ihr unumwunden
mit. »Er liebt dich.«

Auf der Autofahrt von meiner Firma hierhin hatte ich
mir lange überlegt, welchen Einstieg ich wählen sollte,
und mich dann für den direkten Weg entschieden.

Die Augen meiner Freundin weiteten sich. Mit einer
Hand stützte sie sich auf der Arbeitsfläche ab.

»Wie … warum …?«, sie brach ab und schüttelte den
Kopf.

Ich lächelte sie an. »Es tut mir leid, dass ich nicht früher begriffen habe, wie es um dich steht. Dann hätte ich
dir niemals Anlass gegeben, eifersüchtig zu sein.«

Sophie atmete tief durch. »Können wir unsere Unterhaltung bitte woanders fortsetzen?«, flüsterte sie gequält.

Zehn Minuten später saßen wir in meinem Wagen auf
dem Weg nach Herzbach, und ich erzählte ihr von Marvins Kummer gestern Abend, weil er nicht schlau aus ihrem Verhalten wurde.

Nachdem ich geendet hatte, schwieg Sophie einen Moment. Dann sah sie mich mit einem komischen Ausdruck von der Seite an.

»Ich bin so bescheuert. Ich habe gesehen, wie vertraut ihr miteinander umgeht, und euer freundschaftliches Verhalten mit Liebe verwechselt. Tut mir leid, Sara, ich bin wohl nicht besonders geübt darin, Gefühle zu erkennen.« Sie seufzte. »Woran hast du gemerkt, wie es um mich steht?«, griff sie meine Worte von vorhin auf.

Ich hob die Schultern. »Du hast so merkwürdig reagiert, als ich dir von meiner Begegnung mit Noah erzählt habe. Als ich meinte, jetzt könne ich endlich nach vorne schauen, hast du Marvin ins Spiel gebracht. Zuerst war ich von deiner Aussage völlig verwirrt, doch dann ist es mir wie Schuppen von den Augen gefallen. Du siehst, ich bin auch nicht so begabt, wenn es darum geht, Gefühle zu erkennen.«

Wir lächelten einander an.

»Ich hätte ja auch mal etwas sagen können«, räumte Sophie ein. »Stattdessen habe ich geschwiegen und ein finsteres Gesicht gezogen, wann immer du und Marvin miteinander gelacht habt. Dabei wollte ich mich eigentlich für euch freuen, es hat nur nicht funktioniert.« Sie grinste. »Zu meiner Ehrenrettung sei gesagt, dass ich eine Weile gebraucht habe, um zu begreifen, was dieses ständige Bauchflattern zu bedeuten hatte, sobald Marvin mich anschaute. Wie gesagt ... was die Liebe angeht, bin ich ein blutiger Anfänger.« Sie stutzte, als ihr plötzlich ein Gedanke kam. »Oje. Muss ich Marvin jetzt sagen, was ich für ihn empfinde?«

Ich gluckste. »Das wäre hilfreich.«

Sophie nickte ängstlich. »Damit hast du vermutlich

recht.« Sie beugte sich vor und stellte das Radio an. »Ich muss mich ablenken.«

Der Sender spielte *Ich hab geträumt von Dir* von Matthias Reim.

»War ja klar«, meinte Sophie ironisch, und wir fingen beide an zu grinsen.

Ich sah über meine Schulter, setzte den Blinker und fuhr von der Autobahn ab.

»Ich muss dir auch noch etwas sagen«, gestand ich ihr, als wir die Landstraße nach Mondstein erreicht hatten.

Und so erzählte ich ihr von Alexander. Von seinem Wunsch, Zeit mit mir zu verbringen. Von unserem ersten Kuss im Auto, dem weitere gefolgt waren. Von unserer letzten Begegnung und den Worten, die er zum Abschied zu mir gesagt hatte: »Es sind noch drei Wochen bis zum Wettbewerb ... viel Zeit, um nachzudenken. Danach werden wir uns wiedersehen, und ich werde dich fragen, wie es mit uns weitergeht.«

Inzwischen hatten wir den Bahnhof in Mondstein erreicht, wo Sophies Fahrrad stand. Ich lenkte den Wagen auf einen freien Parkplatz und schaltete den Motor aus.

»Das sind ja mal Neuigkeiten«, staunte Sophie und schaute mich mit einer Mischung aus Belustigung und Ergriffenheit an. »Alex hat es erwischt. Dass ich das noch erleben darf!« Sie dachte kurz nach. »Und du?«, fragte sie dann. »Was wirst du ihm antworten, wenn er dich fragt, wie es weitergeht?«

»Ehrlich? Ich weiß es nicht.«

Mein Blick glitt zum Fenster und folgte einer älteren Frau, die draußen mit ihrem Basset spazieren ging. Der Hund sah mit seinen langen Ohren und dem seelenvollen Blick so drollig aus, dass ich unwillkürlich lächeln musste.

»Ich finde Alexander wundervoll«, fuhr ich fort. »Er ist attraktiv, aufmerksam, klug, leidenschaftlich, zärtlich – alles, was sich eine Frau von einem Mann nur wünschen kann. Aber das mit Noah ist noch frisch, und ich bin mir nicht sicher, ob ich mich direkt auf die nächste Beziehung einlassen möchte. Was ist, wenn ich mich ernsthaft in Alexander verliebe und er dann feststellt, dass seine Gefühle für mich doch nicht so stark sind? Nach all dem Liebeskummer, den ich wegen Noah hatte? Nach der Ablehnung, die ich von ihm erfahren habe?«

Sophie legte ihre Hand auf meine. »Eine gute, sehr kluge Freundin von mir hat einmal gesagt, das nenne man Leben«, sagte sie liebevoll.

Meine Mundwinkel hoben sich. »Ach ja, hat sie das?«

Sophie lächelte. »Ja. Aber Alexander hat recht. Du musst jetzt noch keine Antwort haben. Warte den Wettbewerb ab. So mache ich es auch. Ich werde mit Marvin sprechen, aber erst nach unserem Auftritt. Bis dahin gilt meine volle Aufmerksamkeit dem Chor.« Ein Strahlen ging über ihr Gesicht. »Apropos Wettbewerb«, sagte sie mit Aufregung in der Stimme. »Für die Generalprobe habe ich mir etwas Besonderes überlegt. Ich möchte sie gerne in der Kirche abhalten. Nichts gegen Marvins Scheune, die ist bestimmt vollkommen in Ordnung, aber für unsere letzte Probe wäre die Atmosphäre in St. Andreas perfekt. Meinst du, Pfarrer Bertelsbeck wäre damit einverstanden, wenn wir uns dort treffen? Ich denke, ich sollte ihn diesmal um Erlaubnis fragen. Wenn er uns erwischt und vor die Tür setzt, wäre das kein gutes Omen für den Wettbewerb. Ich kann Irene förmlich hören …«

»Keine Sorge«, winkte ich amüsiert ab. »Ich bin sogar sicher, dass er einverstanden ist«, ergänzte ich und berichtete ihr kurz von unserer Begegnung mit dem Pfarrer gestern Abend auf dem Dorfplatz. »Aber du kennst ihn, Sophie. Wir werden uns darauf einstellen müssen, dass er eine Gegenleistung verlangt.«

Sophie nickte schelmisch. »Alles andere würde mich bei Pfarrer Bertelsbeck auch enttäuschen.«

26

Sophie Wie sich herausstellte, lag Sara mit ihrer Einschätzung richtig. Als ich den Pfarrer am nächsten Morgen anrief, um ihn zu fragen, war er nicht nur einverstanden, dass wir die Generalprobe in seiner Kirche abhielten, er wollte sogar vorbeikommen und zuschauen.

»Da muss ich erst den Chor um Erlaubnis fragen«, erwiderte ich der Form halber.

»Tue das«, meinte Pfarrer Bertelsbeck belustigt. Insgeheim wussten wir beide, dass keines seiner Schäfchen es wagen würde, ihm den Zutritt zu seinem Gotteshaus zu verwehren. Dementsprechend selbstbewusst verabschiedete er sich von mir. »Also dann, bis bald, Sophie. Ich freue mich.«

Die Chormitglieder schmunzelten, als ich ihnen abends bei der Probe von unserem Telefonat erzählte, und genau wie ich es vorhergesehen hatte, erhob niemand Einwände gegen die Anwesenheit des Pfarrers. So stand der Generalprobe in der Kirche nichts mehr im Weg. Und das war auch gut so. Denn selbst wenn die Westkamp-Scheune, in der wir uns heute zum ersten Mal trafen, mit ihrer hohen Decke, den Holzbalken und dem frisch gefegten Fußboden gemütlicher wirkte, als ich vermutet hätte, reichte sie an die Atmosphäre von St. Andreas nicht heran. Inzwischen hatte uns das Organisationsteam von *Hast du Töne?* auch unsere Startzeit für den Wettbewerb mitgeteilt. Wir waren am Sonntag, 7. Oktober, um fünfzehn Uhr an der Reihe und damit der letzte Chor, der auftrat. Unmittelbar danach fand die Siegerehrung statt.

Die Aufregung unter den Choristen war schon jetzt, zweieinhalb Wochen vorher, deutlich spürbar. Ich war heute ebenfalls nervös. Doch nicht wegen des Wettbewerbs, sondern wegen Marvin. Jedes Mal, wenn ich ihn anschaute, hatte ich Saras Worte »Er liebt dich« im Ohr und fühlte Schmetterlinge im Bauch, während mir abwechselnd heiß und kalt wurde. Marvin fing meinen Blick auf, und ich sah ertappt in eine andere Richtung. Himmel, dachte ich. Wenn ich gewusst hätte, dass sich Verliebtsein so anfühlt, hätte ich mich schon früher darum bemüht. Lächelnd bat ich alle Chormitglieder zu mir, und wir begannen mit dem Einsingen. Als wir die Probe zwei Stunden später beendeten, war ich wunschlos glücklich. Die Lieder saßen, und die Herzbacher brachten sie mit einer Begeisterung und Authentizität herüber, dass es eine Freude war. Anfangs hatte ich überlegt, nur Hermann, Johanna und Lisa Solos singen zu lassen, weil sie die besten Stimmen hatten. Doch dann hatte ich mich dagegen entschieden. Schließlich ging es in der Vision, die wir uns als Chor gegeben hatten, nicht um Perfektion und höchstmögliche Professionalität. Es ging darum, mit Freunden zu singen, füreinander da zu sein, Spaß zu haben und diese Freude zu vermitteln. Deshalb hatten nun sämtliche Choristen kleine Parts, die sie alleine sangen, sogar Stella, und wenn ich an das Ergebnis dachte, war ich mehr als zufrieden. Wir würden die Bühne rocken, daran gab es keinen Zweifel.

Meine Aufmerksamkeit wurde plötzlich von einer Frau in Beschlag genommen, die zögernd in die Scheune trat. Es war Frau Brandt, Stellas Mutter. Zu den letzten Proben im *Kiepenkerl* war sie nicht mehr erschienen, doch heute war sie offenbar gekommen, um ihre Tochter abzuholen. Stella blickte zu ihr, und ihr Gesicht bekam einen entschlossenen Ausdruck. Etwas darin sagte mir, dass sie bereits auf ihre Mutter gewartet hatte.

In diesem Moment rief uns Hermann einen fröhlichen Abschiedsgruß zu und machte Anstalten zu gehen.

»Kannst du bitte noch kurz warten?«, fragte Stella.

Hermann wirkte überrascht, doch er nickte.

Das Mädchen sah in die Runde. »Könnt ihr bitte alle noch kurz bleiben?«

Die Chormitglieder, die bereits im Aufbruch begriffen waren, hielten inne. Stella atmete tief durch. »Mama«, sagte sie. »Ich möchte dir etwas sagen.«

Frau Brandt sah sich unbehaglich um. »Wie? Hier?«, fragte sie. »Hat das nicht Zeit, bis wir zu Hause sind?«

Stella schüttelte den Kopf. »Nein. Es muss hier sein. Und jetzt.« Mit angehaltenem Atem sah ich zu, wie sie einen Zettel aus der Tasche ihrer Jeans zog. Ich hatte ihr geraten, ihrer Mutter einen Brief zu schreiben, und wie es aussah, hatte sie meinen Rat beherzigt. Allerdings hatte ich nicht damit gerechnet, dass sie ihn vor uns lesen würde. Stellas Finger zitterten stark, doch schließlich schaffte sie es, den Brief zu entfalten. Sie räusperte sich und begann zu sprechen. Ihr Text erinnerte an einen Poetry-Slam, und jedes ihrer Worte traf mich mitten ins Herz.

Ich möchte nicht, dass du schlecht von ihm
  sprichst.
Und ich möcht mich nicht schämen, dass ich
  ihn vermiss.
Du sagst, er hat uns verlassen, doch wenn du
  ehrlich bist,
stimmt das nicht.
Er hat dich verlassen, und wenn du ehrlich bist,
auch umgekehrt.
Und so ist es jetzt. Er ist fort. Und ich bei dir.
Und es gibt niemanden, bei dem ich
  lieber wär.
Doch ich möchte nicht, dass du schlecht von ihm
  sprichst.
Und ich möcht mich nicht schämen, dass ich
  ihn vermiss.
Ich möchte ihn sehen und nicht deine Tränen,
wenn ich nach Hause komm.
Und wenn du ehrlich bist, weißt du das.
Und wenn ich ehrlich bin, dann zerreißt
  es mich.
Weil ich dich liebe. Und ihn.
Auch ohne ein Euch.

Nachdem Stella geendet hatte, war es totenstill in der Scheune. Ich sah zu Frau Brandt, die mit bleichem Gesicht vor ihrer Tochter stand. Ihre Augen waren feucht, und ihre Schultern bebten. Schließlich wandte sie sich wortlos ab und ging langsam zum Tor. Entsetzt schlug ich mir eine Hand vor den Mund. Stellas Körper erstarrte. Der Zettel entglitt ihren Fingern und fiel zu Boden.

Mich überfiel ein solches Mitleid, dass mir die Tränen

kamen. Wie viel Kraft es Stella gekostet haben musste, ihrer Mutter das Gedicht vorzutragen. Ich ahnte, warum sie es hier vor uns allen hatte tun müssen. Damit ihre Mutter zuhörte. Damit das Mädchen nicht auf halbem Weg den Mut verlor. Und nun das. Am liebsten wäre ich Frau Brandt hinterhergelaufen und hätte sie geschüttelt. Wie konnte sie ihre Tochter einfach so stehen lassen? Hatte sie ihr denn nicht zugehört?

Während ich mich zu fassen versuchte, hielt Frau Brandt plötzlich inne. Ein paar Sekunden lang stand sie einfach nur da, mit dem Rücken zum Raum. Dann ging ein Ruck durch ihren Körper. Sie drehte sich um, öffnete die Arme, und mit einem Schluchzen stürzte sich Stella hinein.

»Ich liebe dich, meine Süße«, hörte ich Frau Brandt sagen und: »Kannst du mir verzeihen?«

Nach einer Minute verließen Mutter und Tochter eng umschlungen die Scheune, ohne sich noch einmal nach uns umzuschauen. Es dauerte weitere sechzig Sekunden, bis der Erste von uns wieder in der Lage war zu sprechen. Es war Sara.

»Ich brauche jetzt einen Drink.«

Marvin nickte. »Ich besorge uns etwas.«

Zehn Minuten später stießen wir mit dem Münster-länder Lagerkorn an, den Marvin aus dem Haus geholt hatte. Nach der Hochzeit von Leonie Hoven hatte ich ge-glaubt, ich würde diesen Schnaps nie wieder trinken kön-nen, doch wie sich herausstellte, hatte ich mich geirrt.

»Auf Stella«, sagte ich und hob mein Glas.

Die anderen Chormitglieder taten es mir nach.

»Auf Stella«, wiederholte Johanna. »Von deren Mut wir uns alle eine Scheibe abschneiden können.«

Nachdenklich sah ich die alte Frau an. Wie recht sie hat, dachte ich.

~

Nach der Aussprache mit ihrer Mutter war Stella wie ausgewechselt. Bei den nächsten Proben in der Scheune strahlte sie und lachte, und es fiel mir schwer, sie mit dem schüchternen Teenager in Einklang zu bringen, den ich zu Beginn erlebt hatte und der beim Singen nur stumm die Lippen bewegt hatte. Abgesehen davon, dass Stellas gute Laune ansteckend war, war auch ihre Stimme eine echte Bereicherung für den Chor. Sie war nicht perfekt, doch sie hatte einen Ausdruck, der im Gedächtnis blieb.

Und mit ihrem mutigen Beispiel hatte Stella noch etwas bewirkt, das mich ganz persönlich betraf. Nach zwölf Jahren hatte ich beschlossen, dass die Zeit gekommen war, meine Mutter zu besuchen.

~

Am Abend der Generalprobe traf ich eine Stunde vor der verabredeten Zeit bei der Kirche ein. Durch das kleine Törchen an der Straße betrat ich den Friedhof, der zu St. Andreas gehörte. Seit der Beerdigung meiner Großmutter war ich nicht mehr hier gewesen. Es war ein beschaulicher Ort mit dichten Büschen und uralten Eichen, Kastanien, Birken und Fichten. Langsam schritt ich durch die Reihen. Außer mir war niemand unterwegs. Vor einem Stein aus grauem Marmor hielt ich inne. Das dazugehörige Grab war liebevoll gepflegt. Ich bückte mich und legte die einzelne Rose nieder, die ich in meinem Garten gepflückt hatte. Sie war weiß wie frisch gefallener Schnee. »Hallo, Mama«, sagte ich leise.

Nachdem meine Mutter unser Haus an meinem siebzehnten Geburtstag verlassen hatte, ging sie zu ihrem Liebhaber nach Wien. Die Beziehung hielt nicht lange. Ich war im ersten Semester, als meine Mutter meinen Vater bat, zurückkehren zu dürfen. Er erlaubte es ihr, denn er liebte sie immer noch, trotz allem.

Doch meine Mutter kam niemals in Herzbach an. Kurz hinter München kam ihr Wagen von der spiegelglatten Fahrbahn ab und prallte gegen einen Baum. Sie war sofort tot. Drei Tage später wurde sie auf dem Friedhof von St. Andreas beigesetzt. Ich blieb der Beerdigung fern und weigerte mich auch danach, ihr Grab zu besuchen. Nicht einmal im Tod konnte ich ihr verzeihen, und irgendwann gab mein Bruder auf, mich darum zu bitten.

Und nun stand ich hier, blickte auf ihren Namen, der in den grauen Stein graviert war, und konnte endlich weinen. Um sie und um das, was hätte sein können. Ich atmete tief ein, und zum ersten Mal an diesem Abend hörte ich die Vögel zwitschern. Vergebung war ein Prozess. Er würde seine Zeit brauchen, doch das Gefühl, begonnen zu haben, war überwältigend.

Nachdem keine Tränen mehr kamen, setzte ich mich auf eine Bank und begann leise zu erzählen. Von unserem Chor und dass ich wieder angefangen hatte, Geige zu spielen.

Schließlich war es Zeit zum Aufbruch. Ich stand auf und strich zum Abschied behutsam über den Grabstein. Dann wandte ich mich um, und mit jedem Meter, den ich zurücklegte, wurde mein Herz leichter, und als ich die Kirchentür öffnete und auf den Chor zuschritt, der mir lächelnd entgegensah, hatte ich das Gefühl zu fliegen.

Der Chor brachte sich in Stellung. Ich hob die Hände, und auf mein Zeichen stimmte Marvin die ersten Takte an. Die Herzbacher sangen wie nie zuvor. Ihre Stimmen erfüllten das Kirchenschiff, hallten im Deckengewölbe wider und vermittelten dabei so viel Leidenschaft und Lebensfreude, dass ich am ganzen Körper Gänsehaut verspürte. Als der Schlussakkord verklang, war ich nass geschwitzt. Die Chormitglieder lachten voller Glück und reichten sich gegenseitig die Hände. Hinter mir ertönte ein Klatschen. Pfarrer Bertelsbeck stand von seinem Platz in der ersten Reihe auf und kam zu uns nach vorne.

»Wunderbar«, meinte er, »ganz wunderbar.« Er strich sich über seinen schwarzen Anzug. »Über die Liederauswahl müssen wir natürlich noch sprechen, aber ansonsten freue ich mich sehr, wenn ihr an einem der nächsten Sonntagsgottesdienste für die Gemeinde singt.«

Marvin und Sara zwinkerten sich zu, und diesmal lächelte ich darüber.

»Wir werden sehen«, stellte ich dem Pfarrer in Aussicht. »Jetzt bringen wir erst mal den Wettbewerb hinter uns.«

Pfarrer Bertelsbeck faltete die Hände vor seinem Körper. »Eure Generalprobe stimmt mich da ganz zuversichtlich«, meinte er verschmitzt.

Irene trat einen halben Schritt vor und hob den rechten Zeigefinger in die Höhe. »Ich weiß nicht, woher ihr euren Optimismus nehmt«, unkte sie. »Die Generalprobe muss *schlecht* laufen, damit der Auftritt gut wird.«

Lachend zog Hermann sie an sich. »Keine Sorge, Irenchen«, meinte er und wies auf das Kreuz über dem Altar.

»Wir haben Gottes Segen. Was kann denn da noch schief-
gehen?«

Eine ganze Menge, wie sich später herausstellen sollte.

27

Sara Als ich am Sonntag des Wettbewerbs die Augen aufschlug, war es noch dunkel in meinem Schlafzimmer. Dennoch hielt mich nichts mehr in meinem Bett. Ich war von einer solchen Vorfreude erfüllt, dass ich sofort aufsprang und ins Bad lief. Unter der Dusche musste ich an unsere Generalprobe denken. Sophie hatte mir nachher gestanden, sie habe die ganze Zeit über Gänsehaut gehabt, und mir war es nicht anders ergangen. Heute um fünfzehn Uhr würde unser Chor seinen großen Auftritt haben, und ich konnte es kaum noch erwarten.

Wir hatten verabredet, uns um elf Uhr am großen Parkplatz zu treffen, um vor Ort noch genügend Zeit zu haben. Damit wir alle zusammen fahren konnten, hatte ich einen Van für uns gemietet. Die Tatsache, dass ich in ein paar Stunden Alexander wiedersehen würde, steigerte meine Aufregung ins Unermessliche.

Nachdem ich mich angezogen hatte, machte ich mich auf den Weg zur Bäckerei am Dorfplatz. Über den Baumwipfeln des Waldes ging die Sonne auf und tauchte den Himmel über Herzbach in ein Meer aus Farben: Orange, Gelb, Blau und Violett. Die Luft war angenehm kühl und wunderbar klar. Zu dieser frühen Stunde war kaum jemand unterwegs. Ich sah nur meine Nachbarin Wilma, eine pensionierte Lehrerin, die gerade die Sonntagszeitung aus ihrem Briefkasten holte und noch auf der Türschwelle zu lesen begann.

»Guten Morgen«, rief ich ihr fröhlich zu.

Wilma hob überrascht den Kopf. Sie blickte auf ihre Zeitung, dann wieder zu mir, und ein merkwürdiger Ausdruck huschte über ihr Gesicht.

»Morgen«, nuschelte sie und verschwand dann so fluchtartig in ihrem Haus, dass ich ihr verwundert hinterhersah.

Welche Laus war ihr denn über die Leber gelaufen? Oder hatte sie nur ihr kochendes Teewasser auf dem Herd stehen lassen?

Wenig später hatte ich Wilma vergessen, denn vor mir tat sich das ehemalige Gemeindehaus auf. Ich hatte spontan beschlossen, einen Abstecher hierhin zu machen, und als ich das reizende Fachwerkgebäude sah, getaucht in goldenes Sonnenlicht, fühlte ich mich in meiner Idee bestätigt. Ein tiefes Glücksgefühl überkam mich. Bald hatte ich zwei Wochen Urlaub, in denen ich meine Ausbildung zur Yogalehrerin abschließen würde, und mit ein bisschen Glück konnte ich vielleicht schon Ende des Jahres meinen ersten Kurs geben.

Während ich dastand und versonnen auf das ehemalige Gemeindehaus blickte, dachte ich an die letzten Wochen zurück. An jenen Abend im Biergarten, an dem mir Sophie zum ersten Mal von dem Wettbewerb erzählt hatte. Danach hatten sich die Ereignisse in meinem Leben überschlagen. Ich hatte einen Chor gegründet, der erst zu scheitern drohte und dann zu einer eingeschworenen Gemeinschaft wurde, die Freitagabend in St. Andreas auch stimmlich über sich hinausgewachsen war. Eine Gemeinschaft, die blieb, auch wenn wir den Wettbewerb nicht gewannen. Der Gedanke beruhigte mich. Zwar hatte ich den Chor nur wegen des Preisgelds ins Leben gerufen, aber inzwischen waren es andere Dinge, auf die es mir ankam. Ich liebte es, mit den Herzbachern zu singen, und ich war mir sicher, dass wir es noch tun würden, wenn niemand mehr an *Hast du Töne?* dachte. So schön der große Raum hinter dem grünen Tor auch war, es war nur ein Raum. Wichtig waren die Menschen, die darin zusammenkamen, und Yogastunden konnte ich überall geben, selbst in Marvins Scheune.

Meine Gedanken wanderten zu Noah. Ich empfand immer noch einen Anflug von Traurigkeit und Bedauern, wenn ich an ihn dachte, doch der wütende Schmerz und die schreckliche Bitterkeit, die mich sonst erfüllt und mein Denken beherrscht hatten, die jede Freude in mir nach kurzer Zeit wieder erstickt hatten, waren verschwunden. Stattdessen fühlte ich mich leicht. Frei. Ich konnte mein Leben wieder genießen, mich über das Lächeln einer Fremden freuen genauso wie über einen drolligen Basset, der neben seinem Frauchen hertapste. Und das hatte nichts mit Alexanders Küssen zu tun, auch wenn sie meine Beine in Wachs verwandelten. Die Kraft und Energie sprudelten aus mir heraus, und ich war gespannt, wohin sie mich führten.

Mit dem Gefühl, alles erreichen zu können, was ich mir vornahm, wandte ich dem ehemaligen Gemeindehaus den Rücken zu und setzte meinen Spaziergang zum Dorfplatz fort. Vor der Bäckerei hatte sich noch keine Schlange gebildet, doch im Inneren standen bereits ein paar Herzbacher, die ich vom Sehen kannte, an, um ihre Auswahl aus den verführerisch duftenden Backwaren zu treffen.

»Guten Morgen«, sagte ich, als ich mich dazugesellte.

Lisa war nicht hinter der Theke. Stattdessen bediente mich eine mollige junge Frau mit blondem Pferdeschwanz, die neu zu sein schien. Wie erstarrt blickte sie mich an, als ich meine Bestellung aufgab. Hatte ich undeutlich gesprochen? Geduldig wiederholte ich meinen Wunsch nach zwei Körnerbrötchen. Ein Ruck ging durch die Frau, und sie beeilte sich, das Gewünschte einzupacken. Als ich schon halb an der Tür war, drehte ich mich aus einem Impuls heraus noch einmal nach ihr um. Sie flüsterte mit der anderen Verkäuferin, wobei ihr Blick immer noch auf mich gerichtet war. Mich überkam ein leichtes Unbehagen. Nach Wilma war sie schon die zweite Person heute Morgen, die seltsam auf mich reagierte. Hatte ich Zahnpasta auf der Nase, oder sahen meine Haare irgendwie merkwürdig aus? Draußen blieb ich kurz stehen, um meine Erscheinung in der Fensterscheibe zu überprüfen. Doch ich konnte nichts entdecken. Kopfschüttelnd schlug ich den Heimweg ein.

»Sophie«, rief ich mit einer Mischung aus Freude und Erstaunen, als ich bei meiner Ankunft eine vertraute Gestalt auf den Stufen meines Hauses sitzen sah.

Sophie erhob sich. Ihr Gesicht war so ernst, dass sich in meinem Magen eine düstere Vorahnung regte.

»Wir müssen reden«, sagte sie.

Erst jetzt bemerkte ich die Sonntagszeitung in ihren Händen. Sie hielt sie mir hin, und mein Blick fiel auf die Titelstory.

»Hast du Töne?!?«, lautete die Schlagzeile. Darunter

war ein Bild zu sehen. Es zeigte Alexander und mich, wie wir uns leidenschaftlich küssten. Mir wurde kalt vor Entsetzen.

»Da war dieser junge Mann im Park«, stammelte ich. »Er hat uns angestarrt. Bestimmt hat er das Foto gemacht.« Ich fuhr mir mit den Fingern über den Mund. »O Gott, was machen wir denn jetzt? Wissen es die anderen schon?«

Meine Knie drohten unter mir nachzugeben, und Halt suchend lehnte ich mich gegen die Haustür.

Sophie nickte. »In unserer WhatsApp-Gruppe ist Hochbetrieb«, teilte sie mir mit. »Schaust du denn nicht auf dein Handy?«

Ich schluckte mühsam und schüttelte den Kopf. »Es liegt noch neben meinem Bett.« Ich stieß mich von der Tür ab und versuchte mit zitternden Fingern, sie zu öffnen.

Nach ein paar Sekunden nahm mir Sophie den Schlüsselbund aus der Hand. Dann schloss sie auf, führte mich ins Wohnzimmer und drückte mich auf das Sofa. Panisch schaute ich zu ihr hoch.

»O Gott«, wiederholte ich. »Der Wettbewerb nachher wird der reinste Spießrutenlauf. Am besten fahre ich gar nicht mit. Der Chor kann ja nichts dafür, dass ich Alexander geküsst habe.«

Sophie setzte sich neben mich und schaute mich an. »Niemand von uns fährt«, sagte sie traurig. »Unser Chor wurde disqualifiziert.«

»Was?«, fragte ich fassungslos. Tränen stiegen meine Kehle hoch, und mir wurde übel. »Das kann doch nicht sein«, stotterte ich. »Das lass ich nicht zu. Ich rufe Alexander an.« Ich machte Anstalten aufzustehen.

»Er war es, der uns vom Wettbewerb ausgeschlossen hat«, informierte mich Sophie.

Ich starrte sie an und sank zurück in die Polster.

»Bitte mach Alex keinen Vorwurf. Er musste es tun. Sonst hätte er den Wettbewerb absagen müssen. Denk an die vielen Chöre, die sich seit Wochen und Monaten darauf vorbereiten.«

Ihre Worte drangen in mein Bewusstsein. Nein, ich machte Alexander keinen Vorwurf. Ich verstand, warum er sich zu dem Schritt entschlossen hatte. Doch es machte mich unendlich traurig. Genau wie die anderen Sänger hatten auch wir uns wochenlang vorbereitet. Wir hatten uns auf den Tag gefreut und ihn gemeinsam herbeigesehnt. Und nun konnten wir nicht auftreten. Weil ich so leichtsinnig gewesen war und mich mit dem Initiator des Wettbewerbs eingelassen hatte. Ich wurde so wütend auf mich selbst, dass ich mir ein Kissen nahm und mit der Stirn immer wieder dagegenschlug.

»Davon wird es auch nicht besser«, hörte ich Sophie sagen.

Ich legte das Kissen beiseite und blickte sie an. »Was sagen die anderen? Hassen sie mich?«

Ein seltsamer Ausdruck erschien in den Augen meiner Freundin. »Am besten, du liest ihre WhatsApp-Nachrichten.«

Mir drehte sich erneut der Magen um. Ihre ausweichende Antwort konnte nur eines bedeuten: Der Chor war stinksauer auf mich. Bestimmt würden sie nie wieder ein Wort mit mir wechseln. Und das hatte ich auch verdient.

Warum bloß hatte ich Alexander geküsst? Ein Gedanke schoss mir durch den Kopf: Warum hatte er mich nicht vorgewarnt?

»Alex weiß seit gestern Nacht von dem Artikel. Seine Pressesprecherin hat sich danach sofort an die Arbeit gemacht und eine Erklärung veröffentlicht«, erklärte Sophie, und mir wurde bewusst, dass ich meinen Gedanken laut ausgesprochen hatte. »Seitdem versucht er, dich zu erreichen. Aber du gehst ja nicht ans Telefon. Mich hat er übrigens auch angerufen.« Sie zögerte. »Ich habe noch nie erlebt, dass Alex sich solche Gedanken um einen anderen Menschen macht. Ich glaube, er liebt dich wirklich.«

Ich atmete tief durch. »Darüber kann ich jetzt nicht nachdenken. Ich fühle mich schrecklich. Als ob ich euch alle im Stich gelassen hätte. Habe ich ja auch. Dieser Artikel …« Ich stöhnte. »Ich werde mich nie wieder in Herzbach sehen lassen können. Am besten, ich packe direkt meine Koffer.«

Ein Schmunzeln legte sich um Sophies Mund. »Jetzt hör mal auf«, sagte sie entschieden. »Ich bin auch enttäuscht, dass wir nicht am Wettbewerb teilnehmen können. Sehr sogar. Aber davon geht die Welt nicht unter. Dann machen wir eben nächstes Jahr mit.«

Unsicher schaute ich sie an. »Und du findest es nicht blöd, dass ich Alexander in der Öffentlichkeit geküsst habe? Obwohl mir hätte klar sein müssen, welches Risiko ich damit für den Chor eingehe?«

Sie zuckte mit den Achseln. »So ist das eben manchmal. Irgendwo habe ich mal ein Zitat von einem Gehirnforscher gelesen, der sinngemäß gesagt hat, dass unser bewusstes Ich nur eine Art Regierungssprecher sei, der Entscheidungen des Unterbewusstseins interpretiere und legitimiere, ohne die Hintergründe zu kennen oder an deren Zustandekommen beteiligt gewesen zu sein.« Ihr Lächeln vertiefte sich. »Siehst du: Du kannst gar nichts dafür, dass du Alex geküsst hast. Und er genauso wenig. Euer Unterbewusstsein hat Regie geführt.«

Mich durchströmte ein wohliges Gefühl der Zuneigung. Was für ein Glück ich hatte, eine Freundin wie Sophie zu haben. Sie war nicht nur *nicht* wütend auf mich, sie spielte auch ihre eigene Enttäuschung herunter, um mich zu trösten und aufzumuntern. Wenn alle Menschen so wären, dann wäre die Welt ein anderer Ort.

»Ich mache uns jetzt erst mal einen Kaffee«, verkündete Sophie in meine Gedanken hinein.

Wir tranken ihn in Decken gehüllt auf der Terrasse. Dazu aß Sophie die Brötchen, die ich vorhin auf dem Dorfplatz gekauft hatte. Ich selbst brachte keinen Bissen herunter. So verging die Zeit, und allmählich ließ meine Übelkeit ein wenig nach. Plötzlich begann Sophies Handy zu vibrieren und die Melodie von *Cordula Grün* zu spielen.

»Es ist Johanna«, ließ sie mich wissen.

Ich riss die Augen auf. »Geh nicht ran«, flehte ich.

Sophie schenkte mir ein nachsichtiges Lächeln, dann nahm sie das Gespräch entgegen. »Ja, die ist hier«, meinte sie. »Nein, sie hat noch nicht auf ihr Handy gesehen. Ja, ich richte es ihr aus. Tschüss.«

Mein Herz begann zu rasen. »Was hat sie gesagt?«, fragte ich voller Furcht.

»Das möchte sie dir selber sagen, wenn sie vorbeikommt.«

Ich spürte, wie mir alle Farbe aus dem Gesicht wich.

»Johanna ist auf dem Weg hierher?«

»Es sieht ganz danach aus.«

Hektisch sah ich mich nach allen Seiten um. »Ich muss mich verstecken.«

Sophies Lachen ließ mich innehalten. »Sie wird dir schon nicht den Kopf abreißen. Und wenn sie es doch vorhat, beschütze ich dich. Ich werde es zumindest versuchen. Es könnte nur sein, dass sie stärker ist als ich.«

Ich stieß die Luft aus, die ich unwillkürlich angehalten hatte.

»Das ist nicht hilfreich, Sophie. Nicht. Hilfreich.«

Als es an der Tür klingelte, zuckte ich zusammen. »Kannst du bitte aufmachen? Ich trau mich nicht.«

Mit einem Seufzer stand Sophie auf, und ich lief hinter ihr her ins Wohnzimmer, wo ich abrupt stehen blieb. Wenige Sekunden später hörte ich ein lautes Stimmengewirr im Flur. Mein Herz sackte mir in die Kniekehlen. Das war nicht nur Johanna. Sie hatte Verstärkung mitgebracht. Und richtig, im nächsten Moment strömte der Chor mit Sophie an der Spitze in den Raum. Sie waren alle gekommen: Johanna und ihre Schwestern Marion und Barbara, Hermann und Irene, Marvin, Stella, Henning und Lisa. Als Letztes betraten Siggi und Biene den Raum.

Ich erwartete sie mit hängenden Schultern, bereit, jede Beschimpfung und jeden Vorwurf entgegenzunehmen.

Johanna löste sich aus der Gruppe und musterte mich mit unbewegter Miene. Wie immer war ihr nicht anzusehen, was sie dachte.

»Jetzt steh da nicht herum wie ein armes Sünderlein«, rügte sie mich. »Du musst uns nach Münster fahren.«

Ich hob den Kopf. Verwirrt tauschte ich einen Blick mit Sophie, die ratlos mit den Schultern zuckte.

»Wieso nach Münster?«, fragte ich.

»Wieso nach Münster?«, äffte Johanna mich nach. »Na, um beim Wettbewerb zu singen, natürlich!«

Ich öffnete den Mund und schloss ihn direkt wieder.

Sophie kam mir zu Hilfe. »Wir können nicht am Wettbewerb teilnehmen, Johanna. Du weißt doch, dass wir disqualifiziert sind.«

»Das habe ich ihr auch gesagt«, meldete sich Irene mit weinerlicher Stimme zu Wort. »Wenn wir dort auftauchen, werden sie uns rauswerfen. Von dieser Demütigung werden wir uns nie erholen. Niemals.«

»Papperlapapp«, erwiderte Johanna streng. »Wann wir uns gedemütigt fühlen, bestimmen wir immer noch selbst.«

»So ist es«, sagte Hermann und grinste von einem Ohr zum anderen. »Was ist jetzt, Sara? Du hast den Bus gemietet. Fährst du uns nun oder nicht?«

Sprachlos sah ich von einem zum anderen. Da standen die Menschen, mit denen ich in den letzten Wochen so viel Zeit verbracht hatte, und lächelten mich an. Vor lauter Glück und Erleichterung liefen mir die Tränen über die Wangen.

»Wollt ihr nicht lieber ohne mich fahren?«, schniefte ich. »Dann habt ihr vielleicht noch eine Chance, dass es sich die Jury anders überlegt und euch singen lässt.«

»Wir können nicht ohne dich singen«, rief Stella mit Bestimmtheit. »Ohne dich sind wir nicht der Chor.«

Biene nickte feierlich. »Entweder es fahren alle oder niemand.«

Zögernd sah ich zu Irene. »Was ist deine Meinung, Irene? Alle oder niemand?«

Die alte Frau schaute mich lange an. Dann zupfte plötzlich völlig unerwartet ein Lächeln an ihren Mundwinkeln. »Wann wir uns gedemütigt fühlen, bestimmen wir immer noch selbst«, sagte sie. »Und wenn nicht – geteiltes Leid ist halbes Leid.« Sie reckte eine geballte Faust in die Luft. »Münster, wir kommen.«

Anschließend sah sie von einem zum anderen. »Wie sieht eigentlich unser Plan aus, wenn wir dort ankommen? Spazieren wir einfach hinein?«

»Genau das sollten wir uns jetzt in Ruhe überlegen«, meinte Marvin. »Losfahren macht sowieso noch keinen Sinn. Je länger wir uns auf dem Gelände aufhalten, desto größer ist die Wahrscheinlichkeit, dass wir auffliegen. Und das war's dann mit unserem Auftritt. Also, Freunde«, meinte er und rieb sich die Hände, »lasst uns einen Plan schmieden.«

»Wolltest du nicht einen *Bus* mieten, Sara?«, fragte Hermann einige Zeit später. Perplex schaute er zu dem Ford Transit, den ich auf dem Parkplatz von Herzbach abgestellt hatte.

Ich zuckte verlegen die Schultern. »Das war das Größte, was ich bekommen konnte. Ich habe schließlich keinen Busführerschein.«

Stella runzelte besorgt die Stirn. »Aber da passen wir doch gar nicht alle hinein.«

Wieder war es Irene, die für eine Überraschung sorgte. »Als ich ein Kind war, sind wir mit dem VW Käfer bis nach Italien gefahren. Und meine Großeltern sind auch noch mitgekommen.« Mit diesen Worten öffnete sie die Tür und kletterte in den Wagen. »Und angeschnallt hat sich auch niemand«, rief sie uns aus dem Inneren zu.

»Na dann«, seufzte Lisa und stieg ebenfalls ein. »Aber ich finde schon, dass wir uns anschnallen sollten. Zumindest diejenigen, die einen Anschnallgurt haben«, fügte sie ironisch hinzu. Ein mutwilliges Grinsen breitete sich um ihren Mund aus. »Schnell, Stella, suche dir einen Platz, und lass die Alten in den Kofferraum. Du hast von uns allen noch das längste Leben vor dir.«

»Hoffentlich werden wir nicht erwischt«, murmelte Barbara, nachdem sich alle Chormitglieder in den Van gequetscht hatten.

Am Ende war es Johanna, die mit den Worten »Ich wollte meinen Führerschein sowieso zurückgeben« das Steuer übernahm, wofür ich sehr dankbar war. Der Vormittag war ein derartiges Wechselbad der Gefühle gewesen, dass ich mich als Beifahrerin viel wohler fühlte.

Während wir über die A 43 rollten und der Chor dabei *Zu dir* sang, blickte ich erstmals seit gestern Abend auf mein Handy. Unsere Chor-WhatsApp-Gruppe quoll über vor Nachrichten. Sie hatten alle den gleichen Tenor. Was bildete sich dieser Paparazzo ein? Hatte der noch nie etwas von Privatsphäre gehört? Und dann diese lächerliche Verschwörungstheorie, dieses Gerede von Parteilichkeit und Interessenskonflikten … Der Zeitungsfritze sollte sich schämen, Alexander Hoven so etwas Gemeines zu unterstellen. Dem Mann, der so viel für das Münsterland getan hatte. Außerdem nahm der Chor seines Seniorenstifts doch auch teil, und daran fand niemand etwas auszusetzen.

Ich wurde in der Gruppe ebenfalls gründlich bedauert. Schließlich sei klar, dass ich niemals einen Gewinn akzeptieren würde, den ich nicht rechtmäßig verdient habe. Dazu erklärte mir jeder mit seinen ureigenen Worten, dass er voll und ganz hinter mir stünde. Gerührt rief ich eine Nachricht nach der anderen auf. In keiner schwang auch nur der Hauch eines Vorwurfs mit. Im Gegenteil. Der Zuspruch war überwältigend. Alexander hatte mir ebenfalls geschrieben. Dazu hatte er mich mehrmals angerufen und mir auf die Mailbox gesprochen. Mein Herzschlag beschleunigte sich, als ich seinen Anruf abhörte. Mit belegter Stimme entschuldigte er sich dafür, dass er unseren Chor hatte ausschließen müssen, um nicht den gesamten Wettbewerb in Gefahr zu bringen.

»Mir ist noch nie etwas so schwergefallen«, versicherte er mir. »Bitte, Sara, ruf mich zurück, ich muss wissen, wie es dir geht.« Aufgewühlt legte ich mein Handy zur Seite. Ich würde mit ihm sprechen. Sobald ich ihn sah und wir alleine waren. Ich lehnte meine Stirn gegen die Autoscheibe, schloss die Augen und fragte mich, was uns in der Halle Münsterland wohl erwarten würde.

~

Das *Messe und Congress Centrum Halle Münsterland* war das größte Veranstaltungszentrum der Region. Ursprünglich erbaut im Jahr 1926 wurde die Halle Münsterland im Zweiten Weltkrieg vollständig zerstört. Doch schon 1948 begann der Bau der neuen Halle, die auch heute noch das Zentrum des Messegeländes bildete. Jährlich fanden in den unterschiedlichen Sälen etwa dreihundert Events statt, darunter internationale Messen, große Fachkongresse und Konzerte, zu denen pro Jahr insgesamt über eine halbe Million Besucher anreisten. Der Dalai Lama war schon hier zu Gast gewesen ebenso wie die Bundeskanzlerin oder die Rolling Stones. Und nun waren es Chöre aus dem gesamten Münsterland, die sich an diesem Wochenende hier versammelt hatten, um in der Kategorie Popmusik gegeneinander anzutreten.

Nachdem wir den Parkleitschildern zum südlichen

Teil des Geländes gefolgt waren, stellte Johanna den Ford Transit auf einem der wenigen freien Plätze ab.

Heilfroh, der Enge des Wagens entkommen zu sein, streckten wir unsere Glieder. Es war ein schöner Tag, von den Temperaturen her eher Spätsommer als Herbst, und der Himmel, der sich in einem lichten Blau über Münster spannte, war wolkenlos. Ich sah auf meine Armbanduhr. Inzwischen war es 14:35 Uhr. Der Wettbewerb würde nicht mehr lange dauern, von daher wurde es höchste Zeit aufzubrechen. Als unser Chor mit entschlossenen Schritten auf das Gebäude zuging, überkam mich ein so starkes Gemeinschaftsgefühl, dass ich anfing, über das ganze Gesicht zu strahlen. Mein Herz quoll über vor Zuneigung und Stolz. Sophie, die neben mir ging, griff nach meiner Hand und drückte sie.

Fünf Minuten später hatten wir den Saal erreicht, in dem der Wettbewerb stattfand. Biene presste ihr Ohr gegen die Tür und hob eine Hand, um uns zu bedeuten, dass wir still sein sollten. »Ich höre Applaus«, flüsterte sie schließlich.

Wir sahen einander wortlos an. Der Augenblick war gekommen, unseren Plan in die Tat umzusetzen. Vor Nervosität fing mein Magen an zu hüpfen. Henning und Marvin traten vor. Seite an Seite öffneten sie die Flügeltüren, und wir strömten hinein. Der Saal war riesig, viel größer, als ich erwartet hatte. Bestimmt tausend Menschen fanden in ihm Platz, und jeder Sitz war belegt. Unter den Zuschauern waren viele Chöre, die ihre Zusammengehörigkeit durch einheitliche Farben in der Kleidung demonstrierten. Ich sah Oberteile, Schals und T-Shirts in Rot, Gelb, Weiß, Grün, Lila, Blau und Pink. Bei dem Anblick fiel mir siedend heiß ein, dass wir unsere eigenen Chor-T-Shirts in der Aufregung vergessen hatten. Aber ich ärgerte mich nicht, dafür war jetzt keine Zeit.

Am Ende des Saals war eine Bühne aufgebaut. Der achtköpfige Frauenchor, der dort stand, hatte soeben die ersten Töne von *Cordula Grün* angestimmt. Während wir unbeirrt weiterliefen, richteten sich sämtliche Blicke im Publikum auf uns, und verwundertes Gemurmel erhob sich. Die Mitglieder der Jury, die mit dem Rücken zu uns an einem Tisch vor der Bühne saßen, drehten die Köpfe. Es waren drei Juroren: ein älterer Herr mit welligem grauem Haar, eine blond gelockte Frau um die fünfzig und eine junge Frau, die mit ihrer weißen Tunika, den bunten Ketten und dem hellblauen Tuch, das sie um ihr Haar gebunden hatte, wie eine Künstlerin aussah. Sie alle starrten uns mit fragenden Blicken entgegen. Auf der Bühne verstummte die Klavierbegleitung, und nach und nach hörte auch der Chor auf zu singen, bis nur noch die zarte Stimme einer einzelnen Frau zu hören war. Als die Frau begriff, dass sie alleine sang, brach sie mitten im Wort ab.

Eine unheimliche Stille senkte sich über den Saal. Marvin nickte mir aufmunternd zu. Jetzt war es so weit. Jetzt gab es kein Zurück mehr. Mein Puls raste, und mein Herz klopfte zum Zerspringen. Ich holte noch einmal tief Luft, und dann tat ich das, was wir im Vorfeld besprochen hatten. Ich erklomm die Bühne, nahm das Mikrofon, das auf dem Klavier lag, in beide Hände und stellte mich vor das Publikum. Die Herzbacher, die mir auf dem Fuß gefolgt waren, nahmen um mich herum Aufstellung. Der Frauenchor protestierte entrüstet, doch schließlich rückten die Sängerinnen zur Seite. Mein Blick glitt über die

Zuschauer. Die Gesichtsausdrücke der Menschen waren sehr unterschiedlich. Von Ratlosigkeit, Verblüffung, Ärger bis Neugier war alles vertreten. Schließlich entdeckte ich in der ersten Reihe eine vertraute Gestalt, und für einen Moment vergaß ich, was ich hatte sagen wollen.

Alexander hielt meinen Blick gefangen. Sein Kiefer war angespannt, doch in seinen Augen las ich Ermutigung.

»Kann mir mal bitte jemand sagen, was hier vorgeht?«, meldete sich der grauhaarige Herr aus der Jury zu Wort.

Seine Stimme klang gereizt. Er machte Anstalten, aufzustehen und auf die Bühne zu kommen, doch Alexander hielt ihn mit einem Kopfschütteln davon ab. Ein glühender Stolz durchzuckte mich, weil Alexander in diesem Moment genau das tat, was der Zeitungsartikel ihm vorgeworfen hatte: Er ergriff Partei. Für mich. Für den Chor. Ich spürte, wie ein Leuchten meine Züge erhellte. Dann räusperte ich mich und begann zu sprechen.

»Meine Freunde und ich hätten heute hier singen sollen«, sagte ich mit fester Stimme. »Doch unser Chor wurde vom Wettbewerb ausgeschlossen. Weil ich diesen Mann dort geküsst habe.« Ich löste eine Hand vom Mikrofon und wies auf Alexander.

Um seinen Mund erschien ein Lächeln, das so schön war, dass etwas in meiner Brust zu klingen begann. Mit Mühe wandte ich mich wieder dem Publikum zu und konzentrierte meine Aufmerksamkeit auf die Chöre, die sich im Raum versammelt hatten.

»Genau wie ihr alle hier«, fuhr ich fort, »hat sich unser Chor intensiv auf diesen Tag vorbereitet. Auf dem Weg haben wir viele Höhen und Tiefen erlebt und sind zu einer echten Gemeinschaft geworden. Zu Freunden. Und als Freunde stehen wir heute vor euch.« Bewegt hob ich das Kinn. »Es geht uns nicht darum, den Wettbewerb zu gewinnen. Oder das Preisgeld zu kassieren. Wir wollen singen. Für euch. Deshalb sind wir hier, und genau das werden wir jetzt auch tun.«

Mit einem Lächeln legte ich das Mikrofon beiseite und gesellte mich zum Chor. Sophie stellte sich vor uns, den Rücken zum Publikum. Sie hob beide Hände und nickte gleichzeitig Marvin zu, der sich ans Klavier gesetzt hatte.

Als die ersten Klänge von *Zu dir* ertönten, begannen wir zu singen. Wir sangen, als ob unser Leben davon abhinge. Die Menschen im Saal hingen an unseren Lippen. Wir berühren sie, dachte ich glücklich, wir berühren sie wirklich.

Nach dem Lied gingen wir nahtlos über zu dem Song der Fantastischen Vier, und spätestens, als Irene zu rappen begann, gab es kein Halten mehr im Publikum. Die Leute sprangen von ihren Sitzen auf und begannen mitzusingen. Die Stimmung war überwältigend. Am Ende sang der gesamte Saal.

Nachdem wir fertig waren, setzte stürmischer Applaus ein. Die Menschen klatschten, pfiffen begeistert und stampften mit den Füßen. Sie forderten Zugabe, und so sangen wir noch alle gemeinsam *Cordula Grün*. Während des Stücks strömten immer mehr Chöre aus dem Publikum auf die Bühne, und als das Lied zu Ende war, fielen wir uns gegenseitig um den Hals.

Menschen, die einander noch nie gesehen hatten, klopften sich lachend auf die Schulter oder schüttelten sich die Hände.

Schließlich bat die Jury über ein Mikrofon um Ruhe. Die Frau in der weißen Tunika erhob sich.

»Singen vermag so viel«, sagte sie weich. »Das ist mir heute wieder bewusst geworden. Es bringt die Menschen zusammen und überwindet Hindernisse.« Sie lächelte. »Wenn es in meiner Macht stünde, würde ich jedem der Chöre hier einen Preis überreichen, denn Sie alle tragen tagtäglich dazu bei, die Welt zu einem schöneren und friedlicheren Ort zu machen. Nehmen Sie hierfür meinen tief empfundenen Dank.« Sie legte die Hände vor ihrer Brust zusammen und verbeugte sich, wie ich es vom Yoga kannte. »Bevor wir gleich zur Siegerehrung kommen«, fuhr sie fort, »möchte ich noch ein paar Worte an unseren letzten Chor richten.«

Wie auf ein geheimes Zeichen hin verließen die anderen Ensembles die Bühne, bis nur noch wir im Scheinwerferlicht standen. Als wieder Stille eingekehrt war, suchte die Frau in der weißen Tunika meinen Blick und hielt ihn fest.

»Danke«, sagte sie. »Ich danke Ihnen, dass Sie sich heute auf den Weg gemacht haben, um uns und allen zu zeigen, was Singen bedeutet.« Ihre Miene war von einem feierlichen Ernst, als sie zu klatschen begann.

Ihre beiden Jurykollegen und Alexander machten es ihr nach, und schließlich stand der gesamte Saal auf und applaudierte.

Unser Chor fasste sich an den Händen. Ich war glücklich und tief gerührt, und meine Gefühle spiegelten sich in den Gesichtern der Herzbacher wider. Und so standen wir minutenlang da, Hand in Hand, bis das Klatschen im Saal leiser wurde.

Als wir Anstalten machten, von der Bühne abzugehen, ertönte plötzlich eine asthmatische Stimme. »Ich würde auch gerne etwas sagen.« Es war Pfarrer Bertelsbeck.

Perplex sah ich zu, wie die Gestalt im schwarzen Anzug durch die Reihen der Zuschauer schritt. Als er die Bühne erklommen hatte, trat er auf mich zu.

»Die Jury kann euch vielleicht keinen Preis überreichen«, meinte er verschmitzt lächelnd. »Aber der liebe Gott schon.« Mit diesen Worten überreichte er mir einen silbernen Schlüsselbund.

»W... was ist das?«, stotterte ich, obwohl ich die Antwort bereits kannte.

»Dreimal darfst du raten«, erwiderte der Pfarrer mit diebischer Freude.

Ich starrte ihn an.

»Aber was ist mit den dreißigtausend Euro für die Renovierung?«

Der Pfarrer zuckte mit den Achseln. »Die übernimmt die Kirche.«

Ein paar Augenblicke lang war ich sprachlos.

»Wo ist der Haken?«, fragte ich, nachdem ich mich wieder gefasst hatte.

Pfarrer Bertelsbeck schüttelte in gespielter Entrüstung den Kopf. »Kann ich nicht auch einmal etwas aus reiner Güte tun?«

Die Chormitglieder hinter mir begannen zu hüsteln. Ich setzte zu einer Antwort an, doch der Pfarrer unterbrach mich:

»Wenn du jetzt etwas Freches sagst, mein liebes Kind, überlege ich es mir vielleicht noch einmal anders.«

Schnell schluckte ich meine Worte herunter und deutete mit Daumen und Zeigefinger meiner rechten Hand an, dass meine Lippen verschlossen seien. Dann umarmte ich ihn ungelenk.

»Danke, danke, danke.«

Ich drehte mich zum Chor und hielt den Schlüsselbund triumphierend in die Höhe, worauf lauter Jubel
ausbrach. Erneut fielen sich die Herzbacher in die Arme.

Mit einem Lächeln auf den Lippen beobachtete ich,
wie Marvin und Sophie einander tief in die Augen sahen. Schließlich senkte Marvin den Kopf und küsste sie.
Sophie erwiderte seinen Kuss, umfasste mit den Händen
seinen Nacken, und im nächsten Moment hatten die
beiden alles um sich herum vergessen. Endlich!, dachte
ich voller Freude. Mein Blick wanderte weiter. Zu den
Herzbachern, die lachend zusammenstanden, über die
Chöre im Publikum, die in bunten Grüppchen miteinander plauderten, hin zu dem silbernen Schlüsselbund in
meiner Hand. Was für ein Happy End!, überlegte ich er-
griffen.

In diesem Moment spürte ich eine Berührung zwischen meinen Schulterblättern, die mich herumwirbeln
ließ. Es war Alexander. Er stand so nah vor mir, dass ich
nur die Hand hätte austrecken müssen, um sein Gesicht
zu berühren.

»Der Wettbewerb ist vorbei«, sagte er leise.

»Ja«, flüsterte ich und verlor mich in seinen grauen
Augen.

»Und was«, fragte er, »bedeutet das für uns?«

Ich schaute auf seinen Mund. »Bevor ich antworte –
könntest du mich bitte küssen?«

Ohne zu überlegen, zog Alexander mich an sich. Seine
Lippen strichen unendlich sanft über meine.

»Noch ein bisschen mehr, bitte.«

Alexander intensivierte seinen Kuss, bis ich das Gefühl hatte zu schweben.

»Jetzt bin ich mir sicher«, murmelte ich.

Er hielt inne und schaute mich voller Zärtlichkeit an.
»Sicher worin?«

»Dass ich hiervon niemals genug bekomme«, antwortete ich und küsste ihn erneut.

Epilog

Sophie Es war der Sonntag vor Heiligabend, und seit einer Woche hatte es im Münsterland ununterbrochen geschneit. Nun lag Herzbach unter einer glitzernden weißen Haube verborgen, die ihm etwas Märchenhaftes verlieh. Die kalten Temperaturen indes hatten die Dorfbewohner nicht davon abgehalten, in Scharen zur Eröffnung des neuen Veranstaltungszentrums zu strömen. Genauso wenig wie den Bischof von Münster, der die feierliche Begrüßungsrede hielt. Während er sprach, betrachtete ich versonnen das ehemalige Gemeindehaus, das nach dem Abschluss der Renovierungsarbeiten in neuem Glanz erstrahlte. Seit zwei Wochen lag das Kursprogramm in den Geschäften rund um den Marktplatz aus. Saras Yogakurs war direkt ausgebucht gewesen, ebenso wie der Backkurs ihrer Mutter oder Barbaras Nähstunden. Für große Furore hatte auch die aus Herzbach stammende Malerin Moona! gesorgt. Sie würde nächstes Jahr einen Wochenendworkshop anbieten, und die Warteliste dafür war bereits heute gewaltig.

Pfarrer Bertelsbeck reichte dem Bischof eine goldene

Schere, und unter dem begeisterten Applaus der Anwesenden durchtrennte der Bischof das Band.

»Bevor wir nun gleich alle hineingehen«, verkündete er, »freue ich mich sehr über Herzbachs wunderbaren Chor. Er wird nicht nur ab sofort im Veranstaltungszentrum proben, er hat auch extra für unsere Feier heute ein neues Stück einstudiert. Meine Damen und Herren, begrüßen Sie mit mir *Den kleinen Chor der großen Herzen!*«

Auf das Nicken des Bischofs hin hob ich die Hände zum Einsatz, doch Irene, die in der ersten Reihe stand, unterbrach mich.

»Wer ist denn *Der kleine Chor der großen Herzen?*«, fragte sie mich erstaunt. »Hat der abgesagt, und wir sind die Zweitbesetzung?«

Die anderen in der Gruppe schauten einander ratlos an.

»Aber das sind doch wir«, stellte ich klar. »*Wir* sind *Der kleine Chor der großen Herzen.*«

So hatten Marvin, Sara und Henning es mir jedenfalls erzählt. Irritiert suchte ich Saras Blick. Meine Freundin trat einen halben Schritt vor. Ihr Gesichtsausdruck wirkte verlegen.

»Sophie hat recht. Wir brauchten damals einen Namen, um uns für den Wettbewerb anzumelden.«

»Aber warum habt ihr uns denn nie davon erzählt?«, fragten Biene und Marion wie aus einem Mund.

Marvin, der vor dem Elektrokeyboard stand, zuckte mit den Schultern. »Das muss wohl irgendwie untergegangen sein«, meinte er und lächelte dabei so süß, dass ich das Verlangen verspürte, ihn hier und jetzt zu küssen.

Seit dem Wettbewerb war kein Tag vergangen, den wir nicht zusammen verbracht hatten, und noch immer wurde mir schwindelig vor Glück, wenn ich ihn ansah und begriff, dass er mein war und er mich genauso liebte wie ich ihn.

»Wie auch immer«, brummte Hermann, um die Diskussion zu beenden. »Kleiner Chor und große Herzen … ich finde, das beschreibt uns sehr gut.«

Pfarrer Bertelsbeck nickte zustimmend. »Außerdem sind die Flyer für den Weihnachts- und Neujahrsgottesdienst schon gedruckt. Allein deshalb müsst ihr den Namen behalten.«

Ich unterdrückte ein Grinsen. Im Nachhinein hatte sich die Großzügigkeit des Pfarrers als nicht ganz so uneigennützig herausgestellt, wie er uns beim Wettbewerb hatte glauben machen wollen. Doch der Chor trug es mit Gelassenheit, dass er für diverse Gottesdienste verpflichtet worden war. Zum einen hatten die Herzbacher von ihrem Pfarrer nichts anderes erwartet, zum anderen sangen sie mit so viel Freude, dass sie sich über die zusätzlichen Auftritte in St. Andreas freuten. Ich sah von einem zum anderen und fühlte, wie mich ein Gefühl der Wärme und Zuneigung durchströmte.

Dieser Chor war so wunderbar und meine Reportage, die Ende Oktober erschienen war, eine Hommage an ihn. Die erste Auflage war in Rekordzeit vergriffen gewesen, sodass Charlotte eine weitere in Auftrag geben musste. An dem Tag hatte es in der Redaktion Champagner gegeben. Doch damit war meine Arbeit mit dem Chor nicht beendet, denn ich hatte inzwischen ganz offiziell die Leitung übernommen. Aktuell probten wir ein Stück mit Violinenbegleitung.

Der Bischof räusperte sich. »Können wir dann jetzt?«, fragte er freundlich.

Ich nickte, hob die Hände, und die Musik setzte ein und stieg hinauf in den Winterhimmel über Herz-bach.

Playlist

Die Fantastischen Vier feat. Clueso – *Zusammen*
Ed Sheeran – *Perfect*
Hannes Wader – *Heute hier, morgen dort*
Henry Valentino mit Uschi – *Im Wagen vor mir*
John Legend – *All of Me*
Josh. – *Cordula Grün*
Lady Gaga & Bradley Cooper – *Shallow*
LEA – *Zu dir*
Max Raabe – *Guten Tag, liebes Glück*
Münchener Freiheit – *Ohne dich*
Queen – *Don't Stop Me Now*
Spider Murphy Gang – *Skandal im Sperrbezirk*
Vangelis – *Conquest of Paradise*
Whitney Houston – *One Moment in Time*

Danksagung

Auch wenn ich Musik sehr liebe, bin ich zu meinem großen Leidwesen nicht besonders musikalisch. Doch zum Glück gibt es Menschen, bei denen es ganz anders aussieht. Bei der Recherche für diesen Roman habe ich mit Chorleiterinnen und Chorleitern gesprochen, die für ihre Musik leben und ihre Sängerinnen und Sänger jeden Tag mit viel Leidenschaft und Enthusiasmus begleiten. Besonders bedanken möchte ich mich an dieser Stelle bei Carsten Gerlitz, Kerstin Kappenberg und Christian Sondermann. Vielen Dank für eure wundervollen Geschichten und eure Anregungen und Tipps, die mich so sehr inspiriert haben. Lieber Carsten, dein Buch *POP CHOR – fast 1001 Tipps zur Chorleitung* war über Wochen mein ständiger Begleiter. Sollten mir bei der Darstellung der Proben und Auftritte des Herzbacher Chors dennoch Fehler unterlaufen sein, bin ich selbstverständlich ganz alleine dafür verantwortlich.

Ein weiteres Dankeschön geht an meine liebe Freundin Kerstin. Du bist eine tolle Yogalehrerin, was meiner Romanfigur Sara wieder sehr zugutegekommen ist.

Darüber hinaus möchte ich mich ganz herzlich bei Ulrike bedanken, die mich bei meinem Wunsch nach mehr Flexibilität unterstützt hat. Du ahnst gar nicht, welche Entlastung mein Schreibmontag für mich bedeutet.

Von ganzem Herzen danke ich dem Piper Verlag, ohne den es die Willkommen-in-Herzbach-Reihe nicht geben würde. Danke für das immense Vertrauen und die großartige Zusammenarbeit! Besonders erwähnen möchte ich in diesem Zusammenhang meine Lektorin Isabelle Toppe, die mich mit ihrem sprachlichen Gespür und ihren wunderbaren Formulierungsvorschlägen begeistert hat. Der Text ist dadurch so viel besser geworden. Ein herzlicher Gruß geht natürlich auch an meine liebe Lektorin Isabell Spanier, die sich aktuell in Elternzeit befindet.

Danke sagen möchte ich außerdem dem gesamten Team der Literarischen Agentur Silke Weniger, insbesondere meiner Agentin Gerlinde Moorkamp. Ich genieße unsere Gespräche immer sehr und freue mich schon auf ein Wiedersehen mit dir.

Während ich diese Danksagung schreibe, befindet sich meine Heimatstadt Düsseldorf und das gesamte Land in einer Ausnahmesituation, ausgelöst durch das Coronavirus. Lieber Leo, liebe Anne, liebe Meike, ich wüsste nicht, was ich in dieser schwierigen Zeit ohne euch tun würde. Ich bin so dankbar dafür, dass es euch gibt!

Eine letzte Anmerkung zu der Songauswahl im Roman. Wenn dort von Liedern die Rede ist, die zum Zeitpunkt der Handlung noch gar nicht erschienen waren, seien Sie bitte nicht so streng mit mir. Ich konnte nicht widerstehen.

Düsseldorf, 13. April 2020
Janina Lorenz